Der eiserne Wolf

Richard Adams

Der eiserne Wolf

und andere Geschichten

Farbtafeln von Yvonne Gilbert

Schwarzweiß-Zeichnungen von

Jennifer Campbell

Aus dem Englischen von
Gerda Ebelt-Bean

Kiepenheuer & Witsch

Titel der Originalausgabe *The Unbroken Web*

Zuerst erschienen 1980 im Verlag Rizzoli, Mailand
Aus dem Englischen von Gerda Ebelt-Bean
Farbtafeln von Yvonne Gilbert
Schwarzweiß-Zeichnungen von Jennifer Campbell

Schutzumschlag Hannes Jähn, Köln, unter Verwendung des Bildes
von Artist Partners
Satz Satzstudio Hülskötter, Burscheid-Dürscheid
ISBN 3 462 01393 9

Für meine Sekretärin Jenice Kneale,
in Anerkennung und Dank

Inhalt

Einleitung

Das unzerstörte Netz

Eines Morgens machte eine junge Frau, die noch nicht lange verheiratet war, das Schlafzimmer sauber. Der Staubsauger, den sie unter das Bett schob, stieß an einen Koffer, und Cynthia, die sich neben das Bett kniete, zog ihn hervor. Sie dachte, daß sie sich, da sie nun einmal dabei war, auch den Koffer vornehmen könnte, und sie öffnete ihn und begann, den Inhalt durchzusehen. Zwei Minuten später kniete sie inmitten der alten Sachen, weinte bitterlich und las in einem kleinen Bündel Briefe, die das Geheimnis enthüllten, daß ihr Mann ihr untreu gewesen war.

Als sie ihn zur Rede stellte, bot sich ihr James, ganz Selbstbeherrschung, mit unbewegter Miene dar und bestand ruhig und fest darauf, daß er über diese Sache nicht diskutieren könne. Wenn sie auch noch nicht lange her war, sagte er, so war sie doch abgeschlossen, und sie solle die Angelegenheit vergessen und niemals wieder erwähnen. Da es seiner Ansicht nach für sie nun nichts mehr gab, worüber sie sich hätte Sorgen machen müssen, war dies offensichtlich der vernünftige Weg. Cynthia, von sanftem und nachgiebigem Wesen, versuchte, seinem Wunsche folgend, ihre Gefühle zu unterdrücken und die ganze Sache zu vergessen.

Zwei Monate später, bei einem Gespräch über das Unterbewußtsein mit ein paar Freunden (von denen ich einer war), erzählte sie ohne Verlegenheit den folgenden Traum als Untermauerung ihrer Behauptung, daß Träume ohne Bedeutung und unsinnig wären.

»Ich träumte«, sagte sie, »daß ich Briefträger geworden war. Ich stand am Fuße eines bewaldeten Berges und trug eine Tasche mit Briefen, die ich in einem Haus auf dem Gipfel abzuliefern hatte. Als ich hinaufstieg, wurde die Tasche immer schwerer, bis ich zuletzt auf meine Knie gezwungen wurde und die Tasche, so gut ich konnte, entlangzog. Ich wollte die

Briefe unbedingt an ihren Bestimmungsort bringen. Es schien ein sehr schmutziger Berg zu sein. Ich war mit Staub und Schlimmerem bedeckt. Endlich kam ich am Gipfel an, und er war sehr öde und kahl. Ich sah das Haus auf der Spitze des Berges stehen. Als ich mich ihm aber näherte, sah ich, daß es wie eine Kulisse war — zweidimensional und nur aus Sperrholz. Als ich nun so dastand und mich fragte, was ich tun sollte, fiel es in sich zusammen und stürzte auf der Rückseite des Berges hinunter, und ich erwachte.«

Bei Leuten, die glauben, daß Träume keine Bedeutung haben, ist die Umwandlung verweigerter Gefühle in symbolische Traumepisoden oft so direkt und klar, daß es keiner Analyse bedarf. Ein Kind könnte den Traum der armen Cynthia deuten, wenn auch sie selbst es nicht vermochte, weil sie versuchte, das Gefühl, das ihn hervorgebracht hatte, zu unterdrücken. Ihr Unterbewußtsein aber kannte sich besser aus. Ihre Gefühle mußten eine Ausdrucksmöglichkeit finden. Erstaunlich ist dabei die Findigkeit ihres Unterbewußtseins, das sich die konkreten Einzelheiten des tatsächlichen Geschehens zunutze machte — das Knien, die Briefe, Staub und Schmutz —, um eine symbolische Bedeutung hervorzubringen.

Ich könnte verschiedene ähnliche wahre Geschichten von Träumen erzählen. Cynthias Geschichte ist keine Ausnahme.

Das Verweben von Gefühlen und Erlebnissen zu Geschichten — oder zumindest zu entsprechenden Ereignissen und visuellen Vorstellungen, verknüpft durch den Anschein von Folgerichtigkeit — ist ein spontanes und unwillkürliches Phänomen. Wir tun dies auf ganz natürliche Weise, wir können gar nicht anders, und oft überrascht uns selbst die Geschicklichkeit, mit der wir es getan haben.

Die Verbindung zwischen Träumen und Geschichten ist unumgänglich. Das Ersinnen von Geschichten, die auf Gefühl und Erlebnis beruhen, ist wie das Träumen ein universelles Phänomen. Wie bei den Träumen verläuft die Verbindung zwischen Erlebnis und erdachter Geschichte oft unerkannt. Es gibt jedoch einen wichtigen Unterschied. Der Traum zielt nur auf die Zuhörerschaft einer Person ab — den Träumer — und muß deshalb nicht unbedingt plausibel sein im Sinne dessen, was wir alle gemein haben: Wirklichkeit und waches Leben — und muß auch gar nicht mit dem Wirklichkeitssinn im Einklang stehen. Folglich der weit verbreitete Glaube, daß Träume unsinnig seien.

Geschichten sind demnach also wie Träume, außer daß sie — da sie mitgeteilt werden sollen — die Umstände des wachen Lebens berücksichtigen müssen und in der universellen Lingua Franca — sozusagen — auszudrücken sind. Doch sitzen sie oft nur lose am strikten Realismus. Vor allem Volkserzählungen, die ja das Interesse und Erstaunen ihrer Zuhörer erregen wollen, mißachten allgemein die Fragen der Wahrscheinlichkeit. Innerhalb des Rahmens einer Geschichte akzeptieren ihre Zuhörer gern Dinge, die, wie sie wissen, außerhalb der realistischen Möglichkeit liegen: der Prinz hat ein Wunderpferd, die Katze der Prinzessin kann sprechen usw. Wir träumen im Wachsein, und deshalb haben solche Dinge eine Bedeutung und einen Wert, die wir akzeptieren und sehr wohl einer streng realistischen Geschichte vorziehen mögen. Dies gilt nicht nur für Volkserzählungen. Niemand glaubt an James Bond, seine Waffen, Mädchen und Bösewichte, an Schweinchen und Ralph auf ihrer Insel, an Yossarian und Milo Minderbender. Trotzdem drücken sie etwas für uns aus — wie die Träume. Sie haben Bedeutungen, die wir brauchen, akzeptieren und begrüßen, und die Tatsache, daß sie nur teilweise realistisch sind, ist das Wesentliche ihrer Anziehungskraft. Träume sind die Märchen des einzelnen, und Märchen sind kollektive Träume. Wie Proust sagte: »Man kann das menschliche Leben nicht genau beschreiben, ohne zu zeigen, wie es durchtränkt ist von Schlaf, in den es eintaucht, der es Nacht für Nacht umspült wie ein Küstengebirge, das umschlossen ist vom Meer.« In meiner Phantasie sehe ich die Welt, wie sie die Astronauten sahen — ich habe das Bild eines glänzenden Balls vor mir, der im Weltraum schwebt und sich um seine Polarachse dreht. Um ihn herum, ihn vollkommen umschließend, wie eine geschnitzte chinesische Elfenbeinkugel eine andere einschließt, ist eine zweite unkörperliche gazeartige Sphäre — das unzerstörte Netz, das sich frei und unabhängig von der Umdrehung der Erde bewegt. Es ist so etwas Ähnliches wie eine Seifenblase, denn obwohl es sich dreht, spiegeln sich wirkliche Dinge auf seiner Oberfläche in glühenden leuchtenden Farben wider.

Innerhalb dieses äußeren Netzes leben wir. Es saugt auf, verwandelt und ist geladen mit menschlicher Erfahrung, ausgestrahlt von der Welt drinnen wie Dampf oder der Duft von kochenden Speisen.

Der Geschichtenerzähler reckt sich, ergreift den Teil des Netzes, der sich in diesem Augenblick zufällig über seinem Kopf befindet und zieht ihn nach unten — dieser ist natürlich elastisch und unzerstörbar — damit er die Erde berühren kann. Wenn er seine Geschichte erzählt hat — die Geschichte des Netzes — läßt er es los, und es springt zurück und dreht sich weiter. Das Netz bewegt sich immerwährend über uns, so daß mit der Zeit jeder Punkt auf seiner Innenfläche direkt über jedem Punkt der Erdoberfläche vorbeizieht. Deshalb findet man auf der ganzen Welt die gleichen Geschichten wieder, unter verschiedenen Völkern, die wenig oder gar keine Verbindung miteinander gehabt haben.

Sowohl im Volkslied als auch in der Volkserzählung gibt es ein Paradoxon. Einerseits sind sie keinen individuellen Autoren zuschreibbar, sondern unpersönlich und universell. Andererseits geht viel dabei verloren, wenn ihnen das Persönliche genommen wird — Lieder, die niedergeschrieben und auf dem Klavier gespielt werden, Geschichten, die aufgeschrieben und zum Lesen in einem Buch anonym gemacht werden. Ein Volkslied ist am besten, wenn es von einem Sänger aus Fleisch und Blut vor echten Zuhörern gesungen wird. Eine Volkserzählung ist am besten, wenn sie laut, spontan zu einem bestimmten Zeitpunkt und an einem bestimmten Ort erzählt wird. Das ist so wie Wein trinken und lieben. Zur richtigen Zeit am richtigen Ort — einzigartig und unwiederbringlich. Die Sache wird vielleicht wiederholt werden, aber es wird anders sein — eine andere Gelegenheit. Filmen, Drucken und Aufzeichnen sind unpassend.

Aus diesem Grunde habe ich versucht, diesen Geschichten die Form eines echten Schauplatzes zu geben. Jede wird so erzählt, als würde sie von einem bestimmten Erzähler zu einer bestimmten Zeit und an einem bestimmten Ort einem Zuhörer oder Zuhörern vorgetragen, und jede wird so präsentiert, als ob sie aus dem vorgestellten und erdachten Ort wie eine Pflanze aus der Erde wachsen würde. Manchmal ist Ironie mit im Spiel — das heißt, eine unausgesprochene Übereinstimmung zwischen der Geschichte und den Umständen des Erzählers und seiner Zuhörer —, aber nicht in jedem Fall.

Volkserzählungen sind natürlich weniger subtil als Romane. In der Regel gibt es wenig Dialog. Die Protagonisten sind eher Typen als Individuen. Der Prinz ist ein Prinz, und der Drache ist ein Drache wie andere Drachen. Mir scheint, die Geschichten haben zwei große Qualitäten. Erstens sind sie voller Überraschungen und unzähliger Wunder. Das Wesentliche in der Fiktion ist, daß der Zuhörer es kaum erwarten kann, was als nächstes geschieht, oder wenn er es bereits weiß, möchte er es unbedingt wieder hören und sich in seinem Erstaunen erneut begeistern. Zweitens sind sie aufs bewundernswerteste geistreich, treffend und pfiffig. Ich hoffe nur, daß ich diese Qualitäten beibehalten konnte. Diese Geschichten wie auf einer Werkbank auseinanderzunehmen, sie im Detail zu untersuchen und wieder zusammenzupassen, war ein erfreuliches und beglückendes Erlebnis. Ich habe mich eher wie ein Uhrmacher oder ein Juwelier gefühlt, der an schönen antiken Spieldosen, Uhren oder mechanischen Spielsachen arbeitet. Wie wohlgelungen und gut gemacht ist doch dieses Spielzeug, dieses Kunstwerk, und wie gut funktioniert es! Dieses Teil, das zunächst keine bestimmte Funktion zu haben scheint, ist tatsächlich von entscheidender Wichtigkeit. Wenn Sie das bezweifeln, versuchen Sie erst einmal, es wegzunehmen! Die Zeiten ändern sich, so braucht vielleicht jenes andere Teil eine kleine Justierung, aber wenn ja, so muß dies äußerst sorgfältig und mit Respekt ausgeführt werden.

Und die Bedeutung? Man kann sich zu sehr in die Bedeutung vertiefen. Was ist die Bedeutung einer Rose? Diese Geschichten sind sehr alt. In vergangenen Zeiten haben sie ohne Zweifel für verschiedene Menschen viele verschiedene Dinge bedeutet. Einige Bedeutungen sind vielleicht für immer verlorengegangen, zusammen mit den verschwundenen Lebensumständen vergangener Zeiten. Heute verstehen manche von uns die Bedeutung im Sinne des Unterbewußtseins und seiner Symbolik. In kommenden Jahrhunderten werden die Erzählungen noch da sein, aber was sie dann zu bedeuten scheinen, können wir nicht sagen. Denn das unzerstörte Netz hat noch eine andere Eigenschaft, die ich zu erwähnen vergaß. Es ist undurchdringbar.

Die Katze im Meer

Laß das sein, Master Richard! Geh weg da — augenblicklich, oder ich sag's deiner Mutter, so wahr ich hier stehe. Sei jetzt ein braver Junge! Das ist eine Qualle, jawohl. Und *du* mußt sie anfassen! Sie wird dich gleich stechen! Und das wär 'n schöner Abschluß eurer Ferien, jawohl. Und die Mistress würde mir vielleicht was geben dafür, daß ich's hab' geschehen lassen!

Ihr seid jetzt sowieso lange genug in der Sonne herumgerannt, zumal ihr noch auf den Eseln reiten wollt. Der Mann wird sie in einer halben Stunde oder so zum Strand herunterbringen. Ihr kommt jetzt her und setzt euch hier in den Schatten — ja, und Miss Jean auch, alle beide. So 'n paar kleine Rabauken hab' ich in meinem ganzen Leben noch nicht gesehen. Ich schwör's: wenn's Medaillen fürs Unfugtreiben gäbe, würd' ich euch zu dem Lord George da in London um ein paar Blechorden schicken. Jawohl, das würde ich tun! Und der hat genug davon zum Verschenken, wie man hört, der Gute!

Nun benehmt euch und hört auf, den Sand herumzuwerfen, und ich erzähle euch von der Katze im Meer. Denn alles geschah nur wegen der Qualle. Ja, so war's. Und deshalb schwimmt die Qualle allein im Meer herum und sticht jeden, der sie berührt. Das ist wirklich ein ganz übles Biest — schon immer gewesen, so wahr ich Constance Cripps heiße. Wirst du wohl jetzt mal stillhalten, Master Richard, während ich dir den Sand aus dem Haar kämme? Du lieber Herr im Himmel, eines schönen Tages werden wir dich noch zum Spaßmacher ins Kasperletheater geben müssen, dann kannst du hundert Pfund für 'n Zwei-Penny-Grinsen verdienen. Halt still jetzt, Miss Jean, sonst erzähle ich euch nichts von der Qualle und der Miezekatze. Na, du ziehst, und dann tut's eben weh — sicher tut's das. Und Salzwasser macht alles so klebrig, es ist, als ob man Honig aus einem Fußabstreicher kratzt. Ja, so ist's besser.

Also, es geschah vor langer Zeit, wißt ihr, als alle Vögel und Tiere noch unter Wasser atmen konnten, genauso gut, wie sie's auf dem Trocknen konnten, und umgekehrt war's ebenso. Das heißt, alle Fische und Meerestiere konnten aus dem Wasser steigen, wenn sie es nur wollten, um dem Land einen Besuch abzustatten. Und das muß schon sehr komisch ausgesehen haben, sollt' ich meinen, mit Fischen, die am Meer auf Steinen saßen, und Pferden und Hunden, die alle hinunter zum Wasser liefen und da unten herumspazierten, als ob's der Volkspark von Greenham am Sonntag gewesen wäre. Aber jedenfalls, nach allem, was man so gehört hat, ist alles ganz gut verlaufen, und es hat keine Beschwerden gegeben über Elefanten, die auf den Zehen von Makrelen herumgetrampelt wären, oder so was. Und von jenem Tag an bis zum heutigen wäre alles so schön weitergegangen, wenn es nicht wegen der Qualle gewesen wäre. Sehr wahrscheinlich war's die Urgroßmutter von der Qualle dort drüben gewesen — wo ich dir gesagt habe, daß du die in Ruhe lassen sollst. Und sehr bald wirst du auch erfahren, warum, Master Richard, wenn du nur aufhören wolltest, ein Loch in die Decke zu bohren. Und nun paßt auf, was ich euch erzähle.

Ja, die Qualle war eine häßliche boshafte Kreatur, damals genauso wie heute, und sie dachte immerzu, wäre es nicht einfach *zu* schön, wenn sie die einzige

wäre, die aus dem Meer aufs Land und zurück gehen könnte, und außer ihr könnte das kein anderer? Denn dann hätte sie alle Strände der Welt für sich allein und sie stünde großartiger da als Butt, Barsch und Hai zusammen. Und schließlich wurde sie von dem Gedanken so gepackt, daß sie sich aufmachte und nach einem Jahr und einem Tag bei einem großen Zauberer ankam, der am anderen Ende der Welt lebte, und dem bot sie an, den Smaragd des Meereskönigs zu stehlen, wenn er ihr nur ein Zaubermittel geben könnte, mit dem jeder Kreatur in der See die Fähigkeit genommen würde, auf dem Trockenen zu atmen. Und sie bekam es auch. Was aber an diesem krummen Geschäft rechtens war, das hat nie jemand erfahren. Alles blieb geheim. Kein Sterbenswörtchen fiel darüber, wie man so sagt. Na, jedenfalls war der Smaragd auf einmal nicht mehr da, und das war auch sehr seltsam, denn der Meereskönig hatte ihn in einem Schrank aus Korallen aufbewahrt. In dem war aber ein Spalt, und der war so schmal, daß sich nichts hätte hindurchquetschen können — höchstens eine Qualle, die wie ein Sandstrudel an den Wächtern vorbeihuschen und durch die Scheren eines Hummers schlüpfen konnte, ohne diesen aufzuwecken. Na, um eine lange Sache kurz zu machen: eines schönen Tages wachten all die Meeresgeschöpfe auf und stellten fest, daß sie genausowenig an Land atmen konnten, wie ein Schwein fliegen kann; und die waren ganz schön aus dem Häuschen. Die Qualle ließ sich nicht blicken, sie war aber wiederum auch zu schlau, als daß sie sich nicht an jemanden herangemacht hätte, der ihr sagen konnte, was sich da unten abspielte. Als sie nämlich ihren Zauber wirken ließ, verschonte sie eine Kreatur, und das war ihre Freundin, die Schildkröte. So konnte die Schildkröte nun außerhalb des Wassers leben, wenn sie es wollte, und die Qualle rechnete damit, daß diese ihr berichten würde, was im Palast des Meereskönigs geschah, denn die Qualle fürchtete sich zu sehr, als daß sie selbst dorthin zurückgekehrt wäre.

Was passierte, war, daß sich alle Meerestiere versammelten, um zu überlegen, was nun geschehen sollte. Und zum Schluß holten sie sich den Rat der Königin von Atlantis, die im westlichen Land wohnte, wo die Sonne im Meer versinkt. Und die alte Königin, die sagte ihnen, daß nichts diesen Zauber aufheben könnte, es sei denn, sie würden sich die Leber einer Katze besorgen, und jeder von ihnen müßte bei Flut und Vollmond darüber hinwegschwimmen.

»Alles gut und schön«, sagte der Herr der Steinbutte zu den anderen, als sie den Rat der Königin vernahmen. »Aber Katzen im Meer gibt's genausowenig wie Bären in einem Bus. Wo sollen wir denn eine Katze hernehmen, außer vom trockenen Land, wo wir sie nicht einfangen können?«

»Ja, und sollen wir sie vielleicht höflich bitten, uns ihre Leber zu geben«, meinte der Kabeljaukönig, »falls sie die zufällig gerade nicht brauchen sollte? Mir scheint, da sind 'n paar Schwierigkeiten.«

Aber dann erinnerten sie sich, daß es doch noch ein Tier gab, das ihnen helfen konnte, und das war die Schildkröte. So schickten sie nach ihr, und als sie ankam, sagten sie zu ihr, daß sie nach oben gehen und mit einer netten gesunden Katze zurückkehren solle, für die hätten sie was zu tun. Und sie gab ihnen ihr Wort, daß sie ohne Katze nicht zurückkommen würde.

Nun, die Schildkröte schwimmt hinauf durchs Meer und geht am ganzen Ufer entlang, bis sie zu einem Dorf kommt. Und da hat sie doch nichts Besseres zu tun, als den Strand hinaufzukrabbeln, nicht weit von den Häusern entfernt, und sie tut so, als ob sie dort gestrandet wäre. Tatsächlich wird sie auch nach einer Weile von einer Katze entdeckt, die einem Fischer aus einer der Hütten gehört, und die denkt sich, was ist denn das da? Katzen sind sehr neugierig, müßt ihr wissen. Besonders die jungen. Und sie können ganz bestimmt nichts in Ruhe lassen, wenn sie sehen, daß es sich bewegt und so tut, als ob's in Schwierigkeiten wäre. So, da kommt nun die Katze, springt herum mit großen Augen und streckt eine Pfote aus, um auf den Panzer der Schildkröte und dann auf ihren Kopf zu patschen. Die Schildkröte, die tut so hilflos, bis sie ihre Chance sieht, und dann packt sie plötzlich die Pfote der Katze mit ihrem Maul und zieht sie hinunter ins Wasser, und ab geht's.

Den ganzen Weg zurück schrie die Katze und kämpfte und machte solch ein Theater, daß die Schildkröte kaum vorwärts kam. Und endlich erzählt sie ihr, daß es nichts gibt, worüber sie sich Sorgen machen muß, daß sie nur mitkommen soll, um als Ehrengast vor einer großen Versammlung im Saal des Meereskönigs zu erscheinen. Sie versprach ihr alle möglichen wunderbaren Dinge, und am Ende beruhigte sich die Katze und wurde still, aber die Schildkröte paßte gut auf, daß sie ihre Pfote nicht losließ.

Als die Schildkröte wieder daheim angekommen war, drängten sich alle Fische und Meereswesen um sie herum und jubelten und winkten und machten ein solches Getue, daß die Katze wirklich glaubte, sie wäre als Ehrengast geladen worden. Sie machten so viel Aufhebens mit ihr, und natürlich erzählte ihr niemand, was dies alles in Wirklichkeit auf sich hatte. Sie bekam *solch* eine gute Mahlzeit, und dann ließ sie sich bequem auf einem schönen weichen Bett aus Schwämmen nieder, und nach einem kleinen Weilchen schlief sie richtig ein. Und in der Zwischenzeit machten die Meerestiere aus, daß sie sich am nächsten Tag wieder treffen würden, um dann die Katze wegen ihrer Leber aufzuschneiden.

Nein, Miss Jean, du brauchst gar nicht anzufangen zu weinen, weil die Geschichte nämlich ganz anders ausgeht, als du denkst.

Ja, nun seht mal, um Mitternacht wachte die Miezekatze auf, und da ist dieses kalte gummiartige Ding, das sie an ihrer Nase kitzelt und gegen ihren Kopf stößt. So fragt sie: »Wer ist denn da? Und was willst du von mir?« Und was war's? Es stellte sich heraus, daß es die hinterlistige alte Qualle war, die ihr verraten wollte, was eigentlich los war.

»Die werden dich aufschneiden«, sagt sie, »und deine Leber herausnehmen, um eine Zauberei daraus zu machen. Das heißt, wenn du nicht schlau bist und mit mir kommst. Ich werde dich hier herausholen.«

Und damit versucht sie, die Katze auf ihren Rücken zu nehmen und wegzuschwimmen. Genau wie die Schildkröte. Nur war sie so weich und schlüpfrig, seht ihr, da gab's nichts für die Katze, woran die sich hätte festhalten können. Ach du lieber Himmel, haben die nicht alles versucht, und die Katze hat sich *so* gefürchtet, weil die Qualle ihr alles erzählt hatte, und sie krallte sich fest und zitterte so sehr, als wär' sie selbst eine Qualle gewesen. Endlich mußten sie aufgeben, und die Qualle ging wütend davon und dachte, daß dies das Ende all ihrer schlauen Pläne wäre.

Aber Katzen sind ja so erfinderisch, man weiß nie, was sie als nächstes anstellen. Es hat keinen Sinn, wenn ihr glaubt, daß ihr schlauer seid als so 'ne Katze. Denn die läuft schon längst die Straße hinunter, während ihr noch lange zum Schornstein hinaufschaut. Als die Frühstückszeit gekommen war, brachten sie ihr alle möglichen guten Dinge genau wie am Abend zuvor, aber sie saß nur da und wollte keinen Bissen zu sich nehmen.

»Was ist denn los?« fragt der Herr der Steinbutte sie ganz höflich — nur wollten die ja gern, daß sie 'ne Menge essen und wieder einschlafen sollte, seht ihr. Damit sie schön ruhig wäre und keinen Ärger machen würde. »Magst du das nicht?«

»O doch, doch«, sagt die Katze und tut sehr enttäuscht. »Ihr seid sehr freundlich«, sagt sie, »aber die Wahrheit ist, daß ich eine sehr schlechte Nacht hatte, und es ist alles meine eigene Schuld«, sagt sie. »Ich kann selbst nicht glauben, wie ich *so* dumm und vergeßlich sein konnte.«

»Warum, was hast du denn vergessen?« fragt jemand.

»Ach«, sagt die Katze, »ich wasche meine Leber einmal im Monat — das ist nämlich gesund für uns Landgeschöpfe, müßt ihr wissen — wir tun es alle, und dann häng' ich sie auf zum Trocknen. Und weil ich doch gestern nachmittag so plötzlich wegging, hab ich's glatt vergessen. Und natürlich mußte mir dieses herrliche Essen, das ihr mir gestern abend gegeben habt, schlecht bekommen. Ich wag' es wirklich nicht, noch mehr zu essen«, sagt sie. »Mir geht's jetzt schon schlecht genug.« Und dann rollt sie herum und spielt ihnen *solch* ein Theater vor, daß sie alle glauben, es hätte sie wirklich schlimm gepackt.

»Ist das nicht wieder echt?« fragt der Kabeljaukönig. »Mal wieder unser Glück, was?«

»O je, o je«, sagt der Herr der Steinbutte, »wenn's kommt, dann kommt's dick. Warum mußte diese alte Schildkröte auch eine ohne Leber nehmen. Ein Glück, daß sie uns das gesagt hat. Es hätte ja wirklich sein können, daß wir uns für nichts und wieder nichts abgemüht hätten. Die Schildkröte muß sie nun einfach zurückschaffen, damit sie ihre Leber holen kann, und sie heute abend wieder hierher zurückbringen«, sagt er.

So machen sie sich auf den Weg, die Schildkröte und die Miezekatze, wieder hinauf zum Dorf am Meer. Natürlich, sobald sie wieder dort sind, sagt die Mieze: »Oh, gut«, sagt sie, »dort drüben hängt meine Leber auf der Leine. Ich brauch' nur einen Augenblick.« Und weg war sie, und sie hütete sich, wieder zurückzukehren. Die arme alte Schildkröte wartete und wartete, aber endlich mußte sie wieder nach Hause gehen und ihnen sagen, daß sie alle zum Narren gehalten worden waren.

Und von diesem Tag an bis heute geht keine Katze mehr ins Wasser oder auch nur in seine Nähe, wenn sie's irgendwie vermeiden kann. Weil jene alte Miezekatze es allen anderen gesagt hat, und die haben's weitergegeben, von Mutter zu Kind, seht ihr. Die geben den Fischen keine Chance mehr. Und kein Tier kommt mehr aus dem Meer aufs Land, außer der Qualle und der Schildkröte — nur, was die Schildkröten angeht, ich selbst hab' noch keine gesehen, und ich sag' euch auch nur, was man mir gesagt hat. Und was die Qualle betrifft — die schwimmt ganz allein im Wasser herum, denn keine der anderen Kreaturen will mit ihr etwas zu tun haben, und das ist kein Wunder, nicht wahr? Sie läßt sich den Strand hinauftreiben, wenn sie Lust dazu hat, und dann wartet sie darauf, daß die nächste Flut sie wieder fortspült. Und wenn irgend jemand sie anfaßt oder sie stört, dann sticht sie den, weil sie Angst hat, daß sie gekommen sind, um sie für ihre üblen Scherze zu bestrafen. Aber da kann man jetzt nichts mehr dagegen machen, und man läßt sie am besten in Ruhe, wenn man nicht will, daß es einen ganz schön erwischt.

Da kommt jetzt der Esel-Mann, Master Richard. Siehst du ihn dort oben? Einmal dürft ihr reiten, du und Miss Jean, ihr beiden. Meine Güte, zwei Penny für jeden, das ist ja Raub am hellichten Tage, und dem Esel-Mann würden die doch glatt noch 'n Orden vom Lord Kitchener besorgen. Jawohl! Na, da hast du vier Kupferstücke, Master Richard. Paß gut auf sie auf. Und kommt ja gleich wieder hierher zurück, wo ich sitze. Wandert nicht herum und stellt euch nicht hin und hört diesem ordinären Bauchredner zu, oder wie immer der sich nennt. Seid nun liebe Kinder, und ich nehm' euch heute nachmittag auch mit, den Camrockskura anschauen. Und *hör* bloß auf, mit deinen Zehen so rumzustoßen, Master Richard. Die Sandalen sollen noch 'ne Weile halten!

Der Riesenaal

»Good day! Good day!« Nun, Monsieur, um ehrlich zu sein, mehr Englisch kann ich nicht, und ich sage es immer zu den amerikanischen Damen und Herren, die ich zum Fischen mit hinausnehme, weil sie es hören wollen. Ich wußte nicht, daß Sie Franzose sind. Und Monsieur spricht polynesisch — wunderbar! Gut, dann werde ich polynesisch sprechen mit einer Spur Französisch vielleicht, eh? Merveilleux! Ca marche bien.

Die meisten Touristen im Club Med. sind natürlich Amerikaner, hin und wieder sind ein paar Briten darunter, aber wir bekommen auch Franzosen; und das ist nicht überraschend, da Tahiti und Morea und die anderen Inseln französisch sind, immer weiter westlich bis Bora-Bora. Ich selbst komme von Raiatea — dort bin ich geboren. Ich habe fünf Jahre lang in Papeete gearbeitet, aber seit drei Jahren bin ich beim Club auf Morea. Nun, man verdient gutes Geld; et le travail, ce n'est pas trop dur. Ja, das ist mein eigenes Boot, und ich zahle noch dafür, aber der Club hält es instand, solange ich hier bin, und kauft natürlich auch das Benzin. Good day!

Ist Monsieur ein guter Seemann? Ich frage nur, weil ich denke, daß es draußen in der Lagune böig sein wird, besonders, wenn wir über das große *Motu* (Koralleninsel) da drüben hinausgehen. Sie wären überrascht, wenn Sie wüßten, wie viele Leute seekrank werden, auch wenn es ruhig ist. Dafür habe ich diesen Eimer hier!

Regardez, Monsieur — non, par là, über Ihrer Schulter. Von hier aus haben Sie einen schönen Blick auf den Berg mit dem Loch in der Spitze. Dem einzigen auf der Welt, sagen sie. Non, non, c'est tout à fait naturel. Vulkanisches Gestein, voyez-vous. Nein, ich war noch nie dort oben. Der Aufstieg wäre zu beschwerlich — kein Pfad und meilenweit dicker Wald, sehr steil. Ich kenne niemanden, der je dort oben gewesen ist.

Monsieur hat einen schönen Urlaub? Bien. O ja, es ist viel los. Monsieur Nat, Monsieur Big Luke et Monsieur Chrétien — die bringen was auf die Beine. Schwimmen Sie viel, Monsieur? Oh, Sie waren unten mit den Tiefseetauchern? Das könnte ich nun nicht. Ich würde mich fürchten. Wer ist Ihr Lehrer? Oh, der junge Holländer, Monsieur Clement. Er ist sehr gut mit den Anfängern, sagen sie. Aber eine Schnorchelmaske und Flossen, das genügt mir. Damit kann ich fünfundzwanzig Fuß tief tauchen, und weiter hinunter möchte ich nicht. Auf die Weise sieht man eine ganze Menge. Die Fische sind sehr schön, n'est-ce pas?

Nein, nein, keine Haie hier, Monsieur. Nicht innerhalb des Riffs. Da können Sie ganz sicher sein. Haben Sie einen Riesen-Rochen gesehen? Aus der Entfernung — ja, das ist wahrscheinlich die einzige Möglichkeit, ihn zu sehen — aus der Entfernung. Wissen Sie, er ist ein großer Feigling. Er liegt im Sand auf dem Boden. Wenn Sie auf ihn treten würden, ah oui, vous seriez blessés , bien sûr, aber fast immer sieht er Sie zuerst und verschwindet. Der Teufelsfisch? Nun, man erzählt, daß der Teufelsfisch tödlich giftig sei, und ich möchte doch meinen, daß da etwas Wahres daran ist. Sie sagen das natürlich nur, damit sie hinterher nicht behaupten können, man hätte sie nicht gewarnt. Ich habe noch nie von jemandem gehört, der von einem Teufelsfisch gesto-

chen worden wäre. Aber das sind häßliche kleine Biester, ganz bestimmt.

Wenn Sie am Riff entlang tauchen, Monsieur, ist es sehr gut möglich, daß Sie zufällig einen der großen Meeraale sehen. Oh, Sie *haben* einen gesehen? Ich hoffe, Sie haben einen großen Bogen um ihn gemacht — ja, nur ein Narr würde etwas anderes tun, stimmt's? Es ist unheimlich, nicht wahr, wie er seinen großen bösen flachen Kopf aus einer Felsspalte herausstreckt und ihn mal in die Richtung und mal in die andere dreht, um Sie beobachten zu können. Bösartige Kreatur — gefährlich. Trotzdem, es war der Riesenaal — vor langer Zeit — der den Inseln den größten Segen brachte. Ich möchte wetten, Sie kennen die Geschichte. Ohne dieses Geschenk hätte es für den Menschen auf den Inseln kein Leben gegeben — nein, auch anderswo in der Südsee nicht, wenn man's richtig bedenkt. Man mag es eine alte Weibermär nennen, aber was ich immer sage, ist das: die Welt ist ein sehr alter Ort, und wir können nicht wissen, was in all diesen vergangenen Jahren wirklich geschehen ist und was nicht. Es ist nicht gesagt, daß die Dinge immer so gewesen sind wie jetzt. Die Geschichte geht zurück bis zu den Tagen von Maui — dem Held Maui, der die Inseln aus dem Ozean gefischt und die Sonne mit einer Schlinge gefangen hat, um für immer zu scheinen. Ohne Maui gäbe es hier gar nichts — nur die See. Aber dann wiederum — ohne Te Tuna hätten die Menschen auf diesen Inseln in all diesen Jahren nicht leben können. Sie kennen die Geschichte von Te Tuna nicht, Monsieur? Nun, wenn Sie sie gerne hören würden, erzähle ich sie Ihnen. Es gibt nicht mehr viele Leute, die sich diese alten Geschichten noch erzählen — jedenfalls nicht auf Tahiti. Aber wenn Sie auf einer der kleineren Inseln leben würden, dann würden Sie sie hören — das heißt, nachdem man Sie erst einmal kennengelernt hat.

Vor langer Zeit lebte Te Tuna; er war der Riesenaal von Orea, die schrecklichste Kreatur in der See. Er wurde gefürchtet vom Westen bis zum Osten und wieder zurück. Die Haie fürchteten ihn, die Rochen und die großen Muscheln unter den Klippen — Muscheln, die sich um den Arm eines starken jungen Schwammtauchers schließen und ihn so lange festhalten können, bis er ertrinkt. Es gibt nichts, was *diesen* Griff öffnen könnte. Jedes Lebewesen, das Te Tunas Zorn erregte, wurde von ihm getötet; entweder er tat es selbst oder seine gnadenlosen Anhänger, denn die konnten jeder schwimmenden Kreatur schneller nachsetzen, als diese flüchten konnte. Sein Zorn verdunkelte die See, und wenn er wollte, konnte seine Zauberkraft die Wellen auftürmen und die Korallen zerschmettern lassen.

Manchmal streifte er im tiefen Ozean umher und suchte die dunklen Plätze seines Königreichs auf, um sich zu vergewissern, daß alle ihn sahen und den Terror seiner Gegenwart verspürten. Aber zu anderen Zeiten lebte er bequem in seinem großen Meerespalast aus Felsen und schwarzen Korallen tief unter den Inseln, und von dort sandte er seine Boten und Spione aus, um all das zu erfahren, was von den Wellen und Winden getragen wurde. Und seine Kämpfer sandte er aus, wann immer getötet werden sollte.

Trotzdem gab es jemanden, der Te Tuna beeinflussen und sich seiner Macht bedienen konnte, so wie es ihr gefiel, und das war seine Gefährtin, die schöne Hina des Himmels. Viele, viele Geschichten werden von Hina erzählt — mehr als mir einfallen und mehr als irgendein Papahé je gehört hat, das ist sicher. Manchmal verweilte sie im Mond und dann wieder in den eiskalten Bergen, wo sterbliche Menschen ihren prächtigen Körper unter den Wolken des Sonnenuntergangs leuchten sehen konnten. Die Pupillen ihrer Augen waren Grünsteine, und ihr Haar war wie das lange karminrote Seegras, das zurückfällt und herabstürzt, wenn der weiße Schaum von den Klippen spritzt. In der Liebe war sie wie der Barrakuda — sein Appetit kennt keine Grenzen. Aber zu jener Zeit, von der ich spreche, gefiel es ihr, mit Te Tuna zu leben wegen seiner Kraft und seiner Macht, aber auch wegen der Stärke seines Verlangens nach ihr, das ihn verbrannte, wenn sie es anzufachen suchte. Und das war oft.

Wie lange die warme Hina mit Te Tuna in jenem dunklen Palast unter den Wellen lebte, kann ich nicht sagen, auch nicht, ob sie ihm Kinder geboren hat. Aber schließlich, so erzählt man sich, kam eine Zeit, da sie seiner Liebe überdrüssig wurde und sich nur nach dem Sonnenlicht und den Umarmungen eines Mannes sehnte. Doch Te Tuna selbst war noch immer voll Verlangen nach ihr, und wegen seiner immerwährenden Sehnsucht, bei ihr zu sein, ging er seltener als früher in den Tiefen der See umher. Und Hina — schöner und schlauer als irgendein anderes breithüftiges Mädchen von Taravao oder Tautira — dachte nur daran, wie sie ihn loswerden könnte, um ihre eigenen Wege zu gehen und ein neues Bett zu finden.

Nun, so geschah es — so ließ sie es geschehen —, daß sie eines Tages, als er erschöpft neben ihr lag, sagte: »Ich will hinauf zu den Inseln schwimmen, mein Gebieter, und Speisen suchen, die ich für dich bereiten werde, die besten, die ich finden kann, und nach meiner Rückkehr werde ich für dich und deine Leute ein herrliches Mahl anrichten — Früchte, Schweinefleisch und Meerkrebse, Bananen und Süßkartoffeln.« Und da antwortete Te Tuna, schlaftrunken in seinem Wohlbefinden: »Dann geh, Vahine, heller Blitz, der mich schmelzen läßt, aber sieh zu, daß du rasch zurückkehrst, wie der Mond, der hinter einer Wolke hervorkommt.«

Da schwamm Hina ganz nackt hinauf durch die Wellen. Und als sie zu den Inseln kam, roch sie die Frangipani in der Kühle vor Sonnenaufgang. Da war sie froh. Sie schwamm durch eine Spalte im Riff und da hinein, wo das frische Wasser aus dem Wald in die Lagune strömte; und da setzte sie sich nieder und wrang ihr langes Haar aus, während die Sonne emporstieg und auf ihre Brüste schien.

Nach und nach kamen die Männer mit ihren Netzen und Paddeln, um ihre Kanus loszumachen und fischen zu gehen, und sie rief ihnen zu: »Wer will bei mir liegen? Wer will der erste sein, der mich in seine Arme schließt neben dem Wasser, denn ich verbrenne!«

Sie sahen sie an und erkannten, wer sie war — die warme Hina des Himmels, das Mädchen, das ganz golden war wie ein Kerzenbaum am Morgen. Sie zitterten und waren voll Verlangen nach ihr — es waren Männer, Monsieur, wie Sie und ich. Und dann dachten sie an Te Tuna und erinnerten sich an das Aussehen derer, die ihm mißfallen hatten, nachdem er mit ihnen fertig geworden war, und einer von ihnen rief aus: »Warum quälst du uns, Hina? Wir sehen dich, und wir kennen auch deinen Gebieter. Er, der über die Flutwelle und den Taifun befiehlt. Laß uns in Frieden. Geh und stille deine Begierde anderswo.« Da schwamm Hina fort und weinte.

Sie schwamm nach Morea und Fakarava, nach Huahine und zu den grünen Hügeln des heiligen Raiatea. In den grünen Lichtungen breitete sie ihre glänzenden Schenkel aus und rief den jungen Männern zu: »Nehmt mich, schmelzt auf mir! Meine Brüste sind geschwollen, und ich kann mein Verlangen nicht länger ertragen.« Und sie antworteten: »Wir auch nicht! Willst du uns zuerst verrückt machen und dann die Rache von Te Tuna auf unser Dorf bringen?« Sie flohen zu ihren eigenen Mädchen, damit sie Hina mit dem feuerroten Hibiskus im Haar leichter widerstehen konnten. Aber sie konnten sie genausowenig aus ihren Gedanken vertreiben wie man den Duft von Jasmin aus der Dunkelheit vertreiben kann. Monsieur hat solche Schmerzen gelitten? Alors, on n'a besoin d'en parler plus.

So kam sie endlich nach Bora-Bora. Das ist eine kleine Insel, eine lange Strecke windabwärts, wo ein hoher Berg mit flachem Gipfel wie ein runder Turm über einem Dorf neben der Lagune steht; und ein großes *Motu* liegt zwischen dem Dorf und dem Riff. Monsieur war dort? C'est juste? Bien. Damals, vor langer Zeit, lebte Maui auf Bora mit seiner Mutter Hua-Hega — der Held Maui Tiki-Tiki a Taranga. Er, der als erster den Widerhaken zum Angeln erfand und die Aalfalle baute, der den Hund für den Menschen schuf und selbst mit den Göttern Scherze trieb. Maui, der Bringer des Feuers.

Maui war vom Fischen zurückgekommen und breitete sein Netz aus, um es zwischen den Eckpfosten seiner Hütte trocknen zu lassen, als er den Ruf der warmen Hina vom Ufer her vernahm. Er legte sein Netz beiseite und ging auf sie zu, und wie sie ihre Arme emporhob, fühlte er seine Lenden wie den Schatten eines Hügels, wenn die Sonne dahinter versinkt. Doch als er sie erkannt hatte, fürchtete sich selbst Maui beim Gedanken an Te Tuna und an die starrenden Pupillen seiner weißen lidlosen Augen. Er versuchte sich zu bedecken, denn er war nackt, und sie, die die Krankheit erkannt hatte, an der er litt, lachte und schwang ihre Hüften, um ihn bis zur Unerträglichkeit zu provozieren, falls sie es vermochte.

Vielleicht wäre auch Maui geflohen wie der Rest — Maui Tiki-Tiki a Taranga, der Auffischer der Inseln —, hätte ihm nicht seine Mutter, die leise hinter ihn herangetreten war, ins Ohr geflüstert: »Nimm die Frau. Nimm sie für dich, mein Sohn, und hab keine Furcht, denn es ist Bestimmung und ein Befehl der Götter an die Welt, daß sie die Deine sein soll. Doch nur die Götter wissen, welche Pflanze dazu bestimmt ist, aus diesem Samen zu sprießen.«

So nahm sie Maui, und sie lebte mit ihm auf Bora-Bora. Er war ihr Fischer, und sie kochte die Speisen,

die er ihr brachte. In ihrer Lagune warf er seinen Angelhaken aus. Sie ließ Früchte in der Waldlichtung wachsen, und er pflückte diese Früchte und aß sie. Sie zeigte ihm einen warmen Bach oberhalb einer belaubten Kaskade, und er badete in diesem Gewässer. Oft, wenn die Nacht hereinbrach, blies der Wind, und die Bäume stießen zusammen und taumelten gegeneinander, aber bevor der Mond den Zenit erreicht hatte, war alles wieder still; und dann blieben die Zweige die ganze Nacht ruhig bis zum Sonnenaufgang.

Man sagt, es ist der Wind, der die Nachrichten über die Inseln trägt, denn nichts anderes könnte sie so schnell verbreiten. Jede Kreatur im Meer konnte in diesem Hauch den Duft der Frangipani- und Tiaré-Blüte von Hinas Liebe wahrnehmen, denn von Bora blies der Wind ihn über die Wellen und unter die Wellen, und bald rührte er auch das lange schwarze Seegras vor der Tür von Te Tunas Palast an. Es gab niemanden, der es ihm zu sagen gewagt hätte; aber er nahm den Duft selbst wahr, erzählt man, und er wand sich auf den Korallen, als ob ihn ein glühender Zweig berührt hätte. Er zerbrach die Felsen bei seinem Thron und wußte doch nicht, daß er es getan hatte. Einen ganzen Tag lang sagte er kein Wort, und niemand wagte es, ihn anzusprechen. Dann rief er nach seinen vier Hauptgefolgsleuten, und sie stiegen mit ihm hinauf durch die Meere und machten sich auf den Weg nach Bora-Bora. Ich bin froh, daß ich ihnen dabei nicht begegnet bin.

Sie erreichten die Insel bei Sonnenaufgang von Osten herkommend, die fünf, zusammen in die Brandung hineinschwimmend. Als sie sich näherten, fuhr ein Wirbelsturm über die Insel, der die Bäume flach bog und an ihnen riß, so daß sich der ganze Ort in ein dunkles krachendes Toben verwandelte, in ein Tosen aus Blättern und Sand. Und hinter dem Sturm folgte die Flutwelle — ein großer Bogen aus Wasser, der die Wolken obenauf zu tragen schien. Auf dieser Woge reitend kamen Te Tuna und seine Krieger, jeder eilig, der erste zu sein, der seine Klauen in Mauis Körper schlagen konnte. Die Flutwelle zerbrach das Riff. Es wurde zerschmettert wie ein Topf aus Ton. Sie sagen, man kann den Spalt bis zum heutigen Tag sehen. Te Tuna, der sich aus der See aufrichtete, halb so hoch wie die Hügel, brach durch das Riff. Splitter ausgezackter Korallen staken in seinen Flanken.

Gerade als die Sonne aufging, stürzte jene große Welle über die Breite der Lagune herein, rollte über das *Motu*, als ob es dieses nie gegeben hätte. Und die ersten Strahlen, die sich über die See neigten, zeigten Maui, der nackt am Strand stand, ruhig und bereit, nur sein Haar von diesem schrecklichen Sturm zerzaust. Als er seine Hand hob — die Hand jenes Gauners, der den ersten Angelhaken geschaffen und das Feuer gestohlen hatte —, drehte sich die Woge um ihre ganze grüne Länge und glitt hinunter, zurück in den Ozean. Die ganze Lagune wurde hinterhergezogen, bis selbst das Korallenriff brach lag mit den langen Seegräsern und den bunten Anemonen auf den Felsen. Und auf diese unerbittlichen Korallen wurden Te Tuna und seine Gefolgsleute hinabgeworfen und zerschmettert.

Drei starben gleich an Ort und Stelle, und ihre Körper lagen blutend auf dem Boden der Lagune, fast füllten sie diese wieder auf mit ihrem Blut: Pupu-vai-e-noa, der die sieben blauen Haie bei Fatu-Hiva erschlagen und ihre Leichen für die Krebse und Möwen an Land geworfen hatte; Porporo-tu-huaga, der die Häuptlingstochter von Rimatara geliebt und sie bei Nacht weggetragen hatte, der sich von der Taulapa, dem Meeresleuchten, das tief unter der langen Bucht aufblitzt und sich stets in einer Linie mit dem nächsten Land ausrichtet, leiten ließ; und Haga-vai-i-e-rire, der das Netz von Nakaa an der Nordspitze von Butaritari zerrissen und sich deshalb für unsterblich gehalten hatte. Aas wurden sie an jenem Tag — alle miteinander. Nur der letzte jener vier entkam — Toke-a-kura, der schnelle Schwimmer mit den langen Fangzähnen, der das große Loch unterhalb der Felsen von Tahiti geschlagen und die Splitter von Hauru bis Torurua verstreut hatte. Verwundet wie er war, floh er zum zerbrochenen Riff, kroch hindurch und tauchte in Sicherheit, in den Ozean hinein.

So war Te Tuna allein gelassen, und Maui hätte ihn nun gleich hier an Ort und Stelle erschlagen können. Doch er tat es nicht; vielleicht zum Teil deshalb nicht, weil er nicht wußte, wie er diese Aufgabe ohne Gefahr lösen könnte, es mag aber auch sein, daß er daran dachte, Te Tuna zu demütigen, indem er ihn der warmen Hina des Himmels geschlagen zeigen konnte, damit sie jegliche Lust, zu ihm in seinen Palast unter der See zurückzukehren, für immer verlieren würde. Was auch immer Mauis Gedanken gewesen sein mochten — die Geschichte erzählt uns nur, daß er Te Tuna emporhob und zu seiner Hütte trug, als die See zurückkehrte, um die Lagune erneut zu füllen.

Und hier lebte nun Te Tuna eine Zeitlang, denn in Wahrheit hatte er nicht den Mut, ohne sein Gefolge in den tiefen Ozean zurückzukehren, um andere hinter seinem Rücken die Geschichte seiner Niederlage flüstern zu hören und sich zu fragen, wie lange sie nun seine Herrschaft noch ertragen würden. Welche Worte er mit Hina sprach oder sie mit ihm und was seine Gedanken waren, als er sah, wie sie sich aus Mauis Bett erhob, um Mauis Mahl zu bereiten — von diesen Dingen habe ich nie erzählen hören. Aber eines Abends, so sagt man, brach er in lauten Zorn und Verzweiflung aus, nannte Maui einen Feigling und hinterhältigen heimtückischen Dieb, der nicht den Mut hätte, seine Gaunereien und Zaubereien beiseite zu legen, um im Angesicht des Todes zu kämpfen — mit seiner Kraft gegen die des Feindes. Und damit gingen die beiden hinunter zum Strand, gerade als die Nacht hereinbrach.

Maui stand nahe am Wasser auf dem Sand, und Te Tuna wand sich und bog sich vor ihm und versuchte ihn zu erschrecken, um seinen Mut für den Kampf zu schwächen und zu zerstören. Doch dieser zeigte keine Anzeichen von Furcht, auch nicht, als Te Tuna endlich mit dem Kampf begann, über den sie sich geeinigt hatten. Er zog sich zusammen und wurde immer kleiner und verschwand schließlich in Mauis Körper, um ihn von innen heraus zu zerstören, falls ihm dies gelingen sollte.

Die ganze Nacht hindurch, während Te Tuna sich auf seinen verborgenen Wegen entlangwand, stand Maui bewegungslos neben der Lagune. Der Mond ging auf, wanderte über den Himmel und versank erneut im Meer, während die Spinnen und Landkrebse eilig ihren dunklen Geschäften nachgingen. Der Windhauch vom Wald her führte das Rascheln der Blätter und das Plätschern der Wasserfälle mit sich, aber Maui gab keinen Laut von sich, seine Füße im Sand, breit und flach wie Backsteine in einem Feuer. Was er litt, während der schreckliche Orea-Aal ihn zu zerstören versuchte, kann niemand sagen. Die Sonne ging wieder auf und stieg dem Mittag entgegen, und Maui bewegte sich noch immer nicht und ließ kein Zeichen des Kampfes in seinem Innern erkennen. Still und tödlich wie das Duell großer Fische in den Tiefen, die kein Tageslicht erreicht. Und endlich, gerade als es schien, daß er es nicht länger ertragen könnte, tauchte Te Tuna wieder in seiner wahren Form auf, denn gegen Maui konnte er sich nicht behaupten.

Und nun machte Maui kurzerhand das, was zu tun übriggeblieben war. Kaum war er seinerseits in Te Tunas Körper verschwunden, als der Riesenaal sich windend auf den Sand zurückfallen ließ. In Todespein klafften die großen Fangzähne weit auseinander, und dann starb er ohne ein Wort, sein Körper zerrissen wie ein altes Kleidungsstück.

Maui schnitt den Kopf ab als Trophäe und trug ihn zurück in seine Hütte. Doch Hina, vielleicht aus Mitleid über den Tod desjenigen, der einst ihr Liebhaber gewesen war, duldete nicht, daß er zur Schau gestellt oder verspottet würde. So begrub ihn Maui noch in dieser Nacht in der Erde vor ihrer Tür. Was den Körper auf dem Sand betraf, so hatten die Landkrebse vor der nächsten Morgendämmerung alles genommen.

Nun gab es nichts mehr, was Mauis Frieden hätte bedrohen können, und er und Hina lebten ruhig auf Bora, sicher in ihrer Lust und Freude, sahen nichts weiter und waren unbekümmert um alles andere, so daß sie, als die Monate vergingen, Te Tuna und den Kampf allmählich vergaßen, in dem er aus Liebe um das Mädchen, das er an Maui verloren hatte, gestorben war. Es mag fünf, sechs oder sieben Monate nach Te Tunas Tod gewesen sein, als Maui eines Nachts, nachdem er sich wieder einmal in Hinas glühenden Lenden erschöpft hatte, friedlich dalag und der entfernten Brandung auf den Klippen lauschte und müßig das Mondlicht betrachtete, wie es auf der Erde vor der Tür entlangkroch. Da bemerkte er plötzlich einen langen grünen Trieb, neu aus der Erde sprießend, einen Schößling, dem bereits Blätter wuchsen von einer Art, die ihm nicht bekannt war. Dann erinnerte er sich an den begrabenen Kopf, und er fürchtete sich, denn er konnte nicht sagen, was dies zu bedeuten hätte. Hina war eingeschlafen, und er ging von ihrer Seite und suchte Hua-Hega auf, die weise Frau, seine Mutter.

Nun, Hua-Hega hatte in ihrem Herzen alles gewußt, alles, was bestimmt war, selbst das, was geschehen war, bevor Hina zu Te Tuna in den Palast unter der See gekommen war. Darum hatte sie Maui geraten, Hina für sich zu nehmen. Und nun, als sie gemeinsam neben diesem seltsamen meeresgrünen Blattwerk standen, das aus dem Kopf seines geschlagenen Feindes sproß, ließ sie ihn schwören, es zu pflegen und aufzuziehen, da es das Kostbarste auf allen Inseln wäre.

»Dies«, sagte sie, »ist nichts Geringeres als das göttliche Geschenk von dem, der dich einst haßte, der aber jetzt befreit ist von der Sorge und bitteren Qual der Liebe. Dies ist ein Zeichen seines Segens und seiner Vergebung, das wir in bescheidener Dankbarkeit annehmen müssen, denn es wird bis in alle Ewigkeit das Brot der Inseln sein.«

Es ist jener Baum dort, Monsieur, von dem die Inseln leben — die Kokospalme. Ohne die Palme gäbe es keine Männer und Frauen in der ganzen See, denn es ist der freigebigste Baum der Welt. Von der Frucht bekommen wir zu essen und zu trinken. Aus dem Holz werden Blöcke und Bretter zum Hüttenbau und für Kanus gemacht. Die Blätter trocknen wir und nehmen sie zum Dachdecken, die ausgehöhlten Schalen bilden unsere Eß- und Trinkgefäße. Selbst das faserige Gewächs unter der Frucht wird von unseren Frauen zum Einwickeln und als Putztuch verwendet. Solcherart war Te Tunas Geschenk, die unsterbliche seegrüne Hülle von einem Meereskönig, verliehen als Zeichen seiner Vergebung für Maui Tiki-Tiki a Taranga. Doch, wie jedes Kind weiß, war es Maui, der sie gedeihen ließ, so daß sie sich später auf allen Inseln verbreiten konnte.

Nun, Monsieur, wenn die Geschichte den Fang nicht ausgeglichen hat — dann hatte ich unrecht, und es war kein guter Tag, denn wir haben nichts gefangen, nichts verloren und auch nichts gesehen. Soll ich Sie zurück zur Mole bringen? Um vier Uhr fährt Monsieur Big Luke die Tiefseetaucher hinaus, und wir könnten bis Viertel vor zurück sein. Das, sans doute, wird Ihre beste Chance sein, heute nachmittag Fisch zu Gesicht zu bekommen. Oder sie könnten im Schatten sitzen und Mademoiselle Renée auf dem Volleyballfeld zusehen. Vielleicht würde es Maui bedauern, daß er selbst nie die Gelegenheit dazu hatte?

Die Mäuse im Korn

Wollt ihr jetzt bitte alle hierherkommen, ruhig sein und mir zuhören? Toby, das gilt auch dir! Wir sind frühzeitig eingetroffen, was viel besser ist, als zu spät zu kommen, und es wird noch eine halbe Stunde dauern, bis Mr. Britten uns im Saal erwartet. Alle über elf können nach draußen gehen, wenn sie Lust haben, und herumlaufen, aber wollt ihr — ich habe noch *nicht* gesagt, daß ihr schon gehen könnt! Sonja, Marie-Therese, könnt ihr *bitte* warten, bis ich fertig bin! Hilary Ann, komm zurück! Wollt ihr nun alle bitte daran denken, daß ihr euch in der Mälzerei befindet? Daß ihr die Finchley-Kindermusikgruppe seid und daß wir Mr. Brittens Gäste sind? Ihr müßt euch anständig benehmen und dürft keinen Unfug treiben und nichts tun, was der Gruppe einen schlechten Ruf einbringt. Ist das klar, ihr beiden, David und Melanie? Wer etwas anstellt, wird *nicht* am Konzert teilnehmen. Na gut, ab mit euch! Und geht mir *nicht* hinunter zu den Sümpfen, habt ihr verstanden? Ihr habt pünktlich in einer halben Stunde wieder hier zu sein, und Poll wird nebenan auf euch warten.

Der Rest von euch — setzt euch hierher! Wenn jemand Limonade möchte, kann er es Poll jetzt sagen; sie holt für alle genug. Toby, willst du bitte *sofort* aufhören, an Susans Haaren zu ziehen. Nun, wer erzählt uns jetzt eine Geschichte? Juliet? Philip? irgend jemand — wie wär's?

Was? Ihr meint, *ich* sollte eine Geschichte erzählen? Unfair, wenn ich mich raushalte, sagst du, Priscilla? Nun, wahrscheinlich hast du recht — laßt mich mal sehen. Wenn ich wirklich eine Geschichte erzählen soll, dann bestehe ich aber auf absoluter Aufmerksamkeit, weil es bestimmt eine sein wird, die noch keiner gehört hat. Hm — ja — ich werde euch eine sehr alte Geschichte erzählen — von den Mäusen im Korn. Nein, Rosamunde, sie hat überhaupt nichts mit Bischof Hatto zu tun. Sie geht viel weiter zurück, und es geschah alles in Wales vor einer sehr langen Zeit.

Es waren einmal zwei walisische Stammesführer, der Lord von Dyfed und sein junger Stiefsohn Pryderi der Edelmütige, die nach einem Krieg heimkehrten, den sie in England geführt hatten. Die Schlacht war erfolgreich gewesen, und sie kamen mit der Gewißheit zurück, daß wohl keiner aus England es so bald wieder wagen würde, sie anzugreifen. Trotzdem waren sie beim Gedanken an die Zukunft nicht ganz glücklich, weil sie beide während des Feldzugs mit einem anderen Anführer auf ihrer eigenen Seite heftig gestritten hatten — mit einem Mann, der Lloyd der Zauberer genannt wurde und der so wütend auf sie geworden war, daß er mit all seinen Kriegern nach Hause zurückgekehrt war und Pryderi und den Lord von Dyfed zurückgelassen hatte, um die Engländer nun ganz allein zu bekämpfen. Lloyd war kein besonderer Krieger, aber er war bekannt als großer und mächtiger Zauberer, und der alte wie der junge Fürst machten sich Sorgen, wenn sie daran dachten, daß er sehr wohl danach trachten könnte, seine Rache über sie zu bringen.

Als die beiden Heerführer nun mit ihren Kriegern dem Schloß entgegenritten, das den Namen Arberth trug, warteten ihre Frauen am Tor, um sie mit Girlanden und silbernen Pokalen mit Wein auf einem goldenen Tablett zu empfangen. Und alle Diener

und Pächter sangen ein Lied des Willkommens, begleitet von einem Harfenspieler, der beinahe so gut war wie Mr. Osian Ellis. Die Waliser sind schon immer großartige Sänger gewesen, wie ihr natürlich wißt, und der Harfenspieler hatte das Lied extra für dieses Ereignis komponiert und es mit den Pächtern sehr gut einstudiert, so daß auch nicht einer der Altisten den Ton verzerrte, *Sheila.* Nein, ich habe keine Ahnung, wie es hieß, aber es war ganz bestimmt nicht »›Päng, päng, päng‹, sagten die Nägel in der Arche«. Die Frau des Lords von Dyfed hieß Riannon, und Pryderis Frau, die noch ganz jung war, nicht viel älter als einige von euch, hieß Cigfa.

Am nächsten Tag gaben die beiden Stammesführer ein großes Fest für all ihre Krieger und Pächter, und es gab für jedermann große Mengen zu essen und zu trinken. In jenen Tagen beendeten sie die Kämpfe immer vor dem Frühherbst, wenn sie es so einrichten konnten, zum Teil, weil die Männer zu Hause sein mußten, um die Ernte einzubringen, und zum Teil, weil es keine richtigen Straßen und Wege gab, um die Soldaten bei schlechtem Wetter zu schützen, so daß es mehr oder weniger unmöglich war, eine Armee während des Winters im Feld zu halten. Und bevor die harte Witterung einsetzte, schlachteten sie einen Großteil ihres Viehs, weil es schwierig war, mehr als ein paar der Tiere ordentlich gefüttert über den ganzen Winter bis zum nächsten Frühjahr zu halten. Das meiste Fleisch wurde in Fässern eingesalzen, um sie durch den Winter zu bringen, aber mit einem Teil davon veranstalteten sie ein großes Festessen — das letzte frische Fleisch, das die meisten Leute nun für einige Monate bekommen würden.

Die Stammesführer und ihre Frauen schmausten zuerst, gemeinsam mit ihren wichtigsten Hofleuten und Soldaten. Sobald sie fertig waren, verließen sie den Saal, und das Festmahl begann von neuem für die Pagen, Knappen und Diener. War das Wetter gut und die Nachmittagsluft kühl und angenehm, gingen der Lord von Dyfed mit Pryderi und den beiden Frauen hinaus durch die Felder und hinauf auf einen nahen grünen Hügel, auf den Gorsedd Arberth.

Während sie nun auf dem Gorsedd Arberth standen und auf ihre Felder und Herden und Scheunen da unten und auf den Rauch aus den Häusern in der

Ferne blickten, wurden sie plötzlich von einem heftigen Blitz wie in einem Gewitter geblendet, dem sofort ein entsetzlicher Donnerschlag folgte. Als die beiden Stammesführer ihre erschrockenen Frauen in die Arme nahmen, um sie zu trösten und zu ermutigen, wurde der Gipfel des Hügels von einem Nebel eingehüllt, der so dick war, daß sie auch die nächstliegenden Felsen nicht erkennen konnten.

Da wurden alle vier von einer tiefen Furcht und bösen Ahnung ergriffen. Es war ganz still im Nebel, und sie konnten auch keinen Laut aus dem Tal vernehmen — kein Brüllen des Viehs und keine Rufe, auch nicht das Blasen von Hörnern aus dem Schloß. Tastend stolperten sie den Hügel hinunter und folgten dem Lauf eines schmalen Baches, der, wie sie wußten, in den Schloßgraben mündete. Aber als sie das Schloß erreicht hatten, war nichts davon übrig als eine rauchende Ruine, und keine Stimme, weder von Mensch noch von Tier, antwortete ihnen aus den herabgestürzten Balken und Steinen. Zusammen kletterten sie über den zerschmetterten Torweg und suchten überall umher, aber sie wagten es nicht, sich zu trennen, nicht nur wegen des Nebels und der wachsenden Dunkelheit, sondern auch wegen ihrer schrecklichen Angst davor, was noch geschehen könnte. Sie suchten länger als eine Stunde, aber die einzigen Lebewesen, die sie finden konnten, waren die Jagdhunde des Lords von Dyfed. Endlich suchten sie Schutz, so gut sie konnten, in den Ruinen der Waffenkammer, wo ein Teil des Daches, das noch stand, den kalten Regen abhielt, der zu fallen begonnen hatte.

»Das ist das Werk von Lloyd, dem Zauberer«, sagte Lady Riannon endlich. »Es war seine finstere Macht, die unseren Frieden und Wohlstand zerstört hat. Obwohl er uns dieses Unglück angetan hat, glaube ich doch, daß Gottes größere Macht und Weisheit es ihm nicht erlaubt hat, unsere Leute, unsere Tiere und unser Vieh zu töten. Wir haben keinen einzigen Toten gefunden. Deshalb glaube ich, daß Lloyd nicht in der Lage gewesen ist, sie zu töten, sondern daß er sie an irgendeinen geheimen Ort in seinem Bann hinweggezaubert hat.«

»Hier sind wenigstens noch ein paar Waffen übriggeblieben«, stellte der Lord von Dyfed fest. »Ich werde Lloyd bekämpfen und es mit irgendwelchen Mitteln schaffen, unsere Leute zu retten und das Königreich zurückzuerlangen.«

»Aber wie kannst du ihn bekämpfen?« warf Riannon ein. »Er ist nicht hier, um bekämpft zu werden — hier ist nur dieser Nebel und diese Dunkelheit. Wir wissen nicht, wo wir ihn suchen sollen. Und, was noch schlimmer ist, wir haben nichts zu essen.«

Da nahmen sie die Hunde, von Hunger und Not getrieben, und wanderten fort über das Land, durch alle sieben Hundertschaften von Dyfed, und wo sie auch hinkamen, war das Land wüst und leer.

Einen Augenblick. Sheila, ist dort jemand an der Tür? Guten Tag. Suchen Sie mich? Entschuldigung — was haben Sie gesagt? Nein, es tut mir leid. Ich fürchte, wir müssen noch zwanzig Minuten hierbleiben. Nun, ich fürchte, Sie haben sich geirrt. Ja, ich bin Mrs. Andrewes von der Finchley-Kindermusikgruppe, und ich muß diese Kinder an einem Platz zusammenhalten, bis Mr. Britten für sie bereit ist. Es wird nicht mehr lange dauern, aber wir können im Moment noch nicht weggehen. Danke.

Die beiden Stammesführer und ihre Frauen waren nun sehr verarmt und großen Leiden ausgesetzt. Eine Zeitlang ernährten sie sich durch Jagen und Fischen, aber als der Winter härter wurde, machten sie sich auf den Weg nach England, und hier, wo niemand war, der sie gekannt hätte, arbeiteten sie in den Städten — in Shrewsbury, möchte ich behaupten, und vielleicht auch in Chester und in Ludlow. Es war schwere Arbeit für diese Menschen, die Lords und Ladies gewesen waren und nun Sachen wie Sättel, Pfeile und Stiefel mit Werkzeugen und ihren bloßen Händen machen mußten. Und die ganze Zeit hatten sie Heimweh nach ihrem eigenen Land.

Als es wieder Sommer wurde, gingen sie zurück zu den sieben Hundertschaften und entschlossen sich, dort zu bleiben und zu versuchen, zufrieden zu sein mit dem Leben und Jagen in der Wildnis.

Eines Tages nun, als die beiden Stammesführer in den Wäldern waren, scheuchten ihre Hunde einen großen weißen Eber auf, der vor ihnen herlief, bis er schließlich in ein dunkles Dickicht hineinsprang. Sie folgten ihm vorsichtig, als sie plötzlich auf eine Lichtung stießen und vor sich einen dunklen efeuumwachsenen Turm sahen. Und durch die offene Tür dieses Turms rannte der Eber und die Hunde hinter ihm her. Pryderi wollte ihnen augenblicklich folgen, aber der Lord von Dyfed hielt ihn am Arm fest.

»Dort drinnen lauert große Gefahr, mein Sohn«, sagte er. »Ich kann es fühlen. Was immer du tust — geh nicht hinein!«

»Versuche mich nicht zurückzuhalten!« rief Pryderi aus. »Wenn keiner von uns den Hunden folgt, dann werden wir sie verlieren. Der Eber mag sich bereits zur Wehr setzen; oder er mag sich seinen Weg durch eine Öffnung am anderen Ende gebahnt haben, und die Hunde werden ihm folgen, bevor wir die Spur finden können.«

»Besser die Hunde zu verlieren als unsere Leben!« sagte der Lord von Dyfed.

Aber Pryderi riß sich von ihm los, rannte vorwärts und verschwand durch den Eingang. Kaum hatte er dies getan, als es so still wurde wie Mitternacht. Kein Laut kam von den Hunden und keine Antwort von Pryderi, als der Lord von Dyfed seinen Namen rief. Der Lord wartete eine lange Zeit. Endlich aber, als die Nacht hereinbrach, sah er sich gezwungen, seinen Stiefsohn als verloren aufzugeben, und er kehrte zu den Ruinen von Arberth zurück mit dem schwersten Herzen, das er je ertragen mußte.

Als Riannon die schlimme Nachricht vernahm, wurde sie von Kummer übermannt, noch stärker als ihr Gatte, und sie machte ihm bittere Vorwürfe, daß sie ihren Sohn verloren hätte. Er brachte es nicht über das Herz, ihr zu widersprechen, denn er fühlte sich ja selbst schuldig.

»Bevor ich zuließ, daß er diesen Ort betrat«, sagte er, »hätte ich mein Schwert gegen ihn erheben sollen.«

In dieser Nacht, als der Lord in erschöpftem Schlafe lag, erhob sich Riannon leise und schlüpfte selbst hinaus in die Wälder. Der Mond war hell, und sie konnte die Spur verfolgen, die der Eber in die weiche Erde und gefallenen Blätter getrampelt hatte. Und so kam auch sie zu dem Dickicht, und als sie es betrat, sah sie vor sich den dunklen Turm.

Die Tür stand noch immer offen, und sie rief Pryderi beim Namen. Aber es kam keine Antwort, und obwohl sie sich sehr fürchtete, wagte sie sich endlich hinein.

Sobald sie den Torbogen durchschritten hatte, sah sie mitten im mondbeschienenen Hof ihren Sohn ganz still neben einem Brunnenbecken aus Marmor stehen, auf dessen Rand eine goldene Schale ruhte, die mit vier goldenen Ketten befestigt war. Seine rechte Hand lag auf der Schale, und sie konnte sehen, daß er ganz entrückt war, unfähig, sich zu bewegen oder zu sprechen. Wie er so dastand vor ihren Augen, nichts sehend und wortlos, obwohl sie, seine eigene Mutter, ihre Arme nach ihm ausstreckte und ihn beim Namen rief, geriet sie ganz außer sich, und ohne zu überlegen, was geschehen könnte, wenn auch sie die Schale berühren würde, versuchte sie, diese von ihm wegzuschieben. Im gleichen Augenblick verdunkelte sich der Mond, ein Donnerschlag folgte, genauso betäubend wie damals auf dem Hügel vor einem Jahr, und Turm, Mutter und Sohn verschwanden wie Gespenster in der Dunkelheit.

Linda, bitte hör auf, deine Noten so aufzurollen! Noten sind sehr teuer, und die Gruppe kann sich nicht alle sechs Monate eine Menge neuer Kopien leisten, um Sachen zu ersetzen, die durch alberne Behandlung zerfetzt worden sind. Besonders dieser Gordon Crosse: wir haben so schon nicht genug Exemplare davon.

Nun waren der Lord von Dyfed und die arme junge Cigfa allein gelassen, der eine seiner Frau beraubt und die andere ihres Gatten. Dies war die schlimmste Bedrängnis und Sorge, die sich ihrer in ihrem ganzen Leben bemächtigt hatte. Nicht einmal die Hunde waren ihnen zum Jagen gelassen, und es schien, daß sie verhungern müßten. Voll Verzweiflung wanderte der Lord von Dyfed viele Meilen zum Haus eines Bauern außerhalb der Grenzen der sieben Hundertschaften, und ihn bat er um einen Scheffel Saatkorn, wobei er versprach, diesen zur Erntezeit zurückzuzahlen. So verrichtete er demütig die Arbeit eines Bauern: er räumte und grub drei kleine Felder um und säte das Korn aus.

Dabei schien es, daß sich ihnen endlich ein Glücksschimmer zeigte, denn das Korn wuchs kräftig und grün heran, und als es reif wurde, ließ es die Ähren dick anschwellen. Endlich war es reif genug zum Schneiden, und eines Morgens stand der Lord von Dyfed sehr früh auf, um einen langen Tag mit der Ernte zu verbringen.

Aber als er zum ersten Feld kam, fand er alles Korn bis auf die Halme hinweggerafft; das ganze Feld war kahl und leer. Keine einzige Ähre war übriggeblieben. Und doch war auf dem Boden keine Spur zu erkennen — kein Fußabdruck eines Schnitters, keine Furchen eines Wagens und kein Pfad durch das Stroh getrampelt. Er suchte überall umher, konnte aber nichts finden, was ihm ein Zeichen gab, wie dieser Raub hatte vor sich gehen können.

Am folgenden Morgen war das zweite Feld so leer wie das erste. Und jetzt begann der Lord von Dyfed sich zu fürchten, denn er wußte, daß dieses Unglück nichts anderes als den Hungertod für sie bedeutete.

»Das war der letzte Vergeltungsschlag von

Lloyd«, sagte er zu Cigfa. »Nun, er hat uns lange genug gequält und nie gewagt, sein Gesicht im fairen Kampf zu zeigen. Bald wird er mit unserem Tod zufrieden sein können. Aber wenigstens werde ich, so gut ich kann, kämpfend unterliegen. Ich werde heute nacht Wache halten, um zu erfahren, durch welche bösen Mittel er dieses Werk vollbracht hat.«

So versteckte sich in dieser Nacht der Lord von Dyfed selbst unter den Büschen am Rand des dritten und letzten Feldes. Und um Mitternacht hörte er ein Trippeln wie beginnender Regen, ein Rascheln am Boden entlang und ein Piepsen und Pfeifen, das immer näher kam. Als er sich im Mondlicht umblickte, erkannte er, daß sein Feld von einer Armee angegriffen wurde — einer Armee von Mäusen! Sie kamen ins Korn, knabbernd und zupfend, seine Ernte herunterreißend und verschlingend, Halm für Halm und Ähre für Ähre. Er beobachtete sie voll Entsetzen, und sein gezogenes Schwert fiel ihm aus der Hand, denn wie konnte er solch einen Angriff abwehren? Doch wie er ihnen so zusah, packte ihn schreckliche Wut, und kaum wissend, was er tat, stürzte er sich auf sie und schnappte nach der nächsten Maus — einer besonders großen und schlanken Maus, die die anderen anzuführen schien. Sie drehte sich um und versuchte, wegzulaufen, aber sie bewegte sich zu langsam und ungeschickt, und er ergriff sie, bevor sie fliehen konnte.

Zunächst kam ihm der Gedanke, daß dies vielleicht Lloyd selbst wäre — durch seine Zauberei in eine Maus verwandelt. Er verhöhnte sie und forderte sie auf, menschliche Form anzunehmen, um mit ihm zu kämpfen. Aber diese Hoffnung gab er bald wieder auf, denn es stellte sich heraus, daß es eine weibliche Maus war, und die anderen, die so viele waren, daß sie ihn leicht hätten angreifen können, machten nicht den geringsten Versuch, sie zu retten, sondern setzten ihre böse Arbeit bis zum Ende fort und gingen dann wieder davon, wie sie gekommen waren.

Der Lord von Dyfed steckte die Maus in seinen Handschuh und band diesen fest zu. Nachdem er in die Ruinen von Arberth zurückgekehrt war, setzte er sich neben die kalte Feuerstelle und blieb dort bis zum Morgengrauen. Bald danach erwachte Cigfa, und als sie den Handschuh an einem Nagel hängen sah, die Schnur drum herumgebunden, fragte sie ihn, was das zu bedeuten hätte.

»Wir sind ruiniert und zugrunde gerichtet«, sagte er. »Aber wenigstens konnte ich eine der Diebinnen fangen. Und so wahr mir Gott helfe — ich werde sie noch an diesem Morgen hängen!«

»Eine Maus aufhängen?« rief Cigfa aus. »Lieber Vater, ich fürchte, unsere Leiden haben dir die Vernunft genommen. Selbst unser erbärmlicher Tod wird nur lächerlich erscheinen, wenn in späteren Jahren so eine Geschichte erzählt wird. Sie werden sagen, du hättest schließlich auch noch den Verstand verloren. Daß der einst so große Lord von Dyfed sich auf solch närrisches Spiel eingelassen hat — eine Maus aufzuhängen! Angenommen, es sieht dich jemand, hast du gar keinen Stolz mehr?«

»Niemand wird mich sehen«, antwortete der Lord von Dyfed grimmig. »Denn in diesen letzten beiden Jahren, wie du wohl weißt, ist kein einziger Reisender durch unser verwüstetes Land gezogen. Aber noch gibt es ein Gesetz, und ich beabsichtige, es zu vollstrecken.«

Bald danach, als die Sonne höher gestiegen war, ging der Lord hinaus und schnitt zwei gabelförmige Stöckchen und einen dritten Stock als Querbalken zurecht.

»Ich werde sie aufhängen«, sagte er zu Cigfa. »Auf dem höchsten Gipfel des Gorsedd Arberth — am gleichen Ort, an dem Lloyds böse Taten uns einst zu Fall gebracht haben. Leih mir die feine Seidenkordel aus deinem Mieder. Sie wird einen guten Strick abgeben.«

Er nahm den Handschuh mit seiner Gefangenen darin und bestieg erneut den Gorsedd Arberth. Auf dessen Gipfel stellt er den Galgen auf, trieb die gabelförmigen Stöcke fest in den Boden hinein und befestigte den kleinen Balken dazwischen. Aber als er sich wieder von seinen Knien erhob und zufällig den Hügel hinunterblickte, sah er mit Erstaunen, daß ihn ein Wanderer erklomm — einer, der aussah wie ein alter Händler oder vielleicht ein Kesselflicker oder ein Zimmermann, der auf der Suche nach Arbeit durchs Land zog. Der Mann kam den Hügel herauf bis zum Gipfel, grüßte ihn und setzte sich ins Gras.

»Nanu«, sagte er, indem er zuerst den Lord von Dyfed und dann den winzigen Galgen und den zusammengebundenen Handschuh ansah. »Darf ich fragen, welches Werk du da an diesem schönen Morgen in Angriff zu nehmen gedenkst?«

»Ich richte einen Dieb«, antwortete der Lord von Dyfed. »Eine Maus, die mein Korn verschlungen hat.«

»Aber nein«, warf der Reisende lachend ein. »Ich

möchte meinen, das wäre doch eine Arbeit für deine Katze. Du siehst aus wie ein Mann, der auch schon bessere Tage gesehen hat. Warum sich zu einer solchen Dummheit herablassen, auch wenn dich das Glück verlassen hat?«

»Kümmere dich um *deine* Angelegenheiten«, antwortete der Lord von Dyfed, »und ich werde mich um *meine* kümmern.«

»Weißt du«, sagte der Fremde, »ich glaube nicht, daß du ganz bei dir bist, und ich habe vor, dich vor einer solch ungeziemenden Torheit zu bewahren, die du mit Sicherheit später bereuen wirst. Wenn du also willst, gebe ich dir Sixpence für die Maus.«

»Behalte sie!« antwortete der Lord von Dyfed. »Und laß mich in Ruhe!« Da zuckte der Wanderer mit den Schultern und ging seines Weges.

Aber der Lord blieb nicht lange genug ungestört, um seine Arbeit zu Ende bringen zu können, denn kaum war sein erster Besucher gegangen, als er einen weiteren kommen sah — diesmal war es ein Pfarrer, der auf einem alten Pferd ritt. Auf dem Gipfel des Hügels angekommen, stieg er vom Pferd und mit einem Blick auf den Galgen fragte er genau wie der erste Mann, was vor sich ginge. Der Lord von Dyfed sagte es ihm.

»Weißt du«, sagte der Pfarrer. »Das gefällt mir gar nicht, und ich sage dir auch, warum. Ich finde es geschmacklos und sogar gotteslästerlich, denn ich selbst habe einst verurteilte Männer zum Galgen begleitet, und das ist eine ernste Sache und nichts, worüber man sich lustig machen sollte. Tatsächlich erregt mich dies so sehr, daß ich dir ein Pfund geben will, wenn du den Gedanken fallen läßt und die Maus wieder freisetzt. Bist du damit einverstanden?«

»Nein, und auch nicht für zwanzig«, antwortete der Lord von Dyfed. »Wenn dir meine Absichten nicht gefallen, kannst du deines Weges gehen, denn ich bin immer noch Lord in dieser Gegend.«

So ging der Pfarrer wieder fort, genau wie der Händler, und der Lord von Dyfed machte sich erneut ans Werk. Er nahm die Maus aus dem Handschuh heraus und gerade, als er die Seidenschnur mit einem Laufknoten um ihren Hals herum befestigt hatte, vernahm er das Trampeln von Hufen auf dem Torf im Tal. Als er nun das dritte Mal hinunterblickte, sah er mit Erstaunen Reiter und Maultiere, die sich einer hinter dem anderen ihren Weg durch den Ginster bahnten. An ihrer Spitze ritt ein würdevoller weißhaariger alter Mann mit der Mitra und dem Gewand eines Bischofs.

Nun war aber der Lord von Dyfed vollkommen mißtrauisch geworden, denn — wie er schon zu Cigfa gesagt hatte — zwei Sommer lang und länger hatte kein einziger Fremder ihren Weg gekreuzt. Als die Prozession den Gipfel des Hügels erreicht hatte, hielt er die Maus in seiner Hand in die Höhe und schaute dem Bischof geradewegs in die Augen.

»Wenn ihr gekommen seid, um diese Maus auszulösen«, sagte er, »vergeßt es!«

»Dazu bin ich in der Tat gekommen«, antwortete der Bischof höflich. »Ich begegnete zufällig einem meiner Pfarrer, der den Hügel herabstieg — ich kam nur eben gerade vorbei, auf meinem Weg nach Aberystwyth, mußt du wissen —, und dieser berichtete mir, was hier vor sich ginge. Ein Mann wie du — du bist der ruinierte Lord von Dyfed, nicht wahr? —, der sollte sich doch wirklich nicht mit einer so wertlosen Kreatur befassen! Es wird ein sehr übles Licht auf die herrschenden Klassen werfen, wenn sich die Nachricht von dieser absurden Geschichte unter den Armen verbreiten sollte. Da du aber so halsstarrig bist — so berichtete mir jedenfalls mein Pfarrer —, werde ich dir fünfzig Pfund geben, und wir betrachten die Sache als abgeschlossen, einverstanden?«

»Selbstverständlich nicht!« antwortete der Lord von Dyfed. »Und wollt ihr jetzt bitte freundlicherweise —«

»Nun«, sagte der Bischof, »ich weiß, du bist ein mittelloser Mann, und zweifellos ist dies der Grund, weshalb du so hart verhandelst. Besser, du nennst mir deinen eigenen Preis.«

Da sagte der Lord von Dyfed, noch immer die Maus fest umklammernd: »Ja, Meister Lloyd. Das werde ich tun. Der Preis ist zwei Leben — das meiner Frau Riannon und das meines Sohnes Pryderi. Du mußt sie sicher und wohlbehalten hierher zurückbringen.«

»Gut, gut — wird alles geschehen«, brummte der Zauberer. »Und nun gib mir aber die Maus.«

»Noch nicht«, fuhr der Lord von Dyfed fort. »Als nächstes mußt du die Einwohner, das Vieh und den ganzen Wohlstand der sieben Hundertschaften von Dyfed zurückbringen.«

»Ja, ja«, rief Lloyd aus, denn die Maus, die zwischen den Fingern des Lords gefangengehalten war, sah aus, als ob sie gleich ersticken würde. »Das werde ich alles besorgen!«

»Und *noch* eines«, sagte der Lord von Dyfed, indem er sich bequem gegen einen Felsen zurücklehnte. »Wer ist diese Maus? Sie scheint sehr wertvoll zu sein. Was hatte sie in meinem Kornfeld zu suchen?«

»Das ist meine Frau — Fluch über dich!« schrie Lloyd. »Meine Leute, alle durch Zauberei in Mäuse verwandelt, sandte ich aus, um deine letzte Hoffnung auf Überleben zu begraben. Zwei Felder zerstörten sie, und an dem Abend, als sie das dritte vernichten wollten, baten mich meine Frau und ihre Hofdamen, sie auch zu verwandeln, damit sie an diesem Spaß teilhaben könnten. Aber sie ist schwanger und bewegte sich schwerfällig, und deshalb konntest du sie fangen. Nun, bist du jetzt zufrieden? Gib sie mir, und alles, was du verloren hast, sollst du zurückerhalten!«

»Nun gut«, sagte der Lord von Dyfed. »Aber ich kenne dich, Lloyd, und deine verschlagene Art. Willst du deshalb so freundlich sein und vom Pferde steigen, hier niederknien und auf mein Schwert schwören, niemals wieder mich oder die Meinen zu stören oder zu versuchen, uns irgendein Leid anzutun?«

»Ah!« rief Lloyd aus. »Da hast du gut getan, Lord von Dyfed, daß du daran gedacht hast! Sonst hätte ich meine Frau und meine Rache dazu gehabt.«

»Zweifellos«, antwortete der Lord von Dyfed. »Nun, hier ist deine Frau. Aber bevor ich sie freilasse, würde ich gerne meine eigene wiedersehen. Und wenn du schon dabei bist, bringe freundlicherweise auch Lady Cigfa hierher.«

Im gleichen Augenblick standen der junge Prinz Pryderi und die beiden Damen neben ihm. In das Tal hinunterblickend, konnte er seine Herden und Hirten und Pferde sehen und nahebei das Schloß von Arberth mit wehenden Fahnen und rauchenden Kaminen im Licht der untergehenden Sonne. Er setzte die Maus auf die Erde und umarmte seine liebe Frau, aber als er seine Tränen trocknete und sich noch einmal umblickte, war kein Zeichen von Lloyd oder seinem Gefolge zu sehen.

»Ich muß hier oben eingeschlafen sein, auf dem Gipfel des Hügels«, sagte Riannon, »und ein seltsamer und böser Traum war es, den ich erdulden mußte! Wir sind schon zu lange hier verblieben, deine Soldaten werden auf unsere Rückkehr warten, bevor ihr Fest zu Ende geht. — Was um alles in der Welt bedeuten diese komischen Stöckchen hier, die in den Torf getrieben worden sind?«

So machte sich der Lord von Dyfed — Oh, hallo, Ben! Wie nett von Ihnen, uns selbst abzuholen! Ja, wir sind alle ganz bereit. Dies hier sind die Junioren, und Poll wartet mit den Älteren nebenan. Sollen wir in den Konzertsaal gehen? Wir brauchen keine zwei Minuten. Toby, wirst du bitte *sofort* Deirdres Schuh zurückgeben? Alle nach draußen — *leise!*

Der Moddey Dhoo

Hier, bitte schön, der Herr: ein Guinness und ein Gin-und-Tonic mit Eis und Zitrone für die Dame. Ich hoffe, daß es dem Washingtoner Niveau entspricht. Vielen Dank, Sir, das ist sehr freundlich von Ihnen.

Ich nehme ein Halbes vom Faß. Wir achten hier sehr auf unser Faßbier, und es ist *sehr* gut. Nun, ich kann verstehen, daß es ein Weilchen dauert, bis man auf den Geschmack von englischem Faßbier kommt. Das sagen die meisten amerikanischen Besucher. Mir persönlich würde ein eisgekühltes Bier nicht schmecken, höchstens an sehr heißen Tagen. Ah, ich weiß, was Sie sagen wollen — »davon bekommen wir hier auch nicht gerade viele« —, ja, das möchte ich auch behaupten. Aber Sie bekommen mehr vom wahren Geschmack des Bieres, wenn es nicht eiskalt ist, wissen Sie? Und dann gibt es hier natürlich genug Jungens, die 'ne ganze Menge Gläser an einem Abend trinken wollen, und das könnten sie niemals tun, wenn es eiskalt wäre, verstehen Sie? Das würde ganz schön auf den Magen schlagen, nicht wahr? Unsere Art, das Bier zu servieren, ist jedenfalls gut für das Geschäft.

Ja, es ist jetzt wirklich ruhig hier — die Saison hat kaum begonnen, wissen Sie? Aber es werden genug kommen, den ganzen Sommer über, in etwa vier Wochen geht es richtig los. Ferienbetrieb — genug von Mai bis September, in Douglas und auch in Peel; na, eigentlich auf der ganzen Insel. In den letzten hundert Jahren hat es sehr zugenommen, wird mir berichtet. Das ist auch nicht verwunderlich. Zuerst die Dampfschiffe und dann die Flugzeuge, verstehen Sie, die bringen sie herein. Früher muß die Insel Man ja ein sehr einsamer Flecken gewesen sein, so weit draußen in der See und eine lange Segelstrecke von England und auch von Irland entfernt.

In vieler Hinsicht ist es noch immer ein sehr komischer Ort, verstehen Sie, Sir? Die Insel Man. Es gibt noch seltsame Geschichten und seltsame Glauben, die hier noch sehr lebendig sind, und viele Leute, die sie ernst nehmen. Zum Beispiel dürfen Sie auf der Insel niemals über R-A-T-T-E-N sprechen. Das wäre sehr verhängnisvoll — wirklich! Sie können sie »Langschwänze« nennen oder »Pelz-und-Schnurrbärte« oder was immer Sie wollen nennen, aber niemals R-A-T-T-E-N. Sie sollten einige der Jungens hier in diesem Raum manchmal erzählen hören, besonders in den Winternächten, wenn keine Besucher mehr auf der Insel sind, und sie wissen, daß sie unter sich sind — außer mir natürlich, der ihnen zuhört. Nun, ich bin kein Manx, verstehen Sie, kein Eingeborener, obwohl ich nun schon viele Jahre hier bin — ich kam rüber als junger Mann und heiratete ein Manx-Mädchen. So bin ich, ihrer Meinung nach, in Ordnung, obwohl ich manchmal schon feststellen muß, daß sie meinen, ich sei doch ein bißchen anders als sie selbst. Auch jetzt noch.

Dieses Lokal hat nicht immer mir gehört — erst seit etwa zehn Jahren. Es ist eine sehr nette kleine Wirtschaft, doch, doch; sehr gemütlich im Winter, wenn wir richtig kalte Winde vom Westen her bekommen. Ich habe bemerkt, daß Sie die Bilder an den Wänden betrachtet haben. Nein, mein Herr, ich fürchte, ich könnte Ihnen keines davon verkaufen. Sie gehören zum Lokal, und außerdem würde ich es nicht wollen. Das da von dem Dampfer, der die Douglas-Bay verläßt, das ist wirklich schön, nicht wahr? Nein, ich könnte wirklich nicht sagen, warum die Wirtschaft »Das Weiße Haus« genannt wird. Wenn Sie wieder daheim sind, können Sie allen erzählen, daß Sie im Weißen Haus eingekehrt sind, nicht wahr? Vielleicht findet man hier manchmal eine bessere Gesellschaft vor als in Ihrem da drüben, möchte ich behaupten, und vielleicht auch mehr Ehrlichkeit, was das betrifft. Nur ein Scherz, verstehen Sie, Sir. Eigentlich kommen nicht sehr viele amerikanische Besucher auf diese Insel. Sie liegt ein wenig abseits vom Rummel, denke ich, obwohl es eine Menge alter Sachen zu sehen gibt, sehr alte zum Teil — und auch sehr außergewöhnliche.

Es gibt hier eigentlich eine Menge Dinge, die entweder schwarz oder weiß sind. Sicher haben Sie bemerkt, daß man die Namen von Straßen und anderen Plätzen in Manx-Keltisch *und* in Englisch angegeben hat. Da sehen Sie sicher das Wort »dhoo« recht häufig — das bedeutet »schwarz«, wissen Sie? Etwa zwei Meilen außerhalb von Peel, die Kirk-Michael-Straße hinauf, kommen Sie nach Lhergy Dhoo — wo dieser Schriftsteller jetzt wohnt, wie heißt er doch noch mal? Mr. Adams, der »Unten am Fluß« geschrieben hat — nicht, daß ich mir etwa die Mühe gemacht hätte, es zu lesen. »Lhergy Dhoo« — das bedeutet »der schwarze Hügel«. Und dann gibt es natürlich noch den Moddey Dhoo, wie Sie sicher schon gehört haben.

Was, man hat Ihnen noch nichts vom Moddey Dhoo erzählt? Nicht da oben im Schloß Peel? Nun, das überrascht mich aber. Die wollten Sie wahrscheinlich nicht ängstigen, oder vielleicht wollten Sie Ihrer Dame keine Angst machen — das schon eher. Nein, Madam, ich bin sicher, Sie würden sich nicht fürchten, aber *ich* bin natürlich auch kein Manx, genausowenig wie Sie. Die wollten Sie nicht ängstigen, weil sie sich selbst sehr fürchten, die meisten jedenfalls — vor dem Moddey Dhoo. Deshalb meinen sie, es ginge Ihnen ebenso. Die würden *keine* Nacht im Schloß verbringen, *keiner* von ihnen.

Gut, ich erzähle Ihnen so viel, wie ich weiß, obwohl ich behaupten möchte, es gibt welche, die könnten Ihnen mehr erzählen, wenn Sie sie nur dazu bringen könnten. »Moddey Dhoo« bedeutet »schwarzer Hund«, aber — wie dem auch sei, der Moddey Dhoo ist viel mehr als nur ein schwarzer Hund.

Ja, in der Tat, das Schloß ist wirklich ein wunderbares altes Gemäuer, was davon übrig ist. Aber das ist nur der Geist vergangener Zeiten, könnte man sagen. Die Insel wurde nicht von England aus christianisiert, müssen Sie wissen. Nein, sie wurde von Irland aus christianisiert, durch Mönche von St. Patrick. Gute vierzig Jahre bevor St. Augustinus in England landete. Und ich möchte behaupten, daß diese alten Mönche ein paar seltsame Dinge vorgefunden haben, als sie in diesem damals noch einsamen heidnischen Land vor Anker gingen, nicht wahr? Jedenfalls war es da, wo sie landeten — an der Stelle, wo jetzt das Schloß steht — und sie wird bis zum heutigen Tage »St. Patrick's Insel« genannt.

In den vergangenen fünfzehnhundert Jahren hat es an dieser Stelle immer irgendein Schloß gegeben. Bevor der Damm und die Straße gebaut wurden — und das ist noch nicht sehr lange her — war dies eine Gezeiteninsel; abgeschnitten bei Flut, aber mit einem eigenen Hafen in jener Bucht auf der Südseite, ganz zu schweigen von dem kleinen Ankerplatz im Westen, unterhalb dessen, was sie den Fenella-Turm nennen. Sie haben ihn gesehen? Sie könnten da natürlich kein modernes Schiff hineinsteuern, aber der Platz war groß genug für die Boote jener alten Tage. Dieser hohe runde Turm ist eines der wenigen Bauwerke, die noch auf den Britischen Inseln übriggeblieben sind und vor 1066 und der normannischen Eroberung gebaut wurden. Man nennt ihn den Turm der Zuflucht, denn als die Mönche die Wikingerschiffe kommen sahen, packten sie das Kommunionsgeschirr und versteckten sich im Turm. Es gibt keinen richtigen Eingang, wie Sie wahrscheinlich bemerkt haben. Nur eine Öffnung in etwa zehn Fuß Höhe. Es gibt auch keine Treppen im Inneren. Wahrscheinlich gab es nur Leitern, entweder aus Holz oder Strickleitern. Aber der Turm konnte nicht abbrennen, sehen Sie. Die waren da oben in Sicherheit.

Die jetzigen Schloßmauern, die Sie gesehen haben, sind eigentlich nicht besonders alt — zwischen fünf- und sechshundert Jahre —, das ist nicht alt. Aber in späteren Zeiten war das Gebäude natürlich voller Soldaten, keine Mönche mehr. Und es waren Soldaten, die den Moddey Dhoo als erste sahen, so geht jedenfalls die Geschichte. Ich weiß nicht genau, wie lange es zurückliegt, aber es war nachts, in einer stürmischen Winternacht, in der sich die Wellen an den Felsen unter dem Schloß brachen und die Soldaten nur zu froh waren, wenn sie in der Wachstube neben dem Feuer sitzen konnten; und ich möchte wetten, keiner war besonders erpicht darauf, an die Reihe zu kommen, um draußen Wache zu stehen.

Ich nehme an, Sie haben die Wachstube gesehen, Sir, als Sie da oben waren? Sie befindet sich in der Mauer der Einfahrt neben der Treppe und direkt hinter dem großen Tor. Nun, die Geschichte geht so: als alle da drinnen waren neben dem Feuer, dreht sich plötzlich einer von ihnen um und sieht nichts Geringeres als einen großen schwarzen Hund hereinkommen. Er war riesig. So groß wie ein Kalb.

Ganz schwarz, mit großen Augen, die weit aufgerissen waren und aussahen, als ob sie brannten. Nun, ich möchte doch behaupten, Sie wissen es, Sir — normalerweise kann kein Tier dem Blick eines Menschen standhalten. Sie drehen sich sehr bald zur Seite, und das gehört ja auch zu den Methoden der Löwenbändiger, hat man mir gesagt, um Autorität über ihre Tiere zu bekommen und sie zu beherrschen. Aber dieser große Hund stand da und sah sich die Soldaten an, und keiner von ihnen konnte seinen Augen standhalten. Alle schauten woandershin, und dann stand der oberste Wachhabende auf und nahm sein Schwert — es kann auch eine Lanze gewesen sein oder sogar ein Gewehr, was weiß ich — und wollte auf den Hund zugehen, um ihn hinauszutreiben. Aber einer der Soldaten packte ihn wortlos am Arm und deutete nur auf den Hund. Der hatte sich nicht bewegt, doch der Wachhabene brauchte nur einen Augenblick, um zu verstehen, was der Soldat gemeint hatte, denn der Hund gab nicht den geringsten Laut von sich, und obwohl es eine so naßkalte Nacht war, sah man kein bißchen Atemdunst vor seiner Schnauze. Sein dicker zottiger Pelz war knochentrocken, und seine Pfoten hatten keine Pfützen oder Schmutzflecken auf dem Boden hinterlassen. Nach ein paar Augenblicken nahm der Wachhabende seine Waffe wieder herunter und setzte sich ruhig hin.

Der Hund befand sich zwischen den Soldaten und der Tür, und niemand legte besonderen Wert darauf, an ihm vorbeizugehen. Eine Zeitlang saßen sie alle nur da und sahen ihn an und sprachen kein einziges Wort miteinander. Nach einer Weile legte sich der Hund in eine Ecke, und dort blieb er. Sie fingen wieder an, miteinander zu reden, aber mit leisen Stimmen und sich sehr wohl bewußt, daß sie nicht allein waren. Dann kam die Zeit der Ablösung, und der oberste Wachhabende faßte genug Mut und ging mit den neuen Posten hinaus und brachte die alten wieder zurück. Der Hund folgte ihnen, kam wieder mit ihnen zurück und legte sich an der gleichen Stelle nieder.

Danach wollte kein Mann mehr allein aus der Wachstube gehen, die ganze Nacht lang nicht. Die Regel war, daß das Tor um Mitternacht verschlossen werden mußte und die Schlüssel zum Gouverneur gebracht werden sollten. Nun, da keiner der Soldaten sie allein dorthin bringen wollte, zogen sie Lose, und am Ende begleitete der oberste Wachhabende denjenigen, der dazu bestimmt worden war.

Danach kam der Hund beinahe jede Nacht in die Wachstube und streckte sich immer am gleichen Platz aus. Sehr oft sahen sie ihn gar nicht kommen, und ihn zu hören, war sowieso unmöglich, denn er gab ja nie einen Laut von sich. Solange sie nach seinem Kommen Ausschau hielten, gab es nichts zu sehen. Aber früher oder später kam ein Augenblick, in dem gerade niemand achtgab, und dann bemerkten sie, daß er dort im Eingang stand, sich umsah und auf sie starrte mit Augen wie Glas, das den Mondschein einfängt. In diesen Augen gab es keine Pupillen — so wurde mir jedenfalls berichtet —, trotzdem schienen sie alles zu sehen, was sie sehen wollten. Und genausoviel, wie die Soldaten auch sehen wollten. Wenn der Hund wegging, war es nicht anders.

Das Feuer fiel auf dem Kaminrost zusammen, eine Fledermaus flatterte herein, oder der Wind blies ein Rauchwölkchen in den Raum hinein, und wenn sie wieder aufblickten, war er verschwunden. Manchmal beim Hahnenschrei, aber manchmal auch lange davor; eben immer, wenn er abgerufen wurde von dem — nun, wer immer ihm auch befahl, verstehen Sie, Sir?

Es begab sich so, daß niemand mehr des Nachts allein im Schloß umhergehen wollte. Die Wachen blieben in Paaren zusammen, es sei denn, es war eine Nacht, in der der Hund nicht kommen würde, wie sie wußten. Denn er kam nicht immer. Er kam nicht zu Weihnachten und auch nicht zu Ostern, und ab und zu kam er auch mehrere Tage lang nicht aus Gründen, die sie nur erraten konnten. Ich meine, vielleicht hatte derjenige, der ihn aussandte, nun, vielleicht hatte der anderswo Arbeit für ihn, wissen Sie? Niemand sprach jemals zu dem Hund oder ging in seine Nähe, und nach einer Weile gewöhnten sich die Soldaten beinahe an ihn, denn er schien keinem einen Schaden zufügen zu wollen, vorausgesetzt natürlich, daß man ihn in Ruhe ließ, und es fühlte sich wahrhaftig keiner in Versuchung geführt, das Gegenteil zu tun — das möchte ich doch meinen!

Aber dann, eines Tages, erschien ein neuer Hauptmann oder Leutnant oder so was Ähnliches im Schloß. Er kam aus England herübergesegelt und brachte eine Menge seiner eigenen Soldaten mit. Einige von ihnen hatten bereits vom Moddey Dhoo gehört, und diejenigen, die noch nichts erfahren hatten, waren bald unterrichtet, wie man annehmen kann, und auch sie waren der Meinung, daß es das Beste wäre, sich, wie alle anderen, nach ihm zu richten. Aber es gab einen — einen Mann, den sie Jack, den Schwätzer, nannten, einen wirklich ausgelassenen Kerl, der schon in allen möglichen Kämpfen und Balgereien gewesen war und von dem bekannt war, daß er damit prahlte, sich nicht vor Mann, Tier oder Teufel zu fürchten. Es begab sich zufällig, daß der Moddey Dhoo eine ganze Weile nicht erschienen war, nachdem dieser geschwätzige Jack im Schloß eingetroffen war. So hatte er genügend Zeit gehabt, überall herumzugehen und zu prahlen: wenn er jemals auf diesen Hund treffen würde, müßte *der* sich besser in acht nehmen. Denn *er* wäre keiner, der sich von einem Hund bei irgend etwas, was *ihm* Spaß machte, stören ließe.

Nun, es kam eine schöne klare Nacht mit einem vollen Mond — ganz ähnlich wie heute nacht, möchte ich behaupten —, und dieser Jack saß mit seinen Kameraden in der Wachstube und spielte Karten. Die Schlüssel waren noch nicht zur Gouverneursstube gebracht, denn das Tor war gerade eben erst geschlossen worden, aber zwei Burschen — Manx-Leute — John Corlett und Will von Ramsey genannt, denen gesagt worden war, daß sie die Schlüssel fortbringen sollten, wollten gerade losgehen, als Jack der Schwätzer, der getrunken hatte, aufstand und sie die größten Narren nannte, da sie an einen solchen Unsinn wie den Moddey Dhoo glaubten.

»Nein«, sagte er, »was für ein Haufen dummer, alberner, hinterwäldlerischer Insulaner seid ihr doch, daß ihr solch einen Blödsinn glaubt! Wir haben in London keine Moddey Dhoos«, sagte er, »und wenn wir welche hätten — na, denen hätten wir's bald heimgezahlt, das kann ich euch sagen. Hund oder Teufel«, sagte er, »das ist für mich einerlei; und wenn er mich hören kann, frage ich mich, warum er nicht kommt und versucht, sein Bein am Tisch zu heben, damit ich ihm Manieren beibringen kann.« Und damit warf er seinen Zinnbecher in die Luft, aber er war wohl so betrunken, daß er beim Auffangen stolperte und alle Karten zu Boden riß. Sie hatten sich danach gebückt, und ich nehme an, sie tappten überall herum, bis jemand aufsah — und da stand der Moddey Dhoo im Eingang. Kein Ton, kein Schatten.

Da traten alle anderen zur Seite, weg von Jack, dem Schwätzer, und warteten, um zu sehen, was er nun machen würde. Und Jack, der wartete auch, denn natürlich hatte er den Moddey Dhoo noch nie vorher gesehen, und dieser war nicht ganz das, was er sich vorgestellt hatte, möchte ich behaupten. Nach ein paar Augenblicken hob er jedoch die Schlüssel auf und ging zur Tür.

»Aus dem Weg!« rief er dem Hund zu. »Fix!« Und dann erschraken alle sehr, denn der Hund ging zur Seite und ließ ihn hinaustreten. Jack mochte schon eine halbe Minute lang draußen gewesen sein, als der Hund sich umdrehte und ganz langsam, so wie er gekommen war, forttappte, mit gesenktem Kopf und irgendwie verdrehtem Maul — sah aus wie ein Grinsen, als ob die Klappen einer Falle geöffnet wären.

Da wußten sie genau, daß etwas geschehen würde, und sie hatten nicht unrecht. Ich habe nie gehört, wie lange er weg gewesen war, aber wie lang es auch gedauert haben mag — sie blieben still und lauschten. Das muß ja wirklich ein Anblick gewesen sein, sollte man meinen, Sir, glauben Sie nicht auch — acht oder neun von denen — möchte ich behaupten, die alle nur so dasaßen, abwartend und die Ohren spitzend, und nur die Motten und das Mondlicht, die durchs Fenster kamen? Am Ende hörten sie ja wohl so ziemlich genau das, was sie befürchtet hatten — einen schrecklichen Schrei. Aber keiner verließ den Raum, da können Sie ganz sicher sein. Und dann kommt Jack zurück, bleich wie ein Laken, stolpernd und zitternd und sein Gesicht ganz verdreht, und der Mund arbeitet in einem fort wie wild, als ob er auf einem Klumpen Teig kauen würde. Und sie konnten kein Wort aus ihm herausbringen, kein einziges Wort. Er starb zwei Tage später, und er zitterte die ganze Zeit bis zu seinem Ende.

Der Moddey Dhoo? Nun, man erzählt sich verschiedenes. Einige sagen, er verließ das Schloß danach, so daß sich damals viele Leute fragten, ob er nicht vielleicht die ganze Zeit nur hinter diesem Jack her gewesen sein mochte — wissend, daß er eines

Tages auftauchen würde —, und er wollte ihn auf keinen Fall verfehlen. Wie es aber nun wirklich zugegangen ist? Die Insel hat er jedenfalls nicht verlassen. O nein, er ist in diesem Jahrhundert schon ein paar Mal gesehen worden; und es wäre mir lieber, Sie würden nicht darüber lächeln, Sir, wirklich — jedenfalls nicht in *meinem* Haus. Ich möchte nicht — nun, lassen wir's.

Vor etwa fünfzig Jahren gab es einen Mann, der ihn außerhalb von Ramsey gesehen hat — dort, wo man nach Glen Auldyn abbiegt. Er berichtete, was er sah, und er war genau wie im Schloß Peel, ganz schwarz und zottig mit Augen wie glühende Kohlen, sagte er. Er fürchtete sich schrecklich, ihn überholen zu müssen, aber dann drehte der Hund sich weg und verließ ihn, als ob er schon getan hätte, wofür er gekommen war. Und das hatte er ja wohl auch, denn bald danach starb der arme Vater dieses Mannes. Dann, ein paar Jahre später, wurde ein Arzt des Nachts zu der Frau eines Bauern gerufen, die ein Kind bekam, und genau an der gleichen Stelle sah auch er den Hund, aber der ließ ihn vorbeigehen. Er war auch noch da, als er zwei Stunden später zurückkam, aber ich habe von niemandem gehört, der zu jener Zeit gestorben wäre. Nun, es handelte sich ja auch um einen Arzt.

Von dem, was ich Ihnen da erzählt habe, würde ich nicht zu viel herumerzählen, Sir. Wie ich schon sagte, eine Menge Leute nehmen diese Dinge ernster, als Sie annehmen mögen. Vielleicht ist das auch gar nicht so verwunderlich. Das Schloß selbst ist um diese Zeit in der Nacht geschlossen, aber natürlich hält Sie und Ihre Dame nichts davon ab, einen kleinen Rundgang unter den Mauern zu machen, wenn Sie Lust dazu verspüren. Nein? Nun, ich kann's Ihnen nicht verdenken. Mir hat unser kleiner Schwatz Spaß gemacht. Wie ich schon sagte, wir sehen nicht allzu viele amerikanische Besucher hier.

Sie müssen mich jetzt aber entschuldigen. Hier kommen zwei meiner Stammgäste: Mr. Quayle und Mr. Corlett. Meinst du, daß es vor dem Morgen noch stürmt, Harry? Zu stark für die Boote zum Rausfahren? Möchte behaupten, das stimmt.

Der Specht

Schon geht's wieder los — sehen Sie nur — die alte Mrs. Misery! Sehen Sie, wie sie da unten am Ende ihres bißchen Gartens dort ihre alte Nase durch die Laken steckt, die sie da aufhängt? Die denkt, sie kann von dort aus in Mavis' Küchenfenster sehen.

Möchte mal wieder 'nen guten alten Riecher haben da, wo sie's nichts angeht. Ich war neulich unten im Supermarkt auf 'n kleinen Schwatz mit Sandra Wilson, die mal Sandra Green war, wissen Sie — als wir zusammen in der Schule waren, ja. Sie ist jetzt an der Käsetheke mit den vielen ausländischen Käsen, die von den reichen Leuten gekauft werden, und sie verlangen auch ordentlich was dafür, geschieht ihnen aber ganz recht, sage ich, laß sie nur zahlen — und dann schau' ich herum, und da ist sie, die alte Misery. Steht nur 'n bißchen abseits und hört so eifrig zu, wie sie nur kann, und man muß sich ehrlich wundern, daß man von ihren schlackernden Ohren keinen Zug abkriegt. Und als Mrs. Tyler im letzten April die Schwierigkeiten mit dem Baby hatte, was niemand bei ihr gedacht hätte, sie hatte doch schon vier, wissen Sie, und alle so leicht wie 's Purzelbaumschlagen, da hat das Krankenhaus gesagt: »Na, kriegen Sie's doch mal zu Hause, schön gemütlich«, sagen die, und dann ging es ihr ja *so* schlecht, und lange bevor der Krankenwagen kam, hat die alte Misery davon gehört und auf und die Straße runter und rein und raus aus den Türen damit, wie so 'n Vogel, der ein schlechtes Omen ist — wie der in dem Dracula-Film, mir persönlich ist ja 'ne schöne Liebesgeschichte lieber, Ihnen nicht auch? Sie sagen es, und die hört es! *Und* sie erzählt es weiter. Ich schwör's bei meinem Eid, ich glaube, wenn Sie was ins Klo runterflüstern, erfährt sie's aus dem Gully. Stocher, stocher, stocher — von früh bis spät, und immer in andrer Leute Angelegenheiten. Ein richtiger alter Specht ist die.

Specht? Na, das haben Sie doch sicher schon früher mal gehört, Jean. Nicht? So nennen wir immer jemand, der sich so benimmt. Es ist eine Kindergeschichte aus einem der alten Bücher. Ich kann mich erinnern, wie die Lehrerin sie in unserer Klasse vorgelesen hat, und dann mußten wir alle ein Bild malen — Sie wissen schon —, und Sandra hat gar keinen Specht gemalt, die malte etwas, was Dirk Bogarde auf einem Fahrrad sein sollte, und die Lehrerin sagte: »Was ist denn *das?*« sagt sie, und da haben ich und Sandra einen furchtbaren Kicheranfall gekriegt, und sie hebt es auf — ach so, ich wollte Ihnen ja von dem Specht erzählen, nicht?

Nun, da war mal diese alte Frau, sehen Sie, nur war das vor langer Zeit gewesen. Und die hat immer ihre lange Nase in andrer Leute Sachen gesteckt, rumgeschnüffelt, die Ohren gespitzt. Neugierig war die, hob alles auf, was ihr nicht gehörte und fügte den Nachbarn Schaden zu und so. Nun, eines Tages faßten die Nachbarn endlich den Entschluß, daß es so einfach nicht mehr weiterginge, sehen Sie, und da gehen sie zu so 'nem Zauberer, der am anderen Ende der Stadt lebte — und da sagen sie, sie werden ihm viel Geld geben, wenn er ihr bloß die alten Tricks austreiben würde. Da sagt er: »In Ordnung«, sagt er. »Ich werde morgen früh vorbeikommen und mal sehen, was ich für Sie tun kann«, sagt er. Dann gehen sie nach Hause und hoffen das Beste, verstehen Sie?

Und so kommt dieser alte Zauberer am nächsten Tag und hat ein großes Paket dabei, wissen Sie, genau wie der Weihnachtsmann von dem Bazar da unten. Nur hat er sich als Bote aus einem großen Geschäft verkleidet. Er wartet, bis sie aus ihrem Haus kommt, und folgt ihr die Straße runter. Ihr Mann war weggegangen, um an dem Tag seine Schwester zu besuchen, und jetzt geht sie zu seinem Garten, um Gemüse zu holen. Als sie nun da unten ist, kommt der alte Zauberer an — sehr höflich — und berührt seinen spitzen Hut und alles recht höflich und sagt: »Sie sind Mrs. Soundso?« fragt er. Da sagt sie: »Ja«, und er sagt: »Nun, ich habe hier dieses Paket«, sagt er, »für Mr. Morris im nächsten Haus. Sie haben mir da unten im Geschäft gesagt, daß er's in sein Gartenhaus geliefert haben möchte, nur ist er leider nicht da. Ich hätte gern gewußt, ob Sie vielleicht so freundlich wären und die Sendung annehmen könnten«, sagt er, »damit ich fertig werde.«

»Was ist denn drin?« fragt sie ihn rasch.

»Ich weiß nicht«, sagt der Zauberer. »Aber es steht drauf ›Vorsichtig öffnen‹. Ich denke, es ist was Zerbrechliches«, sagt er. »Und sagen Sie's Mr. Morris, wenn Sie ihn sehen, das heißt, wenn Sie freundlicherweise die Verantwortung dafür übernehmen wollen«, sagt er, »und unterschreiben Sie's bitte. Natürlich, wenn Sie meinen, Sie können es nicht annehmen . . .«

»O nein, nein«, antwortet die neugierige alte Frau sehr schnell. »Nein, es ist ganz in Ordnung«, sagt sie. »Ich werde Mr. Morris sehen. Ich werd' schon unterschreiben.« Nur konnte sie's kaum erwarten, was in dem Paket war, verstehen Sie?

»Das ist sehr freundlich von Ihnen«, sagt der Zauberer. Dann unterschreibt sie auf einem Stück Papier, das er schon bereit hat, und weg ist er. Oder es *scheint* jedenfalls so, als ob er wegginge.

Nun, sobald er fort ist, nimmt die alte Frau das Paket mit in ihre eigene Hütte hinein, und sie sitzt also dort und schaut es an und denkt, wie sie es wohl am besten öffnen könnte, um nachzusehen, was drin ist, und dann will sie alles wieder einpacken, genauso wie es vorher war. Es sah auch wirklich nicht aus, als ob es zu schwierig sein würde, denn da war nur eine Schnur um braunes Papier gewickelt, und darunter konnte sie eine Schachtel fühlen. Da fängt sie also nach 'ner Weile an, am Knoten herumzustochern und sieht nach, wie er gebunden ist, damit sie ihn dann später wieder zusammenschnüren kann.

Nun, sie löst also den Knoten und nimmt das Papier ab, und dann meint sie, daß sie sich ruhig über die Schachtel hermachen kann. Sie stellt sie auf eine Bank und nimmt den Deckel ab und — ach, du lieber Himmel — sie hat in ihrem ganzen Leben noch nie einen solchen Schreck bekommen. Denn, was kam heraus? *Insekten* — Tausende davon, die hüpften und flogen und schwirrten überall herum, einige aus dem Fenster und einige unter der verflixten Tür durch und einige in der Luft und alles mögliche. Ja, das war 'n toller Streich — das war's wirklich! Und der Zauberer hatte natürlich mit Absicht alles mit Insekten gefüllt, um ihr häßliches altes Benehmen aufzudecken. Sie wollen sagen, da ist nicht viel Zauberei dran? Aber, das war ja nur der Anfang von dem, was er sich ausgedacht hatte. Sie hat sich fürchterlich aufgeregt und fuhr mit ihren Händen in der Luft herum, und das Papier und die Schnur — alles unter ihren Füßen zertrampelt. Ich weiß nicht, was noch alles los war. Und dann hört sie jemanden kommen. Und sie schreit auf: »Hilfe! Hilfe!« Nur, als sie zur Tür geht — das erste, was sie sieht, ist der Zauberer, und dieses Mal so angezogen, wie er in Wirklichkeit war.

»Was hast du gemacht?« fragt er sie sehr streng. »Du hast das Paket geöffnet, das dich nichts anging«,

sagt er. »Du fängst jetzt besser alle Insekten ein und steckst sie dorthin zurück, wo sie hergekommen sind«, sagt er. »Sonst geht's dir schlecht, das kann ich dir sagen!«

Nun, natürlich konnte sie die Insekten genausowenig wieder einfangen wie ein Pferd Kuchen backen kann. Nur hat sie sich aber so vor dem Zauberer gefürchtet und geschämt, daß er herausgefunden hatte, was sie nicht hätte tun sollen. So fing sie an und versuchte, ein paar von denen einzufangen, und dann wird sie immer wütender, bis sie die Sache endlich aufgeben muß.

»Ich denke, ich muß dir doch ein bißchen helfen«, sagt der Zauberer. »Du scheinst für diese Aufgabe nicht gerade bestens geeignet zu sein«, sagt er. Und dann nimmt er seinen großen Zauberstab. »Verwandle dich in einen Specht!« ruft er aus und schwingt ihn um ihren Kopf herum. »Los, verwandle dich in einen verflixten Specht!«

Und das tat sie dann auch. Sie verwandelte sich in einen guten alten Specht, und ihre lange Nase, die sie immer in andrer Leute Sachen gesteckt hatte, wurde zu einem langen Schnabel. Nur durfte sie ihren alten grünen Mantel und ihren roten Hut, den sie aufgehabt hatte, behalten. Und seit *dem* Tag fliegt sie herum und stochert in den Bäumen, Pfosten und alten Zäunen und überall da herum, wo sie denkt, daß sie ein paar mehr von den Insekten einfangen kann, die sie aus der Schachtel herausgelassen hatte. Und wenn sie jemals damit fertig werden sollte, wird dieser alte Zauberer sie wieder in eine alte Frau zurückverwandeln.

Ich wünschte jedenfalls, er würde's tun. Dann wär' vielleicht die alte Mrs. Misery an der Reihe und wär' mal für 'ne Weile der Specht. Täte ihr gut. Denn, bei Gott, sehen Sie sich die nur an, wie sie wieder die alten Zeitungen auf den Abfalleimern durchkämmt. Die hofft wahrscheinlich, jemand hat 'n paar ganz persönliche Briefe weggeworfen, über die sie sich hermachen könnte. Verflixte russische Spionin — und wär' *das* nicht *genau* das richtige für sie?

Krebs

Es ist schon eine ziemlich lange Reise gewesen, nicht wahr? Aber ihr wart beide *sehr* brav. Und ich bin richtig stolz auf euch. Ihr werdet jetzt schon so erwachsen. Es wird nicht mehr lange dauern, bis ihr das Auto fahrt und ich hinten sitzen muß. Nein, natürlich weiß ich, daß ihr das Auto nicht beide *gleichzeitig* fahren werdet, Ros, du Dummerchen. Die eine fährt, und die andere erzählt mir eine Geschichte — so wird's sein. Ab und zu wird der Greis von Vati angestoßen, damit er auch ja nicht einschläft — *was* ist? Nein, schlaft *ihr* nur ja nicht ein, bevor wir ankommen — nicht, wenn ihr's irgendwie vermeiden könnt. Es wäre mir schon lieb, wenn ihr noch einigermaßen vernünftig mit Oma sprechen könntet, wenn wir erst dort sind. Sie freut sich ganz bestimmt sehr auf euer Kommen, besonders, da es ja nun auch schon wieder sechs Monate her ist, seit sie euch zum letzten Mal gesehen hat. Ihr könnt dann auch sofort ins Bett gehen, sobald ihr Abendbrot gegessen habt. Und morgen früh könnt ihr so lange schlafen, wie ihr wollt.

Eine Geschichte jetzt — damit ihr nicht einschlaft? Na gut — ich will's versuchen. Eigentlich ist es jetzt nicht mehr sehr weit — da will ich mal sehen, ob mir eine nicht allzu lange einfällt, die gerade so reinpassen würde. Laßt mich mal nachdenken — kennt ihr die vom Krebs und dem Ring des Königs? Schön, dann laßt uns mal losschießen. Julie, du kannst den Lord-Großhof-Scheinwerfer-Abblender machen. Da ist der Hebel — dieser hier, OK? Ja, blend auch für die Radfahrer ab, wenn's welche gibt.

Es war einmal ein König, der das Pech hatte, einen kostbaren Ring zu verlieren. Darüber regte er sich sehr auf, einmal, weil dieser außerordentlich wertvoll gewesen war, aber hauptsächlich, weil ihn seine Frau, die Königin, ihm an dem Tag geschenkt hatte, an dem beide gekrönt worden waren. Alle Diener im Palast wurden angewiesen, überall danach zu suchen, aber gar nichts kam dabei heraus. Und das war nicht verwunderlich, wie ihr selbst gleich merken werdet. Jeder, der den Palast verließ, wurde von der königlichen Wache durchsucht, denn der König dachte: »Wenn er schon gestohlen worden ist, dann will ich wenigstens mein Bestes tun, um zu verhindern, daß er aus dem Haus kommt. Wenn derjenige, der ihn genommen hat, sich ordentlich fürchtet — wer weiß, vielleicht legt er ihn wieder zurück.«

Der Ring aber tauchte nicht auf, und der arme alte König kam zu dem Schluß, daß er etwas anderes versuchen müßte. So ließ er im ganzen Land verkünden, daß er einem Hexenmeister, Zauberer, Wahrsager oder Sterndeuter eine große Belohnung geben würde, wenn dieser zum Palast käme und sich an die Arbeit machen würde, um herauszufinden, wo der Ring verblieben wäre.

Mehrere Tage lang meldete sich niemand für diese Aufgabe. Tatsächlich hatte nämlich keiner Lust dazu. Der König war bekannt als mürrischer alter Soundso, der schnell ungeduldig wurde und dann leicht aus dem Häuschen geriet. Abgesehen davon gab es auch niemanden, der glaubte, daß man ein so kleines Ding wie einen Ring — mit oder ohne Zauberei — wirklich wiederfinden könnte. Nach einer Woche verdoppelte der König die Belohnung und hoffte, daß dies ein paar Bewerber anziehen würde.

Nun lebte weit im Landesinnern, am anderen

Ende des Königreichs, ein listiger alter Bauer namens Krebs. Krebs hatte sich in seinem Leben schon eine Menge schlauer Geschäfte und Gaunereien geleistet, und über ihn und seine gewitzte alte Frau war bekannt, daß sie bereits ein nettes kleines Sümmchen für ihre alten Tage auf die hohe Kante gelegt hatten. Und eines Nachts sagte jemand unten im Wirtshaus zu Krebs: »Warum machst *du* dich nicht mal an die Sache heran und versuchst, den Ring zu finden, Krebs? Ich wette, du könntest es schaffen, wenn du dir nur richtig Mühe gibst.«

Nun, zu der Zeit antwortete Krebs dem Manne nur, er solle nicht albern sein, aber später in der Nacht, als er wieder zu Hause war, begann er erst richtig darüber nachzudenken, was für ein phantastischer Triumph das für ihn in der ganzen Nachbarschaft wäre, wenn er es nur auf irgendeine Weise fertigbrächte, den Ring zu finden, und wie er und seine Frau dann für den Rest ihres Lebens ausgesorgt hätten. So besprach er den Gedanken mit seiner Frau, und die sagte: »Nun, Krebs, du hast schon immer die Frechheit des Teufels besessen, und du konntest dich stets in eine Sache hinein- und wieder herausreden. Du könntest es ruhig mal versuchen, und ich möchte doch behaupten: wie ich dich kenne, wird was dabei herauskommen.«

Um also eine lange Sache kurz zu machen — am nächsten Tag kleidete sich Herr Krebs so gut, wie er nur konnte, um wie ein gelehrter Zauberer auszusehen, mit einem großen Hut und einem langen schwarzen Umhang, der rundherum mit Sternen besetzt war. Und ab ging er zum Palast mit seiner Frau und nannte sich »der große Doktor Vendalon«. Der König, der jetzt schon fast verzweifelt war, empfing sie freundlich und sagte, daß Krebs es selbstverständlich versuchen könnte, den Ring wiederzufinden, und er fragte ihn, was er denn so brauche, um seine Nachforschungen anzustellen.

Die Wahrheit war ja nun, daß Krebs bis zu diesem Augenblick auch nicht die leiseste Ahnung davon hatte, wie er die Sache anpacken sollte. Für ihn und seine Frau war das Ganze nur ein Trick, drei gute freie Mahlzeiten am Tag zu bekommen, solange sie dies aufrechthalten konnten. Deshalb erklärte er dem König, daß er ein sehr gelehrter und erfahrener Sterndeuter wäre und daß er vorhätte, mit Hilfe eines ausgeklügelten Programms astrologischer Studien, die ganz im geheimen durchgeführt werden müßten, herauszufinden, wohin der Ring geraten sei.

»Es mag ein Weilchen dauern, Majestät«, sagte er, »weil ich alle Möglichkeiten überprüfen muß. Ich werde ein schönes ruhiges Zimmer und einige Schreibfedern, Tinte und große Bogen Papier benötigen. Es wird mir eine Ehre sein, euch sobald wie möglich über meinen Fortschritt zu unterrichten.«

So erhielt Krebs ein schönes gemütliches Turmzimmer hoch über dem Palast und alles Papier, um das er bat. Und da saß er nun den ganzen Tag bei einem prasselnden Feuer, während draußen der kalte Wind blies und der Schnee fiel, er aß die köstlichen Speisen, die zu ihm heraufgebracht wurden, und malte über das ganze Papier wunderbare Kreise und mystische Zeichen und Sterne und alles mögliche, was ihm sonst noch einfiel. Aber der Ring war noch immer nicht gefunden.

An einem kalten Winterabend, nachdem dies nun schon drei Wochen lang so gegangen war, wurde das Abendessen von einem anderen Diener als dem heraufgebracht, den Krebs bisher gehabt hatte, und dieser Diener stellte sich als ein recht unverschämter und anmaßender Kerl heraus. Er lungerte im Zimmer herum und schwatzte, und nach einer Weile begann er Krebs zu necken, und es fehlte nicht viel, und er hätte ihm gesagt, daß er nichts weiter als ein Betrüger und Hochstapler sei.

»Wie lange noch, meinst du, kannst du's durchhalten, Alter?« fragte er und stocherte mit einem Kienspan in seinen Zähnen herum. Er zwinkerte Krebs zu und begann den Tisch abzuräumen. »Selbst dieser Narr von einem König wird bald den Braten riechen, verstehst du?«

»Um die Wahrheit zu sagen — ich brauche jetzt nicht mehr sehr lange«, antwortete Krebs. »Nicht mehr als einen oder zwei Tage. Sieh mal hier diese Karte mit den Tierkreiszeichen — wenn sie dir natürlich auch nichts sagt. Aber mir sagt sie etwas. Ich weiß bereits, wo sich der Ring befindet, und mit nur ein bißchen Studium mehr werde ich auch herausfinden, wer ihn genommen hat.«

Kaum hatte er dies ausgesprochen, als er — nur eine Sekunde lang — ein ängstliches Zucken über das Gesicht des Dieners huschen sah. Im nächsten Augenblick war es wieder verschwunden, und er behauptete, daß die ganze Karte nur Unfug sei — was ja eigentlich auch der Wahrheit entsprach. Aber das war genug, mehr als genug für Krebs. Er sagte zu dem Mann, er solle sich gefälligst mit dem Geschirr beeilen, da er sich wieder an seine Arbeit machen

müsse, und auf dem Weg nach unten möchte er doch so freundlich sein und seine Frau bitten, zu ihm heraufzukommen. Als sie bei ihm war, sagte er ihr, daß er eine Idee hätte, und sie sprachen lange und ausführlich darüber.

Am folgenden Abend, als der Diener das Essen heraufbrachte, sagte Krebs gleich zu ihm, daß er sich nicht mit dem Tischdecken bemühen, sondern nur das Tablett absetzen solle, denn er benötige seine Hilfe bei einem Experiment. Er heftete seine große Tierkreiszeichenkarte an die Schranktür, und daneben befestigte er ein großes Bild des Rings, das der König angefertigt hatte, um ihm bei seinen Studien zu helfen.

»Nun«, sagte Krebs, »lege bitte deine rechte Hand auf die Abbildung des Rings und deine linke in die Mitte der Karte.«

Der Diener zögerte, und Krebs fragte ihn sofort, was er denn befürchte. Daraufhin tat dieser, wie Krebs ihm gesagt hatte, und sowie er die Karte an der Schranktür berührt hatte, ertönte eine seltsame weibliche Stimme daraus hervor: »Kendawar mar toomi, kendawar mar toomi!«

»Mar *toomi?«* brüllte Krebs mit fürchterlicher Anklage in der Stimme.

»Mar *toomi!«* antwortete die Stimme im Schrank. »Mar toomi, toomi, *toomi*!«

»Vielen Dank«, sagte Krebs sehr höflich zu dem Diener. »Ausgezeichnet! Das wäre alles! Du kannst jetzt wieder gehen.« Und damit drehte er ihm den Rücken zu und ging ins Schlafzimmer.

Wie ich bereits gesagt habe, war Krebs ein wirklich gerissener Kerl, und er wußte genau, daß der Mann es einfach leugnen würde, wenn er ihn geradeheraus beschuldigte, und das würde Krebs, der ja absolut keinen Beweis in der Hand hatte, kein bißchen weiterbringen. Er mußte einfach versuchen, den Mann einzuschüchtern. So ging er zu Bett und überließ es dem Diener, dasselbe zu tun.

Am nächsten Morgen kam der Diener früh herein und gestand Krebs ganz offen, daß er es gewesen sei, der den Ring gestohlen habe. Und dann flehte er ihn an, ihn nicht zu verraten, da er sonst sein Leben verlieren würde. Er sei ja nur der Sohn eines armen Mannes, sagte er, und habe deshalb der Gelegenheit und Versuchung nachgegeben.

»Fein!« sagte Krebs. »Schön! Ich bin auch nur der Sohn eines armen Mannes, so gebe ich vielleicht auch gerne mal der Gelegenheit und Versuchung ein bißchen nach. Wenn du dich nicht am Galgen wiederfinden möchtest, bringst du mir besser zwanzig Goldstücke bis heute abend. Wir sind beide schlau, mein Junge, aber ich bin um eine Nasenlänge schlauer, siehst du?«

Der Diener entgegnete, daß er nicht einmal die Hälfte der Summe aufbringen könnte.

»Oh, ich denke doch, daß du's kannst«, sagte Krebs, »wenn du dir nur Mühe gibst. Weißt du, es ist ein großer Fehler, wenn sich ein Spitzbube von einem anderen fangen läßt. Ich kenne deine Sorte, weil ich auch mal dazugehörte. Wenn du zum Ring des Königs kommen konntest, kannst du auch bis zum Abendbrot zu zwanzig Goldstücken kommen. Und denke daran, auch den Ring mitzubringen«, fügte er hinzu, als sich der Diener entfernte.

Nun, der Diener brachte es fertig — genau wie Krebs es sich gedacht hatte. Und als sie an diesem Abend wieder zusammen waren und Krebs das Gold eingesteckt hatte, sagte er: »Also, *so* muß du's machen: du nimmst einfach den Ring und fütterst ihn diesem Truthahn dort unten im Hof, vermischt mit einer guten Handvoll Korn. Paß auf, daß du auch den richtigen erwischst — den mit dem langen Schnabel. Siehst du, welchen ich meine?«

Der Diener ging nach unten, und Krebs sah vom Fenster aus zu, wie er dem Truthahn den Ring fütterte. Sobald er sicher war, daß die Arbeit gut und richtig getan war, ging er zum Haushofmeister und bat um eine Audienz beim König. Als er in den Thronsaal geführt wurde, sagte er: »Majestät, ich freue mich, euch mitteilen zu können, daß meine langen und harten Studien endlich Früchte getragen haben. Ich kann euch jetzt sagen, wie der Ring wiederzubekommen ist. Er ist sicher und unversehrt, denn meine magischen Künste haben mich entdecken lassen, daß er aus einem Fenster fiel und vom größten Truthahn im Geflügelhof geschluckt worden ist. Und da befindet er sich jetzt.«

Als der aufgeregte König seinen Ring zurückerhalten hatte, war er hocherfreut und befahl dem Hofschatzmeister, dem alten Krebs, diesem dämonischen Sterndeuter, eine große Belohnung zu überreichen. Und dann sagte er zu ihm, daß er und seine Frau — bevor sie wieder nach Hause zurückkehrten — am folgenden Abend bei einem großartigen Essen seine Gäste sein sollten.

Nun wollte aber der unehrliche Diener unbedingt mit Krebs auf irgendeine Weise abrechnen, und er dachte sich einen Plan aus, der ihn zu einem vollkommenen Narren machen würde und ihn in Ungnade fallen ließe. Zu den Aufgaben des Dieners gehörte es, das Pferd des Königs zu halten, wenn dieser von der Jagd zurückkehrte, und am Nachmittag vor dem großen Essen sagte er, gerade als der König vom Pferd stieg: »Wenn Ihr erlaubt, Majestät — der Doktor Vendalon, der sich einen großen Sterndeuter nennt, ist nichts weiter als ein ungebildeter Bauer. Er gibt zwar vor, ein weiser Mann und weitgereist zu sein, aber er hat noch nicht einmal das Meer gesehen. Wenn Ihr mir nicht glaubt, stellt ihn heute abend auf die Probe, wenn Ihr beim Essen mit ihm sprecht. Er wird noch nicht einmal den Namen eines einzigen Fisches nennen können.«

Als sie nun an diesem Abend alle beim Essen saßen, war der erste Gang, der hereingebracht wurde, ein herrliches Krebsgericht. Und sowie dem Sterndeuter davon vorgesetzt wurde, sagte der König zu ihm: »Da du ein so weitgereister Mann bist, Doktor Vendalon, kannst du mir zweifellos den Namen dieser Kreatur nennen, die du gleich verzehren wirst.«

Eine schreckliche Stille trat ein, als der arme Sterndeuter sich über seinen Teller beugte. Alles wartete gespannt. Dann hörte man ihn vor sich hin murmeln: »Ach, Krebs, Krebs, jetzt sitzt du aber wirklich in der Patsche!«

»Ha! Ha!« lachte der König schallend. »Gut gemacht! So viel für diesen dummen Diener! *Den* werde ich morgen an die Luft setzen! Trink noch ein Glas Wein!«

So fuhren schließlich Herr Krebs und seine Frau vornehm mit zweispänniger Kutsche nach Hause und lebten glücklich bis an ihr Ende.

Du meine Güte, das habe ich aber gut abgepaßt, nicht wahr? Dort ist Omas Haus, und ich kann sehen, wie sie in der Küche umhergeht, ihr nicht auch? Seht ihr das beleuchtete Fenster dort am Ende? Ros? Ros? Ach nein! Sie ist fest eingeschlafen!

Der feuerrote Papagei

Gefreiter K'bui, dein Gewehrlauf ist wie die Achselhöhle eines Arabers! Komm her und sieh hinein! Glaubst du vielleicht, der weiße Offizier inspiziert die Waffen nicht, wenn er vorbeikommt und die Wache antreten läßt? Da es der Hauptmann Asherburner ist, wird das ganz bestimmt passieren, denn der gehört zu den Leuten, die den Staub hinter der Tür finden, wenn er dorthin gekehrt worden ist, um ihn aus dem Weg zu schaffen. Dann sitzt du aber in der Tinte! Und glaubst du vielleicht, du kannst mich mit hineinziehen wie eine alte Frau ihren Ziegenbock an einer Schnur? Gefreiter M'Longa, dein Mützenabzeichen sieht aus, als ob es aus altem Käse wäre! Gefreiter Nyere, ich würde sagen, deinen Gürtel hast du aus einem Flußbett gefischt, wenn es in diesem gräßlichen baumlosen Land arabischer Diebe überhaupt Flüsse gäbe. Mögen die Polizeihunde sie alle fassen und in Stücke zerreißen — diese Söhne und Enkelsöhne von Sklavenhändlern!

Ich habe gehört, wie der Hauptmann zu Sergeant Kwamba sagte, daß es in England vor König Georgie eine große Parade geben wird, wenn der Krieg erst aus und Hittiler tot ist, und daß alle Divisionen der Armee — weiß und schwarz und indisch — ihre besten Leute schicken werden, um vor König Georgie zu salutieren, und er wird vor ihnen salutieren, mit seiner Königin und den schönen jungen Prinzessinnen. Glaubst du etwa, daß *du* dort sein wirst, Gefreiter M'Longa, mit diesem Mützenabzeichen, das da verkehrt herum auf der Rückseite steckt? Und *du* brauchst gar nicht so zu lachen, Gefreiter Nandasi, du bist auch nicht gescheiter. Was habe ich nur getan, um diesen Haufen Elefantenmist an Stelle von Soldaten zu bekommen — und ein Hauptmann, der auftaucht, bevor der Mond untergeht? Er wird vom Lager her kommen — zwischen den beiden Treibstoffstapeln beim Rangiergleis. Deshalb werden wir den Gefreiten Keefa hören, wenn er ihn anruft. Das wird uns genügend Warnung geben, um zum Antreten bereit zu sein.

Nun, wer hat eine Zigarette für seinen Wachhabenden? Oho, Gefreiter N'fwano, Zigaretten des weißen Mannes, eh? Mit dem bärtigen Seemann auf der Packung? Ich werde dich nicht fragen, woher sie kommen. In der NAAFI (= Navy, Army, and Air Force Institutes = Marketenderei- und Truppenbetreuungsinstitution) hat es in den letzten zehn Tagen jedenfalls keine gegeben, das weiß ich genau. Nun, ein guter Dieb ist ein guter Soldat. Die sind auf alle Fälle besser als die Zigaretten der „V"-Zuteilung — die zweifellos von arabischen Dieben aus Kameldung gemacht werden.

Versammelt euch hier um den Ofen herum. Gefreiter K'bui, schüre das Feuer und hole die Politur, das Öl und die Putzlappen. Diese Wache wurde nicht inspiziert, als sie Stellung bezog — dank Sergeant Kwamba, der nichts anderes zu inspizieren versteht als Bierkrüge und die Frauen anderer Männer. Deshalb ist es um so wahrscheinlicher, daß es Hauptmann Asherburner tut. Und wegen euch werde ich keinen Streifen verlieren. Alles wird saubergemacht — Stiefel, Gürtel, Mützenabzeichen, Gewehre. Und während sie geputzt werden, wird der Korporal der Wache, der zu seinen Leuten wie eine Mutter ist, die Zeit mit Geschichtenerzählen vertreiben.

Ja, ich kenne eine Menge Geschichten, aber diese hier hat bestimmt noch keiner von euch unwissenden Askaris aus dem Busch gehört, denn es ist eine schlaue Geschichte, eine, die mir von einem Mädchen in Nairobi erzählt worden ist, mit dem ich im letzten Urlaub gelebt habe, bevor wir mit dem großen Schiff nach Port Said gefahren sind. Könnt ihr euch an die Geschäfte in Nairobi erinnern, wo die Händler Spielsachen und geschnitzte Tiere aus Elfenbein verkaufen? Ich sah eine Elfenbeingöttin, die auf einem Sockel aus geschnitzten Kugeln stand; eine Kugel lag immer innerhalb einer anderen und immer noch eine andere innerhalb dieser, und alle waren frei und konnten sich drehen. Genauso ist meine Geschichte.

Vor langer Zeit lebte in Mahenge ein junger Afrikaner voll Kühnheit und Entschlossenheit, ganz und gar ein feiner, aber hoffnungslos armer Bursche, denn sein Vater und seine Mutter waren an einer Seuche gestorben, als er ein Kind gewesen war. Er wuchs im Hause seines Onkels auf, der ihm wenig gab und überhaupt nicht half. Eines Tages — bald, nachdem er erwachsen geworden war — dachte er insgeheim: »Wenn ich hier in Mahenge bleibe, ist meine Chance, zu Wohlstand oder einer guten Heirat zu kommen, nicht größer als die eines Wildebeests unter Löwen. Ich muß mich anderswo umsehen.« Am nächsten Tag stahl er sich Geld von seinem Onkel, als dieser seinen Rausch ausschlief, und machte sich auf, um sein Glück zu suchen.

Spuck auf den Stiefel, K'bui! Wie soll er *so* die Augen von Hauptmann Asherburner blenden können? Er muß glänzen wie die Schultern eines Mädchens, die vor dem Tanzen eingeölt worden sind.

M'Beya — denn so hieß der junge Mann — war viele Tage lang auf Pfaden unterwegs, die er nicht kannte, und kam durch Dörfer, die ihn nicht kannten. Er durchquerte Flüsse und sprach mit vielen Menschen, und das Geld seines Onkels wurde immer weniger. Es schien, daß er sein Glück genausowenig machen konnte, wie eine Laus Chapatis backen kann. Er überquerte den großen Ruaha und den Rufiji und kam nach Dar-es-Salaam. Und dort gab er mehr Geld aus und verlor beinahe sein Leben unter den Dieben der finsteren Gassen, die noch wertloser waren als Sergeant Kwamba. Und dennoch setzte er seine Reise fort durch unbekannte Königreiche und seltsame bergige Länder des Nordens, denn er fürchtete sich, an einem Ort zu verweilen — konnte sein Onkel doch auf irgendeine Weise erfahren, wo er sich aufhielt.

Eines Abends nun saß M'Beya ziellos und verzweifelt auf einem Haufen Steine zwischen zwei Läden im Bazar einer fernen Stadt mit wenig in seinem Beutel und noch weniger in seinem Bauch. Und wie er sich so überlegte, wo er die Nacht verbringen könnte, kam ein Mann auf ihn zu, der einen feuerroten Papagei in einem Käfig mit sich trug. Die Federn des Papageis fingen die Sonne ein und glühten wie die Schlußlichter des Lastwagens der Kompanie, und M'Beya blickte ihn mit großen Augen an, denn er hatte nie zuvor einen solchen Vogel gesehen. Als ihn der Mann mit dem Käfig erreicht hatte, wandte er sich plötzlich zur Seite und setzte sich neben M'Beya auf den Steinhaufen.

»Saideh, effendi«, sagte M'Beya. »Wie geht es dir?«

»Nun eigentlich recht gut, Gott sei Dank«, antwortete der Mann, »aber ich bin müde vom Geldverdienen, und das ist die reine Wahrheit. Ich habe den ganzen Tag lang Vögel verkauft und mehr verdient, als sie mich gekostet haben, aber jetzt wäre ich froh, wenn ich zum Abendbrot nach Hause gehen könnte — wenn ich nur diesen einen noch verkaufen und damit fertig werden könnte.«

»Warum nimmst du ihn denn nicht mit nach Hause?« fragte M'Beya. »Er wird in der Nacht nicht schmelzen, und zweifellos könntest du ihn dann morgen verkaufen.«

»Alles gut und schön«, erwiderte der Mann, »aber es gibt da ein Problem: dieser Papagei hier ist ein außergewöhnlich guter Sprecher, der die ganze Nacht lang schwatzt, gleichgültig, ob ich seinen Käfig abdecke oder nicht. Ich habe ihn schon zwei Nächte lang bei mir gehabt, und meine Frau hat zu mir gesagt, eine dritte ließe sie sich nicht gefallen. Gestern früh verkaufte ich ihn an einen reichen Händler, aber am gleichen Abend traf er mich wieder im Bazar und drohte, mich von seinen Dienern verprügeln zu lassen, wenn ich ihn nicht wieder zurücknehmen würde. Ich hatte ihm ja gesagt, daß der Papagei sprechen könnte, aber er meinte, er schwatze mehr, als er erwartet hätte. Und so bin ich hier und schleppe ihn noch immer mit mir herum. Ich denke, ich werde ihm den Hals umdrehen müssen und — um einer ruhigen Nacht willen — meinen Gewinn einbüßen.«

»Nein, das wäre aber wirklich *zu* schade«, rief M'Beya aus. »Solch ein schöner Vogel! Aber du sagst, er spricht? Wie kann das denn sein?« Wie ich bereits erwähnt habe — er hatte ja nie zuvor einen Papagei gesehen und noch weniger einen sprechen hören.

In diesem Augenblick neigte der Papagei seinen Kopf zur Seite, sah ihn an und sagte: »Sei gegrüßt, mein Gebieter! Ich kann dein Glück machen.«

M'Beya war so überrascht, daß er auf die Füße sprang und beinahe weggerannt wäre, denn dies kam ihm nun doch wie Hexerei vor. Aber der Vogelhändler lachte nur, rief ihn zurück und überzeugte ihn, daß er sich in keinerlei Gefahr befände und daß das Sprechen des Papageis kein Trick sei. So setzte sich M'Beya wieder auf die Steine, während der Papagei sprach, und er dachte, daß dies das größte Wunder sein müßte, das er in seinem ganzen Leben gesehen und gehört hatte.

Nimm das Schloß ganz aus dem Gewehr heraus, M'Longa, und dann öle beides — auch das Verschlußstück.

Endlich sagte M'Beya zu dem Vogelhändler: »Du siehst, ich bin kein reicher Mann, nur ein unglücklicher. Doch ich werde den Papagei kaufen, wenn dein Preis nicht höher ist als das, was ich besitze.« Denn es schien ihm jetzt, daß dieser Vogel ein Wunderding sei, für das er gerne hungrig und obdachlos bleiben wollte.

M'Beya gab ihm das ganze Geld, das ihm geblieben war, für den feuerroten Papagei, und der Mann wünschte ihm viel Glück und ging seiner Wege. Es wurde dunkel, und M'Beya machte sich auf, dem Stadtrand entgegen, denn wenn er schon die Nacht unter freiem Himmel verbringen mußte, so wollte er doch wenigstens einen einsamen Unterschlupf finden, wo er hoffen konnte, vor Halsabschneidern sicher zu sein. Wie er nun ein dunkles Hintergäßchen in der Nähe des Flusses hinunterschritt und sich dabei ständig ängstlich umdrehte, um nicht ein Messer im Rücken wiederzufinden, sagte der Papagei: »Warum arm bleiben, mein Gebieter, wenn du reich sein könntest?«

M'Beya ließ beinahe den Käfig fallen. Aber dann, als er sich wieder etwas gefangen hatte, setzte er ihn auf die Erde und fragte: »Wie stellst du dir das vor — wie könnte ich denn reich werden?«

»Komm nahe heran mit deinem Ohr«, antwortete der Papagei, »damit niemand mithören kann.« M'Beya tat's, und der Papagei fuhr fort: »Dies ist die Straße der Juwelenhändler. Siehst du das Lampenlicht am oberen Fenster da drüben? Dort sitzt bestimmt ein geiziger alter Kaufmann, der am Ende des Tages sein Geld zusammenzählt. Laß mich aus dem Käfig heraus und geh und klopfe an seine Tür. Sag dem Diener, du hättest eine Nachricht, die nur für das Ohr seines Herrn bestimmt ist. Der Kaufmann wird zu dir herunterkommen und dich nicht hinauf in seine Kammer gehen lassen, wo sein Gold auf dem Tisch ausgebreitet liegt. Sag ihm, was du willst, nur gib mir genügend Zeit, um durch das Fenster hinein- und mit einem Goldstück wieder herausfliegen zu können.«

»Aber bestimmt wird er es wegschließen, bevor er herunterkommt?« warf M'Beya ein.

»Das wird er nicht«, erwiderte der Papagei. »Ist es denn nicht sicher genug in einem Zimmer oben mit niemandem im Hause außer ihm selbst und seinen Dienern?«

M'Beya ließ den Papagei frei. Nachdem er in der Dunkelheit die richtige Tür gefunden hatte, klopfte er an und sagte zu dem Diener, daß er seinen Herrn zu sprechen wünsche. Als der arabische Händler herunterkam, hatte er sich schon eine Geschichte zurechtgelegt: er gehöre zu einem indischen Schiffskapitän, der aus Malabar gekommen wäre, um Seiden und Gewürze gegen Rubine einzutauschen. Er sprach so lange, wie er nur konnte, und vereinbarte, daß sein Kapitän am nächsten Tag kommen würde. Dann verneigte er sich tief und ging weg. Und kaum war die Tür geschlossen worden, saß der Papagei auch schon wieder auf seiner Schulter — noch bevor sich seine Augen wieder an die Dunkelheit gewöhnt hatten.

»Laß doch den Käfig«, meinte der Papagei. »Ich werde dich schon nicht verlassen. Hier sind drei Goldstücke. Hättest du länger gesprochen, dann wären es vier geworden. Laß uns nun zu einem guten Wirtshaus gehen und die Nacht in Ruhe und Bequemlichkeit verbringen.«

Am folgenden Tag ging M'Beya mit dem feuerroten Papagei auf seiner Schulter hinunter zum Hafen, wo er eine Schiffspassage in eine andere Stadt erstand. Das Schiff lief um die Mittagszeit aus, und sobald sie ein gutes Stück vorangekommen waren, setzte sich M'Beya unter ein Sonnendach im Bug, um die kühle Brise zu genießen, während der Papagei hoch oben in der Takelage zwischen Möwen und anderen Seevögeln saß, die immer ein Schiff im Meer begleiten.

M'Beya war, durch das sanfte Schaukeln des Schiffes gewiegt, eingeschlafen und wurde gegen Abend vom Papagei geweckt, der ihn am Ohr zog.

»Hör zu, Gebieter«, sagte der Papagei. »Wir sind in großer Gefahr. Vor dem morgigen Mittag wird ein gewaltiger Sturm aufkommen.«

»Wie kannst du das annehmen?« fragte M'Beya erstaunt. »Schau, die See ist so ruhig wie eine Schüssel Milch.«

»Die Möwen haben's mir erzählt«, antwortete der Papagei. »Alle sind sich einig, daß vom Norden her ein Sturm auf uns zukommen wird. Wir sollten sofort den nächsten Hafen anlaufen. Warne den Kapitän, Gebieter!«

M'Beya tat sein Bestes, um den Kapitän von ihrer Gefahr zu überzeugen, aber der Kapitän und die Matrosen lachten ihn aus. Und als er darauf bestand, wurden sie ärgerlich und erklärten ihm, daß er nichts von der See oder von Schiffen verstünde — womit sie nicht unrecht hatten — und daß er solche Sachen lieber denjenigen überlassen sollte, die sich damit auskannten.

Als der folgende Morgen dämmerte, hatte sich der Himmel bereits verdunkelt, und ein Wind war aufgekommen. Keine Stunde später brach ein schreckliches Gewitter über das Schiff herein. Die Matrosen glaubten jetzt, daß M'Beya ein großer Zauberer sei, der die Zukunft voraussagen und dem Wetter befehlen könne, und sie drängten sich um ihn und flehten ihn an, er möge ihre Leben retten. M'Beya, der sich natürlich genauso fürchtete wie sie, gelang es, gelassen zu scheinen, und er behauptete, die Geister des Sturms wären durch ihren Spott und ihre abfällige Behandlung erzürnt, er aber wolle tun, was in seiner Macht stünde. Da gab ihm der Kapitän fünf Goldstücke und sagte, daß dies alles wäre, was er mit sich führe, daß er aber mehr bekommen würde, wenn sie nur sicher an Land gehen könnten.

Zwei Tage lang wurde das Schiff weit über das Meer hinausgetrieben, in Gewässer, die der Kapitän und die Mannschaft nicht kannten, dann aber ließ der Sturm endlich nach. Am nächsten Morgen sichteten sie Land, und bald danach liefen sie im Hafen einer reichen fremden Stadt ein. Die Einwohner sahen, wie M'Beya inmitten von Lobpreisungen und Bewunderung der Schiffsmannschaft und seiner Mitpassagiere an Land ging, und nahmen an, daß er eine große Persönlichkeit sei, und als er später im besten Wirtshaus der Stadt zu Abend aß, stattete ihm der Wesir des Sultans einen Besuch ab. Nach vielen Schmeicheleien und höflichen Reden sagte der Wesir zu M'Beya, sein Ruhm als Prophet und Zauberer hätte die Ohren des Sultans erreicht, der den Wunsch habe, er möchte zum Hofe kommen, um seine älteste Tochter mit seinen Zauberkräften zu retten.

Nein, Gefreiter M'Longa, bei einem Mützenabzeichen wie deinem gibt es nur *ein* Mittel. Das Metall ist stumpf. Du hättest es mit dem eines anderen vertauschen sollen, als dieser nicht hinsah. Deck es gut mit Metallpolitur ab, und dann zünde es an. Hier ist ein brennender Zweig vom Ofen. Uff! Jetzt putze es wieder, und vielleicht wird es doch noch glänzen.

»Was fehlt ihr denn?« fragte M'Beya. »Ist sie krank?«

»Es ist keine Krankheit«, erwiderte der Wesir. »Die Prinzessin ist die schönste Jungfrau im ganzen Land und gerade im heiratsfähigen Alter. Mehrere feine junge Prinzen und Edelleute haben bereits um ihre Hand angehalten, und nicht weniger als sechs sind mit ihr getraut worden. Aber sie ist in der Macht eines bösen Zauberers, einem, der mit den Geistern der Finsternis im Bunde ist. Er kommt bei Nacht, und keiner kann ihn abwehren, denn er fliegt durch die Luft und wird von Dämonen bewacht. Der Prinzessin selbst tut er nichts. Doch keinen Mann, der ihr Gemahl wird, duldet er am Leben. Deshalb sind diese sechs guten jungen Männer durch seine böse Eifersucht alle erwürgt worden.«

»Durch welche Mittel hat er sie denn überwältigt?« fragte M'Beya.

»Einen Mann«, antwortete der Wesir, »der die Prinzessin aus der Macht des Zauberers befreien will, muß sich ihm in drei Prüfungen im Wettkampf stellen. Wäre es möglich, ihn bei allen drei Prüfungen zu schlagen, so würde er gestürzt und durch die gleichen Mächte der Finsternis, die ihm jetzt dienen, in die Gefangenschaft gedrängt — so hat er verkündet. Aber bis heute ist es noch keinem gelungen, auch nur eine der Proben zu bestehen. In der Tat — dies wäre nur einem Zauberer möglich, einem, der genauso mächtig ist wie er selbst. Darum bittet der Sultan um deine Hilfe. Bist du wirklich ein Zauberer, dann könntest du den anderen vielleicht besiegen und die Prinzessin von seiner Macht befreien. Wem dies gelingt, der wird reich an Gut und Ehren und als Nachfolger des Sultans selbst regieren.«

»Was sind das für Prüfungen?« fragte M'Beya.

»Die erste«, erklärte der Wesir, »verlangt, daß du durch eine enge Kluft in den Schutzmauern des Palastes hindurchkriechst, die nicht breiter ist als die Hand eines Mannes. Bei der zweiten Probe mußt du die glatte Wand des Palastes bis zum höchsten Minarett über dem Dach erklimmen. Diese Kunststücke sind schon unmöglich genug, doch das dritte genügt, um sie einfach erscheinen zu lassen. Der Zauberer, der auf dem unzugänglichen Gipfel eines Berges haust, welcher die Stadt überragt, hat erklärt, daß derjenige, der ihn stürzen wolle, diesen Gipfel vom Palast aus schneller erreichen müßte als er selbst. Da er jedoch durch die Luft fliegt, kann sich keiner einen Sieg erhoffen. Aber hab keine Angst, junger Mann«, fügte der alte Wesir hinzu, als er M'Beyas bestürzten Blick sah. »Der Sultan ist ein gerechter und gütiger Herrscher und er hat mich angewiesen, dir zu versichern, er würde dich nicht und auch keinen anderen Mann, der diese unmöglichen Kunststücke versuchen wolle, dazu zwingen. Wie ich schon gesagt habe — ich bin hier, weil wir von deinen magischen Kräften gehört haben. Und deshalb wagte der Sultan in seiner Sorge und großen Not zu hoffen, daß du bereit wärest, uns zu helfen. Aber ich sehe, du hast nicht die Absicht, dein Leben wegzuwerfen, und ich kann es dir auch nicht verübeln. Ich werde dem Sultan berichten, daß du es bedauerst — daß die Sache deine Kräfte übersteigt.«

»Aber warum haben die sechs jungen Männer, die sterben mußten, diesen unglücklichen Wettkampf nur auf sich genommen?« fragte M'Beya.

»Die Prinzessin ist so schön«, antwortete der

Wesir, »daß alle, die sie sehen, sich sofort in sie verlieben. Jeder einzelne der jungen Männer war sofort bereit, *alles* zu versuchen, um ihr Gemahl zu werden.«

In diesem Augenblick betrat der Wirt das Zimmer und sagte zu dem Wesir, draußen stünde ein Bittsteller, der ihn sprechen wolle. Als sie allein waren, sagte der Papagei zu M'Beya: »Gebieter, sag dem Sultan, daß du diesen Zauberer bekämpfen wirst. Setz *du* nur ein mutiges Gesicht auf — den Rest erledige ich.«

»Aber wie können mir diese Kunststücke gelingen?« fragte M'Beya. »Ich werde genau wie alle anderen sterben müssen.«

»Vertraue mir«, antwortete der Papagei. »Ich werde schon einen Weg finden.«

M'Beya war keineswegs davon überzeugt, aber als der Wesir zurückkehrte, sagte er zu ihm, er würde auf jeden Fall, schon aus Höflichkeit, am nächsten Tag im Palast erscheinen, um den Wettkampf mit dem Zauberer aufzunehmen. In Wahrheit hatte er nur den einen Wunsch, die schöne Prinzessin zu sehen — und außerdem war er noch nie zuvor in seinem Leben am Hofe eines Sultans gewesen.

Nachdem er sein restliches Geld für die besten Kleider ausgegeben hatte, die es zu kaufen gab, machte er sich am folgenden Morgen auf den Weg zum Palast mit dem feuerroten Papagei auf seinem Arm. Der alte Sultan empfing ihn freundlich und stellte ihm viele Fragen über sein magisches Wissen und die gefährliche Reise, während der er den Sturm besänftigt hatte. Denn diese Geschichte hatte — wie die meisten Geschichten der Seeleute — durch das Herumerzählen in der ganzen Stadt nichts an Spannung verloren.

Während sie so miteinander sprachen, betrat die Tochter des Sultans den Empfangsraum. Im gleichen Augenblick, in dem M'Beya sie sah, war er so hingerissen von ihr, daß er sofort bereit war, sie unter allen Gefahren als Braut zu gewinnen oder dabei zu sterben, denn ohne sie, das fühlte er, war sein Leben nicht länger lebenswert. Bei der ersten Gelegenheit bat er ihren Vater um die Zustimmung, sie noch am gleichen Tag heiraten zu dürfen, und er versprach, den tödlichen Kampf mit dem Zauberer auf sich zu nehmen. Der alte Sultan dankte ihm feierlich und erwiderte, es solle so sein, da er selbst es wünsche, und er wäre bereit, alles zu tun, um ihm bei seinem tollkühnen Vorhaben zu helfen.

M'Beya bat darum, eine Weile nachdenken zu dürfen, und sobald er allein war, fragte er den Papagei, was denn nun zu tun sei. »Denn«, so sagte er, »*du* entscheidest über mein Schicksal. Ohne dich kann ich nichts tun, doch wenn wir versagen sollten, will ich dir nicht die Schuld geben, denn jetzt, da ich sie gesehen habe, würde ich lieber sterben, als ohne die Prinzessin leben zu müssen.«

»Sag dem Sultan«, erwiderte der Papagei, »daß du die schmale Kluft in den Schutzmauern zu sehen wünschst, durch die der Zauberer heute abend hindurchgehen will. Bitte ihn auch um eine Tüte mit geschälten Mandeln, und während du auf den Mauern entlanggehst, streue sie alle zwischen der Spalte und dem Schlafgemach der Prinzessin aus.«

Nachdem er diese Bitten vorgebracht hatte, wurde M'Beya auf den Schutzwällen zur Spalte geführt, die nicht breiter war als die Hand eines Mannes. Darin befand sich eine Steinzelle mit einer verschlossenen und verriegelten Tür. Als er erkannte, daß es vollkommen unmöglich war, die Zelle durch diese Spalte zu betreten, sank sein Herz tief, denn er hatte gehofft, den Zauberer durch irgendeinen Trick überwältigen zu können. Trotzdem tat er, wie ihm der Papagei geraten hatte, und auf dem Rückweg streute er die Mandeln entlang der Schutzmauer aus.

Am gleichen Abend wurden die Hochzeitszeremonien abgehalten, und als die Dunkelheit hereinbrach und es vollkommen dunkel geworden war — es war eine mondlose Nacht — gingen M'Beya und die schöne Prinzessin zusammen zu ihren Gemächern innerhalb der oberen Schutzmauern. Hier sagte der Papagei zu M'Beya, er solle sich verstecken und, wenn der Zauberer käme, versteckt bleiben und kein Wort sprechen.

Um Mitternacht erschien der schreckliche Zauberer auf den Mauern, nachdem er von seiner Behausung auf dem Berggipfel hoch über der Stadt herabgebraust war. Er schlug die Wachen in die Flucht, riß die Tür zum Brautgemach auf und stieß fürchterliche Drohungen gegen den Bräutigam aus: er müsse sich am Wettkampf beteiligen, dessen Ausgang nur den sicheren Tod für ihn bedeuten könne, wolle er seine Braut nicht augenblicklich verlassen und auf dem Land für immer entfliehen. Da antwortete der Papagei aus der Dunkelheit und beleidigte den Zauberer und erzürnte ihn mit Schmähungen und Spott, so daß dieser in die Kammer eilte, um den jungen Mann zu packen, der es wagte, ihn dermaßen herauszufordern. Der Papagei flog leise zur Tür hinaus und rief dem Zauberer von draußen zu, er solle sich gefälligst beeilen, zur Zelle in der schmalen Kluft zu kommen. Er fand den Weg leicht in der Dunkelheit durch den Duft der verteilten Mandeln, flog zur Spalte und in die Zelle hinein und versteckte sich dort in einem Mauerriß. Und als der Zauberer den Ort erreicht hatte, verhöhnte er ihn erneut, indem er ausrief, es wäre jetzt ein größerer Zauberer hier, um ihn zu stürzen — einer, der sich unsichtbar machen könne, wenn er es wolle. Da verließ ihn der Zauberer in furchtbarem Zorn und drohte, in der folgenden Nacht zurückzukehren und seinen Feind zu erschlagen.

Am nächsten Tag sagte der Papagei zu M'Beya, er solle den Sultan bitten, bei Einbruch der Nacht eine Holzkohlenpfanne und ein Bündel Reisig zum höchsten Minarett hoch über dem Dach des Palasts bringen zu lassen, auch einen Tisch, ein Langschwert, eine Heugabel und die Herzen und Lebern von zwei oder drei jungen Stieren. Um Mitternacht erschien der böse Zauberer erneut, und wieder forderte ihn der Papagei heraus und rief schließlich aus, er solle sich gefälligst beeilen und zum Minarett über dem Palastdach kommen, wohin er selbst gleich klettern würde, wenn er wirklich meine, er könne ihn töten. Als der Zauberer das Minarett erreicht hatte, sah er sich im Licht der Kohlenpfanne um, konnte aber niemanden sehen.

»Wenn du hier bist, junger Mann«, brüllte er, »dann zeige dich!«

»Ich bin schon eine ganze Weile hier«, antwortete der Papagei, der unter dem Reisig versteckt war, »aber ich sehe keinen Grund, warum ich mich einem Dummkopf wie dir zeigen sollte. Sei so freundlich, geh wieder fort und laß mich in Frieden. Ich bin gerade dabei, die Herzen und Lebern einiger Zauberer zum Abendessen zu braten, die ich heute nachmittag getötet habe. Hier ist mein Besteck — gegen den Tisch gelehnt. Vielleicht bist du so gut und schärfst mir das Messer, es scheint ein wenig stumpf zu sein.«

Da brauste der Zauberer wieder davon, zum Berg zurück, während der Papagei zu M'Beya und der Prinzessin zurückkehrte. M'Beya fühlte sich jetzt erleichtert und hoffnungsvoll, aber der Papagei sagte zu ihm: »Gebieter, die schwerste Prüfung kommt noch, und in ihr hast auch du eine Rolle zu spielen, denn ich kann sie nicht allein bestehen. Geh zum Sultan und bitte ihn, seinen Soldaten zu befehlen, das stärkste Fischernetz zu bringen, das sie finden können, und es, an kräftigen Pfählen befestigt, die in die Risse im Mauerwerk unterhalb der Schutzwälle getrieben werden, auszubreiten. Heute abend, wenn der Zauberer kommt, zeige dich offen vor ihm und erkläre ihm, daß du bereit bist, zum Berggipfel zu fliegen. Versuche nur, die Sache so lange wie du kannst, hinauszuzögern, denn ich brauche viel Zeit, wenn alles gutgehen soll.«

»Wird dies auch ausreichend sein?« fragte M'Beya.

»Drei Dinge noch«, erwiderte der Papagei. »Halte auf den Mauern eine Tüte mit Abfall und Schafsdärmen und ein Stück zartes Fleisch bereit, das gut mit Gewürzen zubereitet worden ist. Sende einige Soldaten zum Fuße des Berges, um ein Feuer zu entzünden, das die ganze Nacht hindurch brennen soll, und laß mir auch ein Siegel bringen ähnlich dem persönlichen Siegel des Sultans.«

M'Beya ließ alles geschehen, wie es der Papagei verlangt hatte, und in dieser Nacht wartete er wieder auf das Kommen des Zauberers mit der Gewißheit, daß dieser nun all seine bösen Kräfte einsetzen würde, um ihm die schöne Braut und auch sein eigenes Leben zu entreißen. Als der Zauberer erschien, erklärte ihm M'Beya, er wolle sich jetzt offen zeigen, da er ihn ja doch gleich besiegen und vernichten würde. Dann gab er aber vor, es sich noch einmal überlegen zu wollen und zu zögern, und er fragte den Zauberer, ob sie nicht doch vielleicht handelseinig werden könnten, wobei er ihm Gold und Juwelen versprach, wenn er nur wieder fortgehen und ihn in Frieden lassen würde. In der Zwischenzeit schlüpfte der Papagei aus dem Raum und packte mit seinen Klauen das gebratene Fleisch und die Tüte mit dem Abfall und hob ab zum Flug auf den Gipfel des Berges.

Der Zauberer bemerkte M'Beyas scheinbares Zögern und gewann allen Mut zurück, den er die Nacht zuvor verloren hatte, und rief ihm zu, daß seine Geduld nun endlich erschöpft sei und daß M'Beya sich jetzt entweder mit ihm im dritten und letzten Wettstreit messen oder auf der Stelle sterben müsse. Er verlangte außerdem, daß M'Beya sich dieses Mal nicht unsichtbar machen dürfe, sondern auf die Mauern heraustreten solle, wo er ihn sehen könnte. Da schritt M'Beya kühn zum Rand der Mauer und verkündete: »Ich werde lange vor dir auf dem Berggipfel sein!« Und damit warf er sich in die Dunkelheit hinaus und fiel leise und unverletzt in das unter ihm ausgebreitete Netz.

Bald danach erreichte der Papagei, der über die Stadt und die umliegenden Felder geflogen war, die Behausung des Zauberers auf dem Gipfel des Berges. Hier hatte der Zauberer einen ihm zu Diensten stehenden Dämon als Wächter zurückgelassen — eine schreckliche Kreatur in Form eines riesigen Hundes mit Fängen so scharf wie Rasiermesser. Wenn er den Ort in der Obhut dieses Wilden ließ, fütterte der Zauberer ihn immer erst, wenn er zurückkam, so daß er noch wachsamer und bösartiger als gewöhnlich war. Als der Papagei sich näherte, sprang der Hund auf, knurrte und drohte, daß er ihn verschlingen werde, wenn er sich niederlassen solle.

»Da beruhige dich nur, denn ich habe dir ein gutes Fressen mitgebracht«, sagte der Papagei. »Hier, fang auf!« Und damit warf er ihm das würzige Fleisch zu, das der Hund mit einem einzigen Bissen verschlang.

»Wie war's denn?« erkundigte sich der Papagei.

»Gut, gut! Aber zu wenig!« antwortete der Hund. »Nicht genug für ein wildes Biest wie mich, das am Tag zwei Ochsen frißt.«

»Dem kann leicht abgeholfen werden«, erwiderte der Papagei. »Siehst du das Feuer dort unten am Fuß des Berges? Das ist mein Lager, wo die Soldaten des Sultans nicht weniger als *fünf* Ochsen braten. Eile hinunter und sage ihnen, ich hätte dich geschickt.«

»Das ist irgend so ein Trick«, sagte der Dämon. »Ich werde nicht hinuntergehen.«

»Wirklich, das ist es nicht«, antwortete der Papagei und sah zu, daß er einen sicheren Abstand wahrte. »Ich gehöre zum Haushalt des Sultans und trage sein Siegel bei mir, um es zu beweisen.«

Damit ließ er das nachgeahmte Siegel vor dem Dämon auf die Erde fallen, der keiner weiteren Überredung bedurfte, nachdem er das Emblem des Sultans gesehen hatte, und bellend dem Feuer am Fuße des Berges entgegeneilte und den Papagei allein zurückließ, der nun den Abfall auf der Erde verstreute.

Bald danach hörte er ein Rauschen, und der Zauberer erschien. Kaum hatte er sich niedergelassen, als der Papagei ihm auch schon zurief: »Du herumtrödelnder Esel, ich habe schon *zu* lange auf dich gewartet, und jetzt habe ich mich wieder unsichtbar gemacht, damit ich dich um so rascher und leichter töten kann. Was diesen einfältigen Dämon betrifft, dem du deine Behausung anvertrautest — den habe ich zerteilt und sein Gedärm auf der Erde verstreut. Sieh her — hier liegen sie!«

Als er dies hörte, machte sich der Zauberer durch die Wüste auf und davon und heulte vor Angst und Verzweiflung, da er sich all seiner Macht durch diesen Gegner beraubt sah. Der Papagei aber flog zurück zu M'Beya und der Prinzessin. Als der gute alte Sultan von der Niederlage des Zauberers erfuhr, rief er sofort eine ganze Woche lang Feiertage und Vergnügungen für das ganze Königreich aus und erklärte M'Beya zu seinem Erben und Nachfolger. Der Papagei erhielt einen goldenen Käfig und eine juwelenbesetzte Kette —

Hört! Gefreiter K'bui, hör auf, den Gürtel zu bürsten und sei still! Ja, das ist der Gefreite Keefa, der Hauptmann Asherburner anruft. Er wird also gleich hier sein, um die Wache abzunehmen. Nyere, das Magazin ist nicht in deinem Gewehr! N'fwano, du hast deinen Gürtel verkehrt herum an! Denkt dran, wir treten an mit dem Gewehr *über*, und Gott helfe dem Mann, der seinen Gewehrlauf oben am Türrahmen anschlagen läßt!

Die Sprache der Tiere

Ja, natürlich wird es ein Junge, mein Liebling — der schönste, der je geboren wurde von Charva bis Brel. Wart's nur ab — und lange wirst du nicht warten müssen. Weißt du, was meine alte Großmutter immer gesagt hat? »Ein guter Zunder fängt den ersten Funken.« Wie viele Jungen möchtest du haben, Bauer — mein Bauer, mein Pflüger? Sechs, sieben? Große starke Jungen — ah, und dann wirst du den ganzen Tag lang müßig unter dem Geißblatt auf der Veranda sitzen — ja, in der Sonne sitzen und dein Bier trinken, während *sie* die Arbeit tun. Alles, was du dann pflügst, ist die Mitternachtsfurche, sei unbesorgt!

Weißt du *jetzt*, daß du mit mir ein besseres Geschäft gemacht hast als mit Airsovitz? Oh! Nein, hast niemals Airsovitz angesehen, eh — auch die blauen Bänder nicht, die zu ihren Augen passen? Ich hab dich gesehen — ich hab dich gesehen! Ja, als sie unter den Kastanienbäumen saß, unten bei der Mühle. Ach, jetzt kann ich darüber lachen. Meinst du nicht auch, daß ich es mir leisten kann zu lachen — ich, in den Armen des feinsten Kerls in der ganzen Kestcheva?

Laß die Lampe doch brennen, mein Liebling — warum schon schlafengehen? Siehst du mich nicht gerne an? Es ist Öl genug im Haus, ja, und Wein und Käse und Speck und Äpfel und Mehl auch und eine Menge mehr. Ich werde alles kochen, und du wirst alles essen. Mein Kochen? Du wagst es mir zu sagen, es war alles nur wegen meinem Kochen? Mir, die hier ausgestreckt liegt wie eine Buche nach einem Hochwasser im Frühjahr? Im nächsten September, wenn ich wie eine Regentonne im Hof sein werde, dann erzähl meiner Mutter, es war alles nur wegen meinem Kochen. Vergiß es nicht!

Oh, schau, da ist eine Maus, siehst du — dort im Mondlicht bei der Tür? Nein, natürlich habe ich keine Angst vor ihnen; das muß Airsovitz sein. Auch nicht vor Ratten, solange wir drei gute Katzen im Haus haben. Nein, warte, bleib ruhig, Lieber, laß sie rein, nur für heute nacht. Bald werde ich das Haus für dich von allen Mäusen räumen — das, und noch vieles mehr. Aus der Kammer über dem Flur wird ein feines Kinderzimmer.

Oh, sie hat mich gehört, die Maus! Hast du gehört, was sie gesagt hat? Was, du verstehst die Sprache der Tiere nicht, und du ein Bauer — und vor dir dein Vater und Großvater? Nun, dann mußt du noch eine Menge lernen, mein Pflüger. Wir werden dich zum alten Thomas in die Schule schicken müssen, um die Sprache der Tiere zu erlernen und wie man Herr in seinem eigenen Hause ist. Sonst werden sie alle über dich lachen. Ja, das werden sie. Gibst du mir nicht immer alles, was ich haben will? Das ist keine Art, eine Frau zu behandeln — macht sie schwerer zu lenken als eine Stute, die sechs Wochen zum Grasen draußen geblieben ist. Oh, und so magst du mich, wirklich?

Du kennst die Geschichte nicht? Wirklich nicht? Ich weiß etwas, was du nicht weißt, Bauer? Nun, dann bist du noch nicht so alt, daß du nicht einer Gutenachtgeschichte lauschen kannst, mein Kerlchen. Was? Kleiner, als du eben warst, auf alle Fälle. Und ich brauche Übung. Bald werde ich Geschichten erzählen müssen, anstatt ihnen zuzuhören. Leg deinen Arm unter meinen Kopf. So ist's recht. Das ist

dick genug, um die Sorgen fernzuhalten, denke ich.

Es war einmal ein Schäfer namens Thomas, der seinem Herrn seit langem sehr treu gedient hatte. Bei jedem Wetter war er draußen gewesen — Messer, Teerbüchse und Hürden — und verlor niemals ein Mutterschaf oder ein Lamm, auch wenn der Nebel niedrig über den Felsen hing. Es war ein einsames Leben, das er führte, denn er hatte nie geheiratet; aber darüber beklagte er sich nicht, auch nicht über irgend etwas anderes.

Thomas war ein ehrlicher, anständiger und aufrichtiger Kerl, darüber waren sich alle einig. Sie sagten immer, er wäre ein Mann, der nicht wüßte, wie er es auch nur anfangen sollte, einen anderen zu betrügen, und daß er genausowenig lügen konnte wie fliegen. Einige von ihnen sagten sogar, er wäre ein bißchen zu freundlich und ehrlich und deshalb noch immer eines anderen Mannes Schafhirt, anstatt der eigene Herr eines netten Stück Ackerlands zu sein. Da war auch ein Bursche, der sagte ihm das eines Tages ins Gesicht, aber Thomas lachte nur und meinte, würde ihm selbst nichts ausmachen, und warum sollte es dann einen anderen stören?

Nun, an einem schönen Tag in einem trockenen Oktober war Thomas draußen auf dem Hügel mit seinen Hunden und blickte sich um nach einem Wollschaf, das vielleicht zur Scherzeit übersehen worden war, als er plötzlich ein kleines Stück weiter unten einen Flecken Ginster und Heide sah, der brannte. Das Feuer hatte sich noch nicht sehr ausgebreitet, aber es war niemand zu sehen. Und der Wind trug es immer ein bißchen weiter. So überließ es Thomas den Hunden, auf die zwei oder drei Schafe zu achten, die er aufgelesen hatte, und rannte hinunter, um das Feuer auszuschlagen.

Als er unten angekommen war, hatte er mehr zu tun, als er erwartet hatte, denn die Heide war trocken und das Feuer breitete sich schneller aus, als er gedacht hatte. Doch am Ende konnte er es unterdrücken, und er machte sich gerade über die letzten Flammen her, die in einer Art Kreis um eine Grasnarbe herumzüngelten, als er sah, wie eine Schlange von der Mitte her hierhin und dorthin schnellte, und daß es für sie keinen Ausweg mehr gab. Als die Schlange Thomas sah, rief sie aus: »Rette mich, Schäfer, rette mich! Sonst muß ich verbrennen!«

»Da wäre ich schön dumm!« erwiderte Thomas. »Eine Schlange retten? Glaubst du, ich bin verrückt?« fragte er.

»Du wirst gut belohnt werden, das verspreche ich«, sagte die Schlange. »Rette mich, Thomas! Du würdest ein Lamm retten, nicht wahr? Der Tod in den Flammen ist schlimm.«

»Ja, das ist wohl wahr«, meinte Thomas. »Na, gut, nennt mich einen Dummkopf — aber — also los!«

Und damit hielt er seinen alten Schäferstab über die Flammen und neigte ihn ins Gras auf der anderen Seite, und die Schlange war schneller darauf, als ein

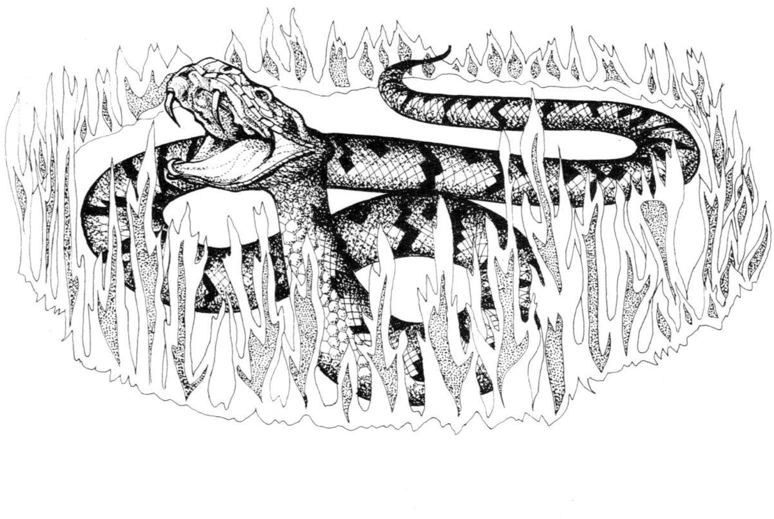

Zigeuner einen Fasan greifen kann. Sie wand sich um den Arm von Thomas und um seinen Hals herum so eng wie das Seil eines Henkers. Und Thomas dachte, es wäre ja nun auch schon einerlei, wenn die Schlange ausprobieren wollte, ob ihre Zähne das Feuer gut überstanden hätten. Das bloße Gefühl der Schlange um seinen Hals herum ließ die Sohlen seiner Füße kribbeln.

»Sachte jetzt, sachte«, sagte er zur Schlange. »Eine Liebe ist der anderen wert.«

»Das ist richtig«, antwortete die Schlange. »Deshalb möchte ich, daß du mich zurück zum Palast meines Vaters trägst. Er ist der König aller Schlangen, und er wird dich gut belohnen, weil du mein Leben gerettet hast. Willst du mich hinbringen?«

»Was bleibt mir denn anderes übrig — wenn man's richtig überlegt?« dachte Thomas. »Was ist mit meinen Schafen?« fragte er. »Hunde harren nicht ewig ohne Schäfer aus, weißt du?«

»Sie werden ganz sicher sein, vertraue mir«, sagte die Schlange.

So gingen sie fort, um den Wald herum und an den Felsen empor. Und als sie den Gipfel erreicht hatten, war da eine Tür in einer breiten Kluft ganz aus lebenden Schlangen gebildet, die ineinander verschlungen waren — hinein und wieder heraus. Als sie die Schlange um den Hals von Thomas erblickten, lösten sie sich voneinander, zischelten und neigten ihre Köpfe, und er trat ein — mitten in den Hügel hinein.

»Jetzt«, sagte die Schlange, »werden wir gleich im Saal meines Vaters sein. Und er wird dir anbieten, was immer du haben möchtest, weil du mein Leben gerettet hast: Gold und Silber und auch Rubine — das würde mich nicht wundern. Aber nimm sie nicht an. Bitte ihn um die Fähigkeit, die Sprache der Tiere zu verstehen. Er wird versuchen, dir auszuweichen und dir abzuraten, aber bestehe darauf, und ich verspreche dir, du wirst es nicht bereuen, meinen Rat angenommen zu haben.«

Sie kamen also in die Halle und richtig, da saß der Schlangenkönig und genug Schlangen um ihn herum, um einen Pfarrer vor Schreck aus seiner Haut in die seines Hundes hineinfahren zu lassen, wie man so sagt. Der König fragte seinen Sohn, wo er gewesen sei und was er denn da um den Hals eines häßlichen, warmblütigen Schäfers herumgewickelt täte. Aber als die Schlange ihm über das Feuer und die Freundlichkeit von Thomas berichtet hatte, dankte er Thomas sehr höflich und sagte, daß es heutzutage leider nur wenig Menschen gäbe, die so viel für eine Schlange tun würden. Und dann sagte er zu ihm, er solle seine Belohnung nennen.

»Dort hinten ist meine Schatzkammer«, sagte er. »Vielleicht möchtest du nur einmal hineinsehen, Thomas, und aussuchen, was immer dir gefällt.«

Aber Thomas, der jedem vertraute und alles glaubte, was ihm erzählt wurde, tat, wie sein Freund ihm geraten hatte, und erwiderte, wenn es dem König einerlei sei, dann hätte er gern die Fähigkeit, die Sprache der Tiere zu verstehen.

»Du bist ein großer Narr«, sagte der König. »Es wäre besser, du würdest etwas anderes wählen. Denke an meine Worte: wenn ich dir diese Macht verleihe, wirst du in der gleichen Minute, in der du dein Geheimnis vor einem anderen Menschen preisgibst, tot umfallen wie ein Kaninchen in einem Kornfeld zur Ernte — und das ist die reine Wahrheit.«

Nun, Thomas antwortete und sagte, er sei ein einsamer Mann, vom Wesen her und auch durch seine Arbeit, und sprechen täte er in der Regel ohnehin nicht viel. Und dann sagte er, er dächte, es käme ihm doch sicher sehr zustatten, wenn er die Zeit auf dem Hügel damit vertreiben könne, seinen Hunden und Schafen zuzuhören — und auch den Krähen und Hänflingen, was das betrifft. Der König bat ihn erneut, er solle seine Meinung doch ändern, aber er wollte es nicht. So gab der König schließlich nach und willigte ein. Eine Art Zeremonie war damit verbunden, und Thomas und der König bliesen sich gegenseitig Atem in den Mund, während sie in einem magischen Kreis standen, und dann geleitete der König selbst ihn bis zur Tür und sagte zu ihm, wenn ihm sein Leben etwas bedeutete, dann dürfe er unter gar keinen Umständen irgend jemandem ein Wort über die Fähigkeit sagen, die ihm verliehen worden sei.

Als Thomas zu seinen Hunden und Schafen zurückkehrte, merkte er, daß er alles verstehen konnte, was die Vögel in den Bäumen sangen. Und als er den Hügel heraufkam, hörte er einen seiner Hunde sagen: »Paßt auf, Kameraden, hier kommt der alte Thomas wieder zurück.« Und ein anderer antwortete: »Wird auch Zeit, uns hier so allein zu lassen, um die ganze Arbeit zu machen.«

Später am selben Tag saß Thomas an einer Böschung und aß Brot und Käse, als er zwei alte

Raben in einem Dornenbusch krächzen hörte. Einer sagte zum anderen: »Erinnerst du dich an die Räuber, von denen ich dir erzählt habe? Dort drüben, wo das alte schwarze Schaf grast, siehst du — dort haben sie ihren Schatz vergraben, und das ist schon fünfzig Jahre her oder länger.«

»Was ist aus ihm geworden?« fragte der andere.

»Na, er ist immer noch dort«, antwortete der erste Rabe. »Die Räuber wurden alle im folgenden Jahr aufgehängt, und sie erzählten niemandem, wo sie den Schatz hingebracht hatten. Mein Vater und ich waren die einzigen Lebewesen, die sie graben sahen — ja, und wir nagten ihre Knochen am Galgen ab — keine zwölf Monate danach.«

Als er dies hörte, trieb Thomas die Schafe zur Farm zurück und erzählte seinem Herrn, daß er wüßte, wo auf seinem Land ein Schatz vergraben sei. Und da Thomas weder ihn noch irgendeinen anderen in seinem ganzen Leben getäuscht hatte, nahm sein Herr einfach einen Spaten und folgte ihm zu der Stelle. Sie mußten ziemlich tief graben, aber am Ende stießen sie ganz richtig auf den Schatz, und das war kein geringer.

»Nun, sieh mal, Thomas«, sagte sein Herr, der ein anständiger, freundlicher Mann war. »Wie du dazu gekommen bist, davon zu erfahren, weiß ich nicht, und ich frage dich auch nicht danach; aber du hast mir diese zwanzig Jahre ehrlich und gut gedient, und du bist zu mir gekommen und hast mir davon erzählt, dabei hättest du es genausogut zwischen dir und dem Mondlicht abmachen können. Du wirst vier Fünftel davon behalten, und ich werde mich mit dem Rest zufriedengeben, und kein Wort mehr darüber. Und wenn ich du wäre, würde ich mir eine nette kleine Farm kaufen und ein paar junge Burschen aufnehmen, die die schwere Arbeit verrichten können. Dann dürfen *sie* die Schafe im Regen hüten, und du kannst herumlaufen und ihnen sagen, was sie als nächstes zu tun haben.«

Thomas tat, was sein Herr ihm geraten hatte, und noch ein bißchen mehr. Da er nun gut gestellt war und ihn jedermann in der Umgebung gut leiden mochte, dauerte es gar nicht lang und er nahm sich eine schöne junge Frau mit blauen Bändern — oh, ja, ganz bestimmt — und mit rosa Bändern und drei oder vier Hauben für den Kirchgang. Und da er sehr bald den Ruf hatte, ein anständiger Mann zu sein, für den man gut arbeiten konnte, hatte er auch alle Lohnarbeiter, die er brauchte.

Seine Frau war ein feines, kluges Mädchen, aber

wußte sie nicht allzugut, wie man die »Ich-will-Polka« tanzt? Es war »ich will dies« und »ich will das« von Montag bis Sonnabend, und sie machte im Haus auch keinen Finger schmutzig. Da war ein Mädchen, das kochte, und ein anderes, das die Böden fegte, und die Arbeit der Frau war es, das Geld auszugeben — vielen Dank, und wo ist der Rest? Auch war sie keine, die sich mit einem einfachen »nein« zufriedengab. Es war ein Wunder, daß noch ein Stein im Hof übrigblieb mit ihrer Zunge, die »tropf, tropf, tropf« machte, bis sie auf der anderen Seite von irgendwas wieder herauskam, was Thomas zu sagen haben mochte. Nach einer Weile merkte sie, daß ihr Bauch dicker geworden war, und nun ging es erst richtig los mit dem »ich will« — klapper, klapper, klapper wie ein Mühlrad.

Eines Tages nun, so um die Weihnachtszeit herum, als die Felder kälter geworden waren als eine Hundenase, dachte Thomas als anständiger Kerl, der er war, daran, für all seine Knechte und Mägde einen Festschmaus zu geben, und er sagte zu seinem Verwalter: »Du kannst auch die Schäfer herschicken. Ich werde selbst die Schafe hüten, sollen sie auch einmal ein schönes Fest haben. Ich weiß, wie es für einen Schäfer ist, um diese Zeit im Jahr allein zu sein; und was mich betrifft, für mich wird es wie in alten Zeiten sein.«

Wie Thomas nun dort draußen saß — an einem ziemlich wilden Ort — und es dunkel wurde, was sollte er da nicht hören, als fünf oder sechs Wölfe nahebei im Wald? Und als sie näher kamen, hörte er, wie sie seinen Hunden zuheulten:

»Wir werden eure Schafe holen«, rief der Anführer des Rudels aus. »Leistet uns keinen Widerstand, und sobald wir diesen Dummkopf von einem Schäfer verjagt haben, überlassen wir euch auch einen Teil.«

Thomas wartete gespannt, was seine Hunde darauf antworten würden, und — um es gelinde auszudrücken — er freute sich nicht allzusehr, als zwei von den dreien den Wölfen erklärten, sie würden noch nicht einmal ein Schwanzhaar krümmen. Aber der dritte Hund, der alte Hauptmann, den er schon ganze zehn Jahre bei sich gehabt hatte, bellte heraus, daß er lieber in Stücke gerissen werden wollte, als einem Pack schmutziger Wölfe zu erlauben, die Schafe seines Herrn zu zerfleischen. Wie dem auch sei — es schien Thomas, er wäre bei dieser Sache wohl doch etwas im Nachteil. So blieb er gerade noch lange genug, um mit seinem alten Gewehr in die Bäume feuern zu können, dann trieb er die ganze Herde so schnell er konnte hinunter zum nächsten Stall.

Am nächsten Tag sollte er mit seiner Frau zum Markt gehen — er auf seiner alten Stute und sie auf ihrem Wallach, einem schönen ruhigen Vollblut, den sie sich einfach so gekauft hatte, ohne Thomas etwas davon zu sagen. Thomas mochte diesen Wallach nie so richtig, obwohl er ein so schönes Tier war, denn er wußte sehr wohl, daß der Mann, der ihn ihr verkauft hatte, eine ganze Menge weniger dafür genommen hätte, wenn Thomas die Gelegenheit gehabt hätte, in dieser Sache ein Wort mitzureden.

Als er zum Markt kam, verkaufte er als erstes die beiden Hunde, die ihn so enttäuscht hatten. Und da sie jung und stark und gut ausgebildet waren, bekam er auch einen guten Preis für sie, denn natürlich konnte und wollte er den Grund nicht sagen, warum er sie loswerden wollte. Danach machte er noch ein paar Geschäfte hier und dort und gönnte sich wohl auch ein paar Schlucke — möchte ich behaupten —, denn es waren immer genug Leute bereit, ihn freizuhalten, und er war auch keiner, der sich knauserig zeigte.

Er hatte mit seiner Frau abgemacht, sie am Marktkreuz zu treffen, und als er hinkam, mußte er feststellen, daß sie offensichtlich die halbe Stadt aufgekauft hatte. Ihr Pferd war über und über mit Paketen und Schachteln behängt, und sie trug eine nagelneue Haube, bedeckt mit — ja, mit blauen Bändern. Sie machten sich also auf den Heimweg, aber es dauerte nicht lange und die Stute war weit voraus, obwohl Thomas sie nicht berührt hatte. Er hielt an und wartete auf seine Frau, damit sie ihn einholen konnte, aber nach kurzer Zeit geschah dasselbe wieder, und diesmal merkte er, daß seine alte Stute sehr unruhig wurde, als er die Zügel anzog. Als seine Frau sie eingeholt hatte, sagte die Stute zum Wallach: »Kannst du denn nicht schneller gehen? Weißt du, je früher wir zu Hause sind, desto früher bekommen wir was zu fressen und unsere Ruhe.«

»Alles gut und schön für dich«, antwortete der Wallach. »Du trägst ja auch nur deinen Herrn, und seine Taschen sind ziemlich leer, soweit ich das beurteilen kann. Und hier bin ich mit diesem Mädchen und seinem großen dicken Bauch und hundert und einem Paket. Anderthalb Stunden war sie beim Essen, möchte ich dir nur gesagt haben. Erzähl mir nichts vom Essen für zwei —«

Da konnte sich Thomas nicht länger beherrschen und brach in schallendes Gelächter aus, und er saß auf seiner alten Stute und lachte, bis ihm die Tränen kamen.

»Und darf man erfahren, worüber du so lachst?« fragte seine Frau sehr streng.

»Ach, über nichts, nichts«, antwortete Thomas. »Gar nichts, meine Liebe.«

»Unsinn!«, sagte seine Frau bissig. »Ich bestehe darauf, daß du mir sagst, worüber du gelacht hast, Thomas.«

»Ich versichere dir, es war gar nichts, meine Liebe«, erwiderte der arme Thomas. »Ich habe nur so gelacht, weißt du.« Es klang ziemlich dürftig, selbst in seinen eigenen Ohren.

»Wenn du annimmst, ich nehme an, daß du in der Welt herumläufst und über gar nichts lachst, dann mußt du denken, ich denke, daß du deinen Verstand verlierst«, sagte Frau Thomas. »Denkst du, daß ich annehme, daß du denkst, ich nehme das an, oder was?«

»Nein, nein, meine Liebe«, sagte Thomas, »das Problem ist nur, daß ich im gleichen Augenblick sterben muß, wenn ich dir sage, über was ich gelacht habe, verstehst du?«

»Lachend, nehme ich an«, schnaubte Frau Thomas verächtlich. »Nun, ich glaube, daß du aus irgendeinem Grund über mich gelacht hast, und dem werde ich auf den Grund gehen — das kann ich dir versichern.«

Und den ganzen Weg nach Hause fiel sie über ihn her, und schlafen ließ sie ihn auch nicht. Immer weiter ging es. Der arme Thomas dachte sich alle möglichen Dinge aus, über die er hätte lachen können, aber er hatte kein Geschick in diesem Spiel, so daß sie immer wütender wurde, je mehr er sich bemühte. Am nächsten Morgen war er so aufgeregt, daß er um jeden Preis allem ein Ende machen wollte. Und um eine lange Sache kurz zu machen: er ging zum Dorfschreiner und sagte ihm, er solle sofort einen schönen, großen Sarg zu seinem Haus heraufbringen und keine weiteren Fragen stellen.

Als der Sarg kam, ließ Thomas ihn im Hof auf Böcke stellen, und dann legte er sich hinein und sagte zu seiner Frau: »Jetzt werde ich dir erzählen, über was ich gelacht habe, und es wird dir bald genauso leid tun wie mir selbst, denn im selben Augenblick, in dem ich es dir sage, ist mein Ende da — ich werde sterben.«

»Quatsch!« sagte sie. »Ich habe noch nie gehört —«

»Es *ist* kein Quatsch«, erwiderte Thomas. »Es ist nun mal so, meine Liebe. Die Tatsache ist, daß ich —«

Im gleichen Augenblick kam der arme, treue alte Hauptmann und jaulte sich das Herz aus dem Leibe. Er tat Thomas so leid, daß er ihm ein Stück Brot zuwarf, das er in seiner Tasche hatte, aber Hauptmann wollte es nicht anrühren. Er ließ es einfach im Schmutz liegen, und nach einer Weile kam der Hahn über den Hof und begann daran herumzupicken.

»Also, du verdienst es wirklich, daß dir der Hals umgedreht wird«, sagte der alte Hauptmann zum Hahn. »Hier liegt der beste Herr der Welt in seinem Sarg und wird gleich sterben, und du hast noch die Nerven, an seinem Brot herumzupicken! Fort mit dir, bevor ich dich selbst umbringe!«

»Pah!« erwiderte der Hahn. »Ein guter Herr mag er ja sein, aber er ist trotzdem ein dummer Kerl. Man stelle sich bloß vor — läßt er zu, daß eine alberne junge Frau ihn aus seinem Verstand in die nächste Welt befördert — einfach so! Und er hat nur *eine*! Schau mich an! Ich habe zwanzig Hennen hier, und da ist auch nicht eine dabei, die es wagen würde, solch einen Unsinn mit mir zu versuchen! Und das möchte ich ihnen auch nicht geraten haben!«

Als Thomas das hörte, brach er wieder in lautes Gelächter aus und sprang auf und aus dem Sarg heraus und nahm seine Frau bei den Schultern.

»Nun, meine Liebe«, sagte er, »das ist jetzt aber genug, verstehst du? In Zukunft wollen wir hier Frieden und Ruhe haben, oder du wirst mich von einer anderen Seite kennenlernen. So, paß auf! Und jetzt werden wir hineingehen und zusammen etwas trinken, schön und gemütlich.«

Und Frieden und Ruhe hatte er von nun an, und niemand bekam das Geheimnis aus ihm heraus. So, siehst du, mein Liebster, du mußt noch eine Menge lernen, meinst du nicht auch? Du mußt noch die richtige Art herausfinden — die richtige Art, um — oh, mein Lieber! Oh, warte, warte! Ach, mein Liebling, meine Liebe — oh! — oh! —

Der blinde Junge und sein Hund

Ah Fong! Ah Fong, du kleiner Schlingel, komm sofort aus dem Restaurant! Nein, das ist doch albern. Wenn du dich unter dem Tisch versteckst, komme ich eben und zieh dich hervor. Es ist einfacher, du machst, was ich sage — und würdiger. Du bist nicht mehr zu klein, um zu lernen, auch an deine Würde zu denken — besonders hier in diesem Land der fremden Teufel am Ende der Welt. Ah, du bist doch ein guter Junge! Komm setz dich zu mir in die Küche, während ich koche. Nein, ich bin dir nicht böse. Du kannst hier beim Feuer sitzen und dieses Glas mit Litschis aufessen.

Du hast gedacht, du könntest ruhig auf dem Boden des Restaurants spielen, weil noch keine fremden Teufel zum Essen gekommen sind? Ach, sieh nur raus — schon ist es dunkel, und das Restaurant ist beleuchtet. Wir möchten, daß die fremden Teufel, die vorübergehen, durch die großen Glasscheiben sehen und denken: »Das scheint ein sauberes und ordentliches Restaurant zu sein, mit diesen bunten Laternen, die auf den Tischdecken leuchten. Laßt uns doch reingehen und eine gute Mahlzeit einnehmen!« Was sollen sie aber denken, wenn sie einen schmutzigen kleinen Chinesenjungen auf dem Fußboden herumkriechen sehen, der seine Spielsachen unordentlich um sich herum verstreut? Sie werden drei Straßen weitergehen zu Kuek Choon Chuan, und dann verlieren wir Kunden, und es ist weniger Geld da. Dein Vater arbeitet schwer. Yu Shin arbeitet schwer, und ich auch. Eines Tages wird genug Geld da sein, und wir werden nach Hongkong zurückkehren und in einem schönen Haus leben mit Kulis, die für uns arbeiten, und du wirst ein chinesischer Herr sein und bestickte Seide tragen. Aber das kann nur geschehen, wenn viele fremde Teufel ins Restaurant kommen und sich gegenseitig erzählen, was für ein schönes Restaurant es ist.

Was, du glaubst nicht, daß du in Hongkong bestickte Seide tragen wirst? Doch, das wirst du, mein Liebling. Viel seltsamere Dinge sind schon geschehen. Wir Chinesen reisen in der ganzen Welt umher, um Geld zu verdienen, aber wir kehren heim nach China, wenn wir reich sind. Gott sieht alles, und ein guter Junge, der lernt, das zu tun, was ihm gesagt wird, und hart zu arbeiten, braucht nie zu fürchten, daß das Leben ihn übergehen wird. Lo-Sun war nichts weiter als ein blinder Betteljunge, doch am Ende hat sich alles für ihn zum Besten gewendet, und das geschah, weil er es verdient hatte.

Wer Lo-Sun war? Komm hier rüber, liebes Herz, und reich mir die Sachen, die ich vom Tisch brauche, um dieses Chop Suey fertigzumachen. Ein großer Topf, nicht wahr? Vor morgen früh wird alles weg sein. Gib mir das Salzfaß — richtig. Jetzt den Teller mit den Bambussprossen und den Holzlöffel.

Es war mein Großvater, der mir einst die Geschichte von Lo-Sun erzählte; und das war vor langer Zeit, als ich nicht älter war als du jetzt bist. Großvater lebte in Kaulun, und meine Mutter nahm mich gewöhnlich auf der Fähre mit, um ihn zu besuchen. Eines Tages nehme ich dich auch auf diese Fähre mit. Zu Neujahr ist es aufregend in Kaulun, wenn die bunten Drachen tanzen und das Feuerwerk in den Straßen kracht.

Lo-Sun war ein Junge, der blind geboren war — ja, in China, vor langer Zeit. Sobald er alt genug war, um selbst herumzulaufen, gab ihm seine Mutter einen Hund, der ausgebildet worden war, ihn zu führen und ihn davor zu bewahren, über Sachen zu fallen, die er nicht sehen konnte. Der Hund hieß Fächer. Er war groß und stark, und Lo-Sun hatte ihn bald sehr lieb, denn er war das klügste Tier, das man sich vorstellen konnte, und er machte alle möglichen Kunststücke. Er konnte auf den Hinterbeinen gehen, Saltos schlagen, sich hinlegen und so tun, als ob er tot wäre, um dann wieder lebendig zu werden und über einen Stock zu springen, wenn Lo-Sun es ihm befahl. Er war auch ein guter Schwimmer, und an den Abenden, wenn Lo-Sun und seine Mutter am Fluß spazierengingen, warfen sie einen Ball ins Wasser, und Fächer sprang hinein und holte ihn wieder heraus. Als er älter wurde, ging Lo-Sun häufig anstelle seiner Mutter zum Markt, denn Fächer ließ niemanden an ihn herankommen oder ihm etwas wegnehmen, das er bei sich trug.

Alles ging so weiter, bis das Jahr kam, in dem Lo-Sun zehn Jahre alt wurde; und in diesem Jahr breitete sich eine Seuche über diesen ganzen Teil Chinas aus. Tausende starben, und Tausende mehr verloren ihr Auskommen, denn Arbeit und Handel brachen in nichts zusammen, weil sich die Leute davor fürchteten, sich von ihren Häusern zu entfernen. Und in dieser schlimmen Zeit erkrankte Lo-Suns Mutter und starb.

Nun, Lo-Suns Vater hatte ihm niemals irgendwelche Liebe gezeigt oder seine Enttäuschung darüber verborgen, daß sein Sohn blind und deshalb in seinen Augen wertlos war. Und jetzt, da die Zeiten so hart geworden waren und sie kaum genug zu essen hatten, war es nicht lange nach dem Tod seiner Mutter, daß er Lo-Sun aus dem Haus wies: er solle niemals wiederkehren. Der arme Junge ging weg, durch die Stadt, hilflos und freundlos außer seinem treuen Fächer. Ohne Fächer wäre er in den Straßen gestorben, aber der führte seine Schritte, bewahrte ihn vor Schaden und zog mit seinen lustigen Kunststücken oft Fremde und Vorübergehende an und erfreute sie, so daß sie dem armen blinden Jungen etwas gaben. Und auf diese Weise gelang es den beiden zu überleben. In der Nacht legten sie sich zusammen nieder, wo immer der Hund einen Unterschlupf finden konnte. Und wie die Wochen so verstrichen und die schreckliche Krankheit vorüberging, gewöhnte sich Lo-Sun allmählich an das harte Leben eines Bettlers und lernte die Wege kennen, mit denen die Unglücklichen und Gequälten versuchen, sich am Leben zu halten.

Als er nun eines Nachts in einem Torweg schlief, an Fächer geschmiegt, um sich zu wärmen, träumte Lo-Sun einen seltsamen Traum. Es schien, daß er im warmen Sonnenschein auf einem freundlichen freien Platz stand. Um ihn herum konnte er das Rascheln von Sommerblättern, das Summen von Bienen und den Duft von Blumen wahrnehmen. Dann hörte er Schritte, die sich ihm näherten, und eine Stimme, die sagte: »Lo-Sun, siehst du mich?«

»Ach, mein Herr«, antwortete Lo-Sun, »ich bin blind, aber ich kann dich hören.«

»Ich bin ein Bote Gottes«, sagte die Stimme. »Und dies ist Seine Botschaft. Wenn du Mut und Entschlossenheit genug hast, Lo-Sun, kannst du dein Augenlicht gewinnen; du kannst dich selbst heilen. Jedesmal, wenn du von nun an eine gute Tat vollbringst — ganz gleich, wie gering —, wird deine Augen ein wenig Licht erreichen, und wenn du standhaft bleibst, wirst du eines Tages die ganze Welt genauso deutlich sehen können wie jeder andere, der sie bewohnt. Aber denke auch daran: so oft du eine schlechte oder unehrliche Tat begehst, werden sich deine Augen wieder verdunkeln.«

Lo-Sun wartete still, aber die Stimme sagte nichts mehr. Und dann schien es, daß die Blätter und Blumen um ihn herum verblaßten, wie ein Duft sich in der Luft verliert, und er fiel in tiefen Schlaf zurück.

Als er am Morgen kalt und verkrampft auf dem harten Stein erwachte, erinnerte er sich an den Traum. Eine Weile dachte er darüber nach und rief sich jede Einzelheit des Ortes mit den Blumen und der seltsamen Stimme ins Gedächtnis zurück, aber dann vertrieb der Hunger diese Gedanken, und er machte sich wie gewöhnlich auf seinen Weg durch die Straßen.

Dieser Tag wurde ein harter und glückloser Tag, und bei Einbruch der Nacht hatte der arme Kerl wenig gegessen und nicht mehr als zwei Kupfermünzen erbettelt, kaum genug, um sich eine Handvoll kaufen zu können. An solchen Tagen klopfte er manchmal an die Hintertür eines freundlichen Bäckers, der ihm — sofern er nicht allzu häufig vorbeikam — einen altbackenen Laib überließ für das, was er ihm geben konnte. Fächer kannte den Weg nur zu gut, und sie bogen gerade in die Gasse hinter dem Bäckerladen ein, als Lo-Sun über die ausgestreckten Beine eines Mannes stolperte, der

gegen die Mauer gelehnt saß. Sofort rief dieser ihm zu: »Ach, freundlicher Herr, bitte habt etwas übrig für einen armen, blinden Mann!«

»Freund«, antwortete Lo-Sun, »ich bin blind wie du.«

»Aber mein Unglück ist größer als deines«, sagte der andere, »denn ich bin nicht nur blind, sondern auch verkrüppelt und kann nicht einmal gehen.«

Als Lo-Sun das hörte, wurde er von Mitleid erfüllt und dachte an nichts anderes und gab dem Mann seine beiden Kupfermünzen. Wach vor Hunger lag er die halbe Nacht an einem Ort, der als Bettlerpalast bekannt war — ein alter baufälliger Tempel, der seit langem verlassen und den Obdachlosen und Elenden übergeben worden war.

Am nächsten Tag, als er und Fächer nicht weit vom Fluß entfernt an einer Straßenecke bettelten, merkte er plötzlich, daß er auf seltsame Weise, die er bisher nicht erfahren hatte, die Bewegung der Menschen wahrnehmen konnte, die in der Nähe vorübergingen. Verwundert erhob er sich und bewegte seine Hand vor seinem Gesicht, und als deren schwacher Umriß deutlich wurde und wieder verblaßte, verstand er voll Erregung, daß er jetzt wirklich eine Spur von Augenlicht hatte. An diesem Abend traf er eine alte Frau, die vor Hunger so schwach war, daß sie kaum gehen konnte, und mit Fächers Hilfe stützte er sie bis zum Bettlertempel, wo er mit ihr seine wenigen dürftigen Speisereste teilte.

Hunger weckte ihn vor dem Morgengrauen. Das Wetter war mild, und er beschloß, aus der Stadt hinauszugehen zu einem bestimmten Dorf, wo ihm schon ein- oder zweimal Fächers Kunststücke ein wenig Geld eingebracht hatten. Während er so die Straße entlangging, trat er aus Versehen in eine Pfütze, und ein paar Augenblicke später dachte er, daß der plötzliche Schimmer in seinen Augen die Wasserspritzer im Licht gewesen sein mußten. Da ging er zurück und stampfte noch einmal mit seinem Fuß in die Pfütze. Dann ließ er sich an der Straßenseite nieder und begann, Blätter und Grashalme abzupflücken, um sie vor seine Augen zu halten.

Er vertiefte sich so sehr darin, daß es ihm gar nicht aufgefallen war, wie Fächer seine Seite verlassen hatte, aber kaum hatte er es bemerkt, als er voll Angst auf die Füße sprang und nach ihm rief. Beinahe sofort kam er zurück und legte ihm ein Huhn vor die Füße. Als er den warmen schlaffen Körper fühlte, wußte er, daß es gerade erst getötet worden war. Ängstlich zitternd horchte er auf die wütende Stimme des Besitzers, aber alles blieb still, und es kam niemand. Lo-Sun vermutete, daß das Huhn sich verirrt hatte. Wenn er es zur Stadt mit zurücknahm, würde er es für mehr Geld verkaufen können, als er sich in zwei oder drei Tagen durch Betteln erhoffen konnte. Er steckte es unter seinen zerlumpten Mantel, damit man es nicht sehen konnte, und eilte zurück und fand auch bald einen Käufer auf dem Markt — einen gutwilligen Mann, der nicht die Absicht hatte, mit einem blinden Jungen hart zu verhandeln oder ihm unangenehme Fragen zu stellen. Kaum war das Geld in seine Hand gezählt, als das schwache Zwielicht vor seinen Augen verschwand und er mit einem bitteren quälenden Stich im Herzen erkennen mußte, wieviel er weggeworfen hatte. Während der letzten beiden Tage hatte er ganz vergessen, wie undurchdringlich diese unsichere Dunkelheit gewesen war, in die er sich nun wieder eingetaucht fand.

Eine Zeitlang saß er ganz still in einer Ecke des Marktes. Dann machte er sich, geführt von Fächer, auf den Weg zurück ins Dorf, wo er von Haus zu Haus ging und forschte, bis er die Frau fand, der das Huhn gehört hatte. Er gab ihr das Geld und erklärte, wie sein Hund das Huhn getötet hatte, bevor er selbst wußte, wie alles vor sich ging. Die gute Frau nahm zwar das Geld, war aber so über seine Ehrlichkeit gerührt, daß sie ihm eine Mahlzeit und ein paar Pfennig zurückgab. In dieser Nacht schliefen er und Fächer in einer alten Scheune am Rande des Dorfs, und am nächsten Morgen stellte er fest, daß seine Augen wieder eine Spur von Licht wahrnehmen konnten.

Wochen vergingen. Der Herbst folgte auf den Sommer, und noch immer kämpfte Lo-Sun sich vorwärts, seinem unerklärlichen Ziel entgegen. Oft meinte er, daß Härte und Einsamkeit ihn überwältigen müßten, und als es ganz schlimm wurde, wie schon so oft, packte ihn bitterer Groll gegen die Ungerechtigkeit seines grausamen Vaters. In solchen Zeiten konnte er gar keinen Lichtschimmer wahrnehmen, und wie er so dasaß und unglücklich einen Stock oder einen Grashalm vor seinen Augen hin und her bewegte, flehte er im stillen den Geist seines Traumes an, ihm noch mehr Mut und Entschlossenheit zu verleihen.

An einem rauhen, nassen Morgen eines frühen Winters, als er zu den Geräuschen des Windes in den Bäumen und des angeschwollenen Flusses, der zwischen seinen Ufern vorüberrauschte, erwachte, bemerkte er endlich, daß er nicht nur die Vorübergehenden wahrnehmen konnte, sondern daß er auch Männer von Frauen und junge von alten Menschen ganz richtig unterscheiden konnte. Mit großer Freude machte er sich auf den Weg zum Laden eines alten Töpfers, der ihm manchmal Freundlichkeit gezeigt hatte, und bat ihn, ihm beim Aussortieren und Anordnen seiner Töpfe für den Verkauf helfen zu dürfen. Er wollte keine Bezahlung, aber der Töpfer, erfüllt mit Staunen über dieses Wunder eines blinden Jungen, der einen Teil seines Augenlichts gewonnen hatte, lud ihn ein, sich erst einmal hinzusetzen und sein Frühstück mit ihm zu teilen, und er fand sogar einen Knochen für seinen klugen Hund.

Als der Töpfer an diesem Abend seinen Laden schloß und die Sonne beinahe untergegangen war, setzte sich Lo-Sun ans Flußufer und kämmte Fächer mit einem ausgezackten Holzspan und freute sich, daß er seine eigenen Finger beobachten konnte, wie sie die Kletten und Dornen aus dem zottigen Fell herauszogen. Plötzlich hörte er eine Stimme in der Nähe ausrufen: »Schaut! Ein Mann ist in den Fluß gefallen!«

Der Ruf wurde von anderen Menschen aufgenommen, und sie begannen, an ihm vorbeizulaufen, und überall um ihn herum konnte er Stimmen und Schreie hören, während die Menschen beobachteten, wie der Mann im tiefen Hochwasser um sein Leben kämpfte. Nahebei wurde jemand von seinen Freunden zurückgehalten, der ihm zu Hilfe eilen wollte. »Der Fluß ist viel zu reißend«, sagten sie. »Du würdest nur dein Leben wegwerfen! Bald muß der arme Kerl ohnehin seinen Griff an dem bißchen Felsen dort lockern, und er wird flußabwärts getrieben werden.«

Lo-Sun führte Fächer zum Rand des Flusses. Alles, was er sehen konnte, war das braune schlammige Wasser, das unter seinen Füßen vorbeistürzte, aber jetzt konnte er deutlich die verzweifelten Schreie des Mannes hören, der sich ein wenig weiter unten an einem Felsen festklammerte. Er gönnte sich keine Zeit zum Überlegen, ob er alles, was er in der Welt besaß, aufs Spiel setzen sollte. Er stieß Fächer in den Fluß hinein, und als er seinen Blicken entschwand, stand er da und rief: »Hol ihn, Fächer, hol ihn!« so laut er nur konnte.

Die Menschen drängten sich um ihn.

»Du dummer Junge, alles, was du erreichst, ist, deinen Hund zu verlieren!« sagte eine Stimme.

»Er hat es doch gut gemeint«, sagte eine andere.

»Schaut! Schaut! Der Hund hat ihn!« rief ein Mann hinter seinem Rücken. Und dann schien es, als ob Hunderte von Menschen schrien und nach vorn drängten, und Lo-Sun wurde beinahe in den Fluß gestoßen. Er mußte sich niederknien und an den Büschen festklammern, um sich selbst zu retten.

»Sie werden zusammen abgetrieben!«

»Der Hund hat ihn! Der Hund hält ihn über Wasser!«

»Sie werden das Ufer nie erreichen!«

»Doch, seht nur, der Mann ist am Ufer! Dort drüben, schaut!«

»Wo ist der Hund? Was ist mit dem Hund geschehen?«

Die Menge, die sich noch immer gegenseitig zurief, rannte flußabwärts, und bald war Lo-Sun allein am Ufer zurückgelassen. Er versuchte, ihnen zu folgen, rufend und jeden anflehend, der ihn hören konnte, ihm doch zu sagen, was geschehen war, aber keiner beachtete ihn. Er glaubte, einen der Männer zu erkennen, der neben ihm gestanden hatte, als Fächer im Wasser war. Er versuchte, ihm zu folgen, und rief ihm nach, doch stehenzubleiben. Aber ohne seinen Hund konnte er den Mann nicht einholen, und endlich verlor er ihn ganz aus den Augen; und dann merkte er, daß er nicht wußte, wo er war. Es wurde ganz dunkel, und der arme Junge weinte bitterlich und sank nieder auf die graslose Erde und schlief endlich ein.

Als er am nächsten Morgen erwachte, waren seine ersten Gefühle Schock und Angst, und dann fragte er sich, wo er wohl wäre. Die Welt hatte sich verändert. Überall schienen Menschen zu sein. Über ihren Köpfen wurden die nackten Zweige vom Wind hin und her gerissen. Vögel saßen auf den Dächern, und als er seinen Kopf umwandte, schien ihm die Sonne in die Augen und blendete ihn. Er zwinkerte und blickte erstaunt um sich und erkannte, daß die entfernte, vorübergleitende graue Masse am anderen Ende der Straße der Fluß war. Er konnte sehen — er konnte so deutlich sehen wie jeder andere auch!

Langsam — denn nur allmählich konnte er sich an das gewöhnen, was mit ihm geschehen war — ging Lo-Sun zurück zum Ufer und fragte jeden, dem er begegnete, ob sie ihm nicht sagen könnten, was aus dem Hund geworden war, der den Mann am Abend zuvor gerettet hatte. Aber der Fluß war breit, die nächste Fähre zwei Meilen entfernt, und niemand hatte von der anderen Seite her irgendwelche Neuigkeiten erfahren. Schließlich gab er die Suche auf und ging zurück zum Töpferladen. Als der Töpfer seine Geschichte gehört und sich selbst davon überzeugt hatte, daß das Augenlicht des Jungen vollkommen war, konnte er sein Staunen nicht verbergen. Und er rannte die Straße hinunter, um es seinem Bruder zu erzählen, der im Wirtshaus in der Nähe des Drachentores arbeitete.

Lo-Sun war zwischen den Töpfen zurückgelassen worden und trauerte um seinen armen Fächer und fragte sich, ob er es wagen könnte, den Töpfer zu bitten, ihn als Lehrjungen aufzunehmen. Plötzlich fiel ein Schatten über seine Augen. Als er aufblickte, sah er in der Tür einen Mann stehen, der sein Gleichgewicht zu halten versuchte, als Fächer, den er an einer Schnur festhielt, ihn in den Laden hineinzerrte. Mit einem Freudenschrei fiel Lo-Sun auf die Knie und umarmte seinen geliebten Hund.

»Mein Junge, weißt du, wer ich bin?« fragte der Fremde, der über ihm stand. Lo-Sun erhob sich, konnte aber nur erkennen, daß die Augen des Mannes voll Tränen waren.

»Lo-Sun, ich bin dein Vater«, sagte der Mann. »Ich war es, dessen Leben du gestern gerettet hast. Als ich den Hund erkannte, wußte ich, wer ihn in den reißenden Fluß geschickt hatte, als keine andere Menschenseele es wagte, zu meiner Rettung zu kommen. Ich habe die Stadt abgesucht, um dich zu finden. Oh, mein lieber Sohn, vergib mir — ich flehe dich an, vergib mir meine Härte und Grausamkeit! Komm doch nach Hause mit mir, damit ich mich als echter Vater beweisen und an dir all das Schlechte wiedergutmachen kann, das ich dir angetan habe!«

Der Töpfer und sein Bruder, die zurückgeeilt kamen, fanden Lo-Sun und seinen Vater vor, die sich in sprachloser Freude umarmten, während Fächer an ihnen hochsprang, um ihre Gesichter zu lecken. So endet die Geschichte glücklich, wie alle Geschichten enden sollten; besonders Geschichten von guten Chinesenjungen, die ihre Eltern ehren und tapfer und geduldig handeln, welche Prüfungen auch immer das Leben ihnen auferlegt.

Nun sammle deine Spielsachen ein, mein lieber Sohn, und ab ins Bett wie ein guter Junge! Denn sieh, hier kommen schon vier fremde Teufel mit ihren schamlos angemalten Frauenzimmern, und dein lieber Vater und ich müssen uns um etwas ehrliche Arbeit kümmern. Guten Abend, der Herr. Guten Abend, gnädige Frau. Wie schön, Sie wieder hier zu sehen!

Stan Bolovan und der Drachen

Benson, auf die Strafbank! Und alle anderen genauso, die sich in gesellschaftswidriger Weise benehmen, nur weil es sich zufällig um den letzten Schultag handelt. Was, Roberts? Nun, dann eben um den vorletzten Tag. Die barbarischen Festivitäten, in die man sich an diesem Tag der Tradition gemäß hineinzustürzen pflegt, werden in *diesem* Klassenzimmer erst praktiziert, nachdem ich in der Lage gewesen bin, eine gehörige Distanz dazwischenzulegen. Und das, Randall, gilt auch für den Konsum von Sahnebonbons, die, wie ich beobachten kann, von dir versuchsweise befingert werden. Steck sie freundlicherweise in deine Taschen zurück.

Mir ist bewußt, daß die Prüfungen vorüber sind und daß ein Gefühl der Leichtigkeit in euren Gehirnen vorherrscht, die deshalb unmöglich mit irgendwelchen realen Instruktionen zu durchdringen wären, wie zum Beispiel die Konjugation von »fio« oder die Missionsreisen des heiligen Paulus. Was war das eben, Matthews? Noch unmöglicher als sonst? Es kann nicht unmöglicher als sonst sein, Matthews. Eine Sache ist entweder unmöglich oder nicht. Wenn sie unmöglich ist, kann sie nicht unmöglicher sein, oder? Entweder die Milch in einem Krug ist rein, oder sie ist es nicht. Sie kann nicht reiner sein als eine andere Milch, ganz gleich, was die Reklame behauptet. Es ist meine unglückselige Aufgabe, zu versuchen, euren Gehirnen — oder das, was wir anstandshalber so nennen müssen — eine Ahnung von dieser Materie einzutrichtern.

Stan Bolovan und der Drachen

Wo war ich stehengeblieben? Steel, wo war ich? Ach ja — es wäre zwecklos zu versuchen, am letzten *vollen* Schultag Unterweisungen in »fio« zu vermitteln. Roberts — so ein absoluter Spitzbube! Ich habe deshalb vor, euch eine Geschichte zu erzählen, und wenn ich damit fertig bin, werde ich von euch allen verlangen, einen Aufsatz darüber zu schreiben, in dem ihr mir schildert, was ihr als die Moral der Geschichte anseht und inwiefern — wenn überhaupt — ihre Lehren auch heute noch für zutreffend gehalten werden können. Ihr rückt vielleicht etwas näher zusammen — und Benson, du kannst jetzt von jener ruhmlosen Höhe herabsteigen, auf die du durch eigenen Verdienst erhoben worden bist. Die Moral der Geschichte wird natürlich eine essentielle sein. Was bedeutet »essentiell«, Bridges? Nein, es bedeutet *nicht* »appetitlich«, obwohl mir vollkommen klar war, daß du das sagen würdest. Lock? Ja, ganz richtig.

Auch: »Essenz« — wörtlich »das Wesen« von »esse« = sein, unregelmäßiges Verb wie »posse«. »Esse quam videri«. Schon gut, Tweedy, ich weiß, daß du's übersetzen kannst — wie alle anderen auch. Aber häufiger gebraucht man heute den Ausdruck »wesentlich« statt »essentiell«.

»Mehr sein als scheinen« — oder umgekehrt — wie in dieser lehrreichen Geschichte. Es ist eine Geschichte, die sich verbessert, — fängt sie schlecht an, wird sie später vielleicht besser. Das war ein Scherz, ihr kleinen Schüler. Aber um zu entdecken, ob sie dies tut oder nicht, mußt du schon stillsitzen, Benfield, nicht wahr? Und steck diese Streichholzschachtel weg, die zweifellos irgendein abscheuliches Insekt enthält, das du zu zähmen gedenkst.

Vor vielen Jahren lebte in Rumänien einmal ein Bauer namens Stan Bolovan, der, wenn auch klein und schwach, doch außerordentlich schlau war. Selten konnte ihn jemand betrügen. Viele Jahre lang behielt er seinen Kopf über Wasser, obwohl er sich manchmal von Leuten umgeben sah, die ihn zu überrumpeln versuchten oder hinter seinem Rücken Streiche ausheckten. Er hat mein Mitgefühl! Er hätte ordentlich genug verdienen können, um sich einen eigenen Bauernhof zu kaufen oder sich in der Stadt einen Laden einzurichten, aber diesem Plan stand ein großes Hindernis im Wege, und das war seine zahlreiche Familie.

Keines der Kinder war alt genug, um für ihn eine wirkliche Hilfe zu sein, aber sie verlangten alle zu essen und Kleidung, und Stan Bolovan war meist am Ende seiner Weisheit, wenn er genug finden sollte, damit es für alle reichte. Tatsächlich konnte er dies oft nicht, obwohl er doch so schlau war. Und zu allem Übel waren da noch das Haus instand zu halten und das Pferd und die Hunde zu füttern und Schuhleder zu finden, ganz zu schweigen von Dingen wie Werkzeug und Haushaltsgeräte, die nicht ewig halten, wie ihr zweifellos in ein paar Jahren selbst feststellen werdet. So oder so hatte Stan Bolovan immer Schwierigkeiten, mit seinem Einkommen auszukommen, denn seine Familie schien immerzu nach Essen zu schreien. Und eines Tages sagte er zu seiner Frau: »Weißt du, meine Liebe, es hilft alles nichts, ich muß in die große weite Welt hinaus und sehen, ob ich nicht auf die oder eine andere Weise zu Geld kommen kann, um es hierher zurückzubringen. Es ist Sommer, da wirst du schon eine Zeitlang allein fertig werden. Was immer auch geschieht, vor dem Winter werde ich wieder zurück sein, und mit etwas Glück werden all unsere Sorgen ein Ende haben. So pack mir jetzt nur etwas zu essen in ein sauberes Taschentuch und gib mir meinen alten Stock und meinen Hut, und ich werde mich auf den Weg machen. Denn je schneller ich fort bin, desto früher bin ich wieder zu Hause, nicht wahr?«

Nun, Frau Bolovan legte ihm also ein bißchen Brot, ein paar Äpfel und einen großen runden Sahnekäse zurecht, alles, was sie entbehren konnte, und so trat Stan seine Reise an mit keiner sehr klaren Vorstellung von dem, was er nun eigentlich tun wollte. Er wanderte immer weiter, bis er zum letzten Land am Rande von Nirgendwo kam, und dort setzte er sich an einem schönen Abend bei Sonnenuntergang auf einen großen flachen Stein neben die Straße und begann sich zu fragen — und nicht zum ersten Mal —, welchen Ausweg er denn nun eigentlich einschlagen wollte. Er hatte das Brot und die Äpfel verzehrt und nur die Hälfte des Sahnekäses war ihm geblieben, der so lange wie möglich reichen sollte.

Als er so dasaß mit seinem Herzen in den Stiefeln, das beinahe aus den Löchern im Leder wieder herausfiel, bemerkte er eine schöne Schafherde, die auf einem gegenüberliegenden Hügel graste, und eine Kuhherde auf der Wiese darunter. Nahebei stand ein sehr armselig aussehendes Bauernhaus. Das Dach war eingesunken, und das Tor in der Mauer hatte Farbe bitter nötig, wie jeder sehen konnte.

»Ich möchte wissen, ob sie ein wenig Hilfe brauchen«, dachte Stan. »Wenn ich nur ein ordentliches

Mahl und ein Dach über den Kopf bekomme, kann ich vielleicht den nächsten Sprung nach vorn erkennen. Ich werde es jedenfalls mal versuchen.«

So ging er zum Bauernhaus und klopfte an die Tür, und als der Bauer herauskam, bat er ihn um Arbeit.

»Bist du verrückt?« fragte der Bauer und betrachtete ihn von oben bis unten. »Hat dich denn keiner gewarnt, von hier wegzubleiben, wenn dir dein Leben etwas wert ist?«

Da fragte sich Stan, ob der Bauer so eine Art Freund von Boris Karloff wäre, der ihn vielleicht auf die Seite schaffen wollte, aber es schien nicht sehr wahrscheinlich, weil er so verzweifelt und besorgt dreinsah, als ob er vor lauter Angst fast um den Verstand gebracht würde. Deshalb fragte ihn Stan, was es denn sei — vor was er sich denn so fürchte.

»Es ist der Drache«, antwortete der Bauer. »Wie jeder meilenweit hier herum weiß. Dieser Drache hat bereits die Herden von zwanzig Bauernhöfen auf dieser Seite von Nirgendwo verschlungen, und jetzt frißt er auch noch unsere. Es ist einmal ein schöner Hof gewesen, aber er wird nun nicht mehr lange bestehen, nachdem der Drache sich darüber hergemacht hat. Ich sage dir, wenn du nicht getötet werden willst, machst du dich lieber davon.«

»Warum bleibst du dann hier?« fragte Stan Bolovan und dachte bei sich, es sei kein Wunder, daß sich das Haus in einem so schlechten Zustand befände.

»Das ist das Schlimmste von allem«, antwortete der Bauer mit Bitterkeit. »Der Drache hat meine arme Frau mitgenommen, damit sie für seine alte Mutter in ihrer Höhle oben im Berg arbeitet, und er schwört, daß er sie umbringen und ihre Knochen in die Bäume hängen wird, wenn ich fortgehe. Ich habe jetzt schon drei Monate hier gelebt und nach den Tieren gesehen und getan, was er mir gesagt hat. Er kommt jede Nacht und nimmt drei oder vier Schafe und ebenso viele Kühe mit. Es gibt keine Möglichkeit, ihn zu überwältigen, glaube mir.«

»Ich verstehe«, sagte Stan. »Ja, das muß dein Leben äußerst beschwerlich machen. Nun, nehmen wir einmal an, ich schaffe diesen Drachen für immer und ewig aus der Welt. Was würdest du mir dafür geben?«

»Das möchte ich erst einmal sehen«, erwiderte der

Bauer und ging hinein und schloß die Tür, denn er dachte, Stan Bolovan mache sich über ihn lustig.

Lawson, wenn du es nicht eingezogen haben möchtest, steck das Taschenmesser weg. Du könntest uns vielleicht auch den Gefallen tun und dir mal die Nase putzen, um deinem Aussehen damit die Möglichkeit zu geben, Ähnlichkeit mit einem Menschenjungen anzunehmen. Danke sehr! Ich fahre fort.

Es war jetzt nach Sonnenuntergang, und Stan wandte sich ab und ging den Weg hinunter, als er plötzlich ein unheimliches Rauschen in der Luft vernahm. Im nächsten Augenblick wurde das letzte Licht am Himmel durch eine riesige fliegende Masse, so groß wie eine Kirche, abgedeckt. Stan Bolovan kauerte sich hinter eine Mauer, und im gleichen Moment ließ sich der Drache auf dem Feld nieder und machte sich sofort daran, drei Schafe und drei Kühe zu töten. Der Dampf seines Atems verbrannte die Blätter der nächsten Bäume, und sein Schwanz, der von einer Seite zur anderen schlug, riß die ganze Mauer ein, hinter der sich Stan verborgen hatte. Er hatte Glück, daß er von den fallenden Steinen nicht verletzt wurde. Der Drache bemerkte ihn trotz der schlechten Beleuchtung sofort und setzte mit einem einzigen Sprung über das Feld.

»Was, glaubst du, hast du hier zu schaffen?« brüllte er und steckte seinen Kopf durch die zertrümmerte Mauer und starrte auf Stan Bolovan herunter, der mit seinem Rücken auf den Steinen lag. »Weißt du nicht, daß das mein Bauernhof ist und daß dies meine Tiere sind?«

»Ich werde dir sagen, wer ich bin«, erwiderte Stan Bolovan, sprang auf die Füße und sah ihm gerade in die Augen — denn er wußte, es würde tödlich sein, Furcht zu zeigen. »Ich bin Stan Bolovan, der Unerschrockene, der zum Abendessen Steine melkt und sie dann auch noch aufißt. Ich bin eine Ein-Mann-Woge der Vernichtung. Ich rasiere mich mit einer Lötlampe. Ich putze meine Zähne mit Eisenfeilen und schneide meine Nägel mit einer Kreissäge. Und wenn irgendeine Unverschämtheit von dir —«

»Einen Augenblick mal, Kerl«, sagte der Drache. »Nur einen Augenblick. Was soll das heißen, du melkst Steine zum Abendessen? Das hat mit Stärke nichts zu tun. In den Steinen ist keine Milch, du dummer, kleiner Mann.«

»Aber selbstverständlich ist da welche drin«, erwiderte Stan Bolovan. »Es ist nur so, daß ein Dummkopf wie du gute Steine von schlechten nicht unterscheiden kann, das ist alles. Zum Beispiel dieser Stein hier, den ich gerade in meine Tasche gesteckt habe, ist genau die Art, die ich brauche. Wenn du gescheit wärst, um Erbsen von Kürbissen unterscheiden zu können, würdest du auch die Sorte kennen, nach denen du Ausschau halten mußt. Ist jedoch ohnehin einerlei. *Du* könntest keine Milch aus einem Stein quetschen, und wenn du's eine Woche lang probieren würdest. Du nennst dich einen Drachen? Na —«

Als der Drache das hörte, griff er sich einen Stein und drückte ihn so fest er nur konnte, während Stan Bolovan seine Tasche öffnete und einen Becher und die Hälfte des Sahnekäses herausnahm, der ziemlich schmutzig war, weil er sich am Boden der Tasche befunden hatte, und in der Dämmerung einem Stein sehr ähnlich war.

»Nun schau dir *das* mal an«, sagte er und drückte den Käse so, daß die Buttermilch in den Becher tropfte. Der Drache, der in seinem ganzen Leben noch nie einen Sahnekäse gesehen hatte, betrachtete ihn mit Staunen. Stan Bolovan reichte ihm den Becher, und während dieser ihn ausleckte, aß er den Rest des Käses, bevor der Drachen einen genaueren Blick darauf werfen konnte.

»Nun, ich muß jetzt wohl besser wieder weiterziehen«, sagte er, »aber ich warne dich; wenn du noch einmal hierher zurückkommst oder meinem Freund, dem Bauern, wieder Schwierigkeiten machst, drücke ich deinen Hals fester als diesen Stein, bis deine dummen Augen herausspringen.«

»Wart eine Minute«, sagte der Drache. »Wie wäre es — würdest du nicht gern mitkommen und für mich und meine alte Mutter oben in unserer Höhle arbeiten? Ich habe eine Menge Schätze dort oben, und ich werde dich gut bezahlen.« Aber er dachte in Wirklichkeit, wenn er Stan erst einmal oben in der Luft auf seinem Rücken hätte, dann würde er ihn abwerfen und töten.

Stan überlegte schnell und entschied, daß dies — Gefahr oder nicht — die einzige Chance zu sein schien, um sein Glück zu machen.

»Sehr gut«, sagte er. »Aber heute abend kann ich noch nicht kommen. Ich habe versprochen, ein paar Eisenstäbe für einen Freund zurechtzubiegen, der einen Viehstall baut, weißt du. Wenn ich sie über meine Knie lege, kann man sich den Schmied sparen. Ich werde morgen abend zu dir kommen. Ich weiß, wohin ich gehen muß, weil ich auf meinem Weg hierher über den Berg gesprungen bin; du brauchst also nicht herunterzufliegen, um mich abzuholen.« Und damit schlenderte er davon.

Er verbrachte den folgenden Tag damit, den Berg zu besteigen, und das war schon ein recht langer Weg, durch die Wälder und über Felsen bei heißem trockenen Wetter. Als er endlich die Höhle des Drachen in der Ferne sah, kauerte er sich nieder, nahm seine Zündhölzer heraus und setzte Gras und Büsche in Brand. Sobald sie gut brannten, rieb er sich Asche ins Gesicht und auf seinen Mantel und versengte seinen Ärmel mit einem glimmenden Stock. Wenige Augenblicke danach, genau wie er es erwartet hatte, sah er den Drachen kommen, um nachzusehen, woher der Rauch kam. Als der Drache herankam, begann er an seiner Kleidung herumzuklopfen, stampfte mit den Füßen und brummte: »Was für ein Unsinn! Immer passiert mir das bei Trockenheit. Ich werde bald keinen Mantel mehr haben.«

»Was um alles in der Welt hast du gemacht?« fragte der Drache und schlug das Feuer mit seinem großen ledernen Schwanz aus.

»Tut mir leid«, antwortete Stan. »Ich hätte wirklich daran denken sollen. Es ist nicht das erste Mal, daß so etwas passiert ist, fürchte ich. Ich hatte mich ein bißchen verspätet, da rannte ich den Berg hinauf. Ich bin ziemlich schnell gelaufen, und leider habe ich dabei die Büsche in Brand gesetzt, als ich durch sie hindurchlief. Hab auch meinen Mantel versengt — äußerst ärgerlich. Es war gut von dir, das Feuer auszuschlagen, aber du hättest dich nicht zu bemühen brauchen — ich wollte gerade darauf spucken. Wie dem auch sei, laß uns jetzt in deine Höhle gehen.«

Als sie die Höhle des Drachen erreichten, war das erste, was Stan sah, die Frau des armen Bauern, die an die Wand gekettet war und ein paar große Eisentöpfe kräftig schrubbte.

»Nun, ihr werdet sie nicht mehr länger brauchen, jetzt, wo ihr mich habt«, sagte er. »Sie kann jetzt nach Hause gehen. Macht nichts, wenn du den Schlüssel für die Kette nicht finden kannst. Ich kann sie leicht am Fesselende durchbeißen.« Und er hob sie auf.

»Halt! Halt!« schrie der Drache. »Das ist eine

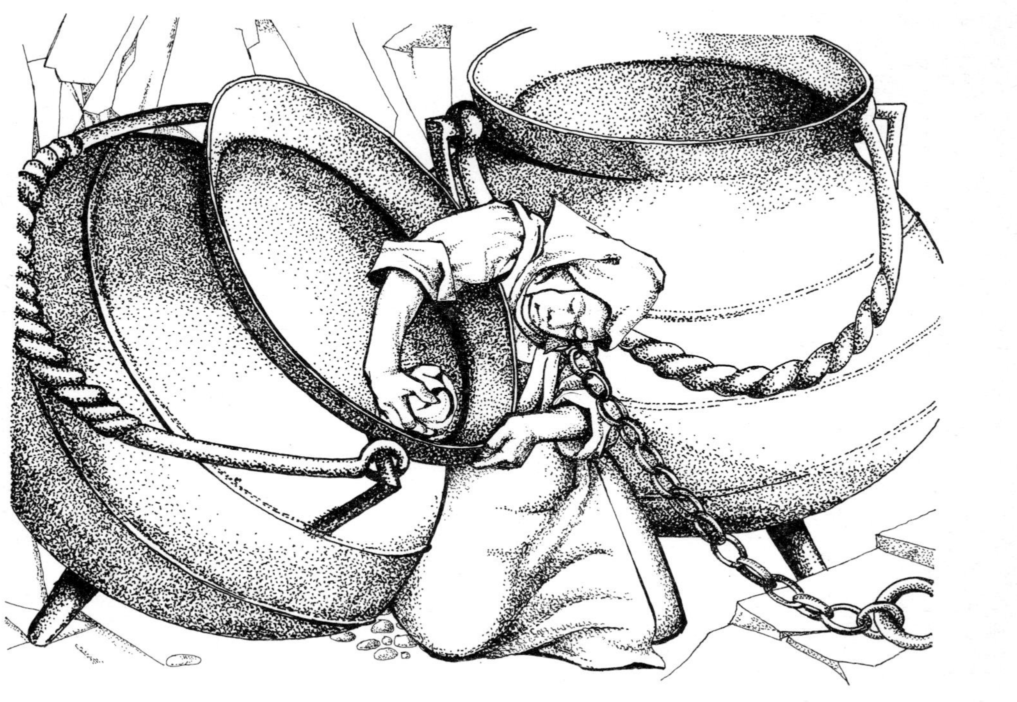

wertvolle Kette — die einzige, die wir haben. Ich hab sie letztes Jahr von einem Galgen genommen. Laß sie bloß in Ruhe, ich werde selbst aufschließen!«

Die Frau des Bauern war so schnell aus der Höhle heraus, wie sie nur konnte, und während Stan draußen war und ihr den besten Weg den Berg hinunter zeigte, ging der Drache zu seiner alten Mutter, die im hinteren Teil der Küche schlief, und weckte sie.

»Hör zu, Mutter«, sagte er. »Dieser Mann, von dem ich dir erzählt habe — er ist aufgetaucht. Ich versprach ihm eine Menge von unserem Schatz, um ihn hierher zu bekommen, damit wir ihn schön ruhig in seinem Schlaf töten können. Ehrlich gesagt, ich fürchte mich, es mit ihm auf irgendeine andere Weise aufzunehmen. Er ist eine Ein-Mann-Woge der Vernichtung. Er rasiert sich mit einer Lötlampe, er putzt seine Zähne —«

Allsop! Es ist absolut kein Grund vorhanden, dich herumzukugeln und in einer derart übertriebenen und vulgären Weise zu lachen. Wenn du den Rest dieser Geschichte hören möchtest und nicht aus dem Raum geschickt werden willst, reiß dich gefälligst zusammen. Wo war ich stehengeblieben?

»Puh!« sagte die alte Drachenmutter. »Du warst schon immer ein großer Dummkopf. Überlaß ihn nur mir. Ich werde ihn bestimmt nicht im Schlaf töten. Das ist nicht Drachenmanier. Wirklich! Als ob wir uns vor ihm fürchteten oder so etwas. Ich werde dir zeigen, wie man mit ihm richtig fertig wird. Du wirst schon sehen.«

Stan erhielt einen eigenen Schlafplatz hinten in der Drachenhöhle, und am nächsten Morgen ging er hinaus in den Wald und begann Brennholz zu schlagen. Er hatte schon einen hübschen Haufen zusammen, als der Drache und seine Mutter zu ihm herauskamen. Der Drache trug eine glänzende Keule von der Größe eines Fußballtorpfostenquerbalkens mit einer asbestbefestigten Silberplakette am Griff, auf der zu lesen war: »Drachensportverein. Preis der Sprung- und Wurfwettkämpfe. Überlegen gewonnen im Jahre des Grünen Drachen.«

»Siehst du das?« fragte der Drache ziemlich unnötig, indem er sie auf den Boden warf, daß die Blätter von den nächsten Bäumen fielen und Stan Bolovans Wirbelsäule wie eine Kontrabaßsaite vibrierte. »Keulenwurfmeister von Lacertilia und Neutropteron — drei Jahre hintereinander. Wie weit, glaubst du, kannst *du* sie werfen?«

»Ich möchte erst einmal sehen, wie du sie wirfst«, antwortete Stan. »Ich möchte sie nicht beschädigen — da ich sehe, daß sie Erinnerungswert besitzt.«

»Oh, einen Wettkampf willst du?« fragte der Drache. »Sehr gut. Ausgezeichnet. Und wenn ich gewinne, büßt du deinen Kopf ein, lieber Mann.«

Daraufhin hob der Drache die Keule mit seinem Schwanz auf, wirbelte sie ein paar mal herum und schleuderte sie außer Sichtweite.

»Ich werde dir ein bißchen was für ein Picknick zurechtmachen, Lieber, und dann kannst du sie suchen gehen«, sagte seine Mutter. »Das ist das schlimme bei diesen Wettkämpfen — es vergeht immer so viel Zeit zwischen einem Geschehen und dem nächsten. Aber es ist ein schöner Tag heute.«

Da Stan es immer noch ablehnte, auf dem Rücken des Drachen zu fliegen, benötigten sie den ganzen Tag, um dorthin zu kommen, wo die Keule lag. Die Sonne war gerade untergegangen, der Mond ging hinter ihnen auf, und die Keule stak in einem Weizenfeld mit roten Mohnblumen. Wortlos setzte sich Stan an den Rand, sein Kinn in die hohlen Hände gestützt, und saß unbeweglich mit dem Blick auf den östlichen Horizont gerichtet.

»Nun beeil dich schon und wirf!« sagte der Drache. »Auf was wartest du denn noch?«

»Ich warte darauf, daß der Mond höher steigt und aus dem Weg geht«, antwortete Stan. »Wenn die Keule im Mond steckenbleibt, würdest du sie nicht zurückbekommen. Und das wäre doch schade — eine so schöne Präsentierkeule wie diese. Doch wenn du es eilig hast —«

Er stand auf und spuckte in die Hände.

»Warte, warte!« sagte der Drache. »Nur einen Augenblick! Wie kommst du darauf zu glauben, daß du sie in den Mond werfen kannst?«

»Weil es das letzte Mal passiert ist«, sagte Stan. »Siehst du jenes dunkle Loch dort oben, auf der rechten Seite des Mondes? Das war allerdings ein Findling, den ich im letzten Jahr geworfen habe, als ich in China war — aber es spielt eigentlich keine große Rolle, weißt du.«

»Es ist vielleicht besser, du wirfst sie nicht«, sagte der Drache mürrisch. »Ich möchte nicht riskieren, sie zu verlieren. Wir werden sie einfach wieder mit nach Hause nehmen.«

»Was ist mit dem Schatz, den du mir versprochen hast?« fragte Stan. »Wann werde ich bezahlt?«

»Ach, später, später«, sagte der Drachen. »Ich werde — äh — in ein paar Tagen darauf zurückkommen. Bis später«, murmelte er in seinen Bart hinein und machte sich auf den Heimweg ohne ein weiteres Wort.

Stan Bolovan gab acht, daß er erst zwei Morgen später zur Höhle zurückkehrte, weil er dort nicht übernachten wollte, wenn er es irgendwie vermeiden konnte. Er fürchtete sich noch immer sehr vor dem Drachen, aber er hatte inzwischen auch bemerkt, daß Intelligenz nicht zu den särksten Dracheneigenschaften gehört, und er hatte sich fest vorgenommen, wenigstens einen Teil des Schatzes in die Hände zu bekommen, auch wenn dies bedeutete, daß er weiterhin sein Leben riskieren müßte.

Er traf den Drachen an, wie dieser sich gerade aufmachte, Wasser aus einem Fluß, eine halbe Meile von der Höhle entfernt, zu schöpfen. Zwei kolossale Eiseneimer, so groß wie Klaviere, waren auf seinen Rücken geschnallt.

»Ach, da bist du ja«, sagte der Drachen. »Wird auch Zeit. Du kannst herkommen und beim Füllen mit Hand anlegen. Es ist nicht mehr viel Wasser in der Höhle. Wir verbrauchen eine ganze Menge auf die eine oder andere Weise, weißt du?«

Es lag Stan auf der Zunge zu fragen: »Wofür?« — Die Höhle war etwa so sauber und ordentlich wie das Innere von Ecclestons Pult — Ruhe, Eccleston! — Aber er überlegte es sich noch einmal und folgte dem Drachen hinunter zur Quelle. Stan nahm ihm die Eimer ab, und der Drache füllte sie beide in einem Augenblick. Dann flog er zur Höhle zurück, zuerst mit dem einen und dann mit dem anderen, leerte beide in der Zisterne aus und brachte sie wieder zurück. Als er wieder landete, fand er Stan Bolovan, wie dieser die Erde auf beiden Seiten des Flusses mit einem spitzen Stock markierte.

»Was um alles in der Welt machst du jetzt?« fragte der Drache.

»Hast du einen Spaten?« gab Stan zur Antwort. »Geh und hole ihn für mich, ja?«

»Für was denn bloß?«

»Nun, du hast offensichltich nicht bemerkt, daß du dir eine Menge Arbeit ersparen könntest, wenn du den Fluß einfach ausgräbst und ihn mit hinauf zur Höhle nimmst. Du hast Glück, daß du einen Fachmann wie mich hast — wirklich! Natürlich muß ich dir meinen fachmännischen Rat in Rechnung stellen. Ausgraben eines Flusses: 1 Pfund. Wissen wie: 999 Pfund. Eigentlich ist das sehr billig. Der für den König von Armenien kostete eine Menge mehr, aber es war natürlich auch ein viel größerer Fluß. Er fließt jetzt durch die Palastgärten. Vielleicht möchtest du irgendwann einmal hingehen und dir das ansehen?«

»Aber ich will nicht, daß der Fluß durch meine Höhle fließt«, schrie der Drache. »Denk an das Durcheinander, und der ganze Schlamm im Winter —«

»Unsinn«, sagte Stan fest. »Ich grabe ja nur dieses bißchen hier aus. Es wird dir schon gefallen, wenn du ihn erst hast. Jetzt geh nur und hole den Spaten wie ein guter Junge —«

»Nein, ich wär schön blöd, wenn ich das täte«, sagte der Drache. »Bitte — ich flehe dich an — gib diesen Gedanken wieder auf. Wir sind hier nur einfache Leute. Es würde mir und meiner Mutter gar nicht gefallen.«

»Na, in Ordnung«, antwortete Stan. »Aber ich muß wirklich jetzt Schluß machen mit diesem lächerlichen, altmodischen Wassertragen. Ich werde dann eben ein Nickerchen machen, und du kannst es mich wissen lassen, wenn du fertig bist.« Und damit legte er sich hin. Aber er gab nur vor, einzuschlafen, denn er blieb gar sehr auf der Hut vor dem Drachen, dem er keine Sekunde lang traute.

An diesem Nachmittag, nach einer abscheulichen Mahlzeit aus ranzigem Hammel und Zwiebeln, schickte die Drachenmutter sie beide weg, um Brennholz aus einem Wäldchen am Fuße des Berges zu holen. Der Drache erklärte, daß er lieber nicht die Bäume in der Nähe der Höhle fällen wolle — wegen der Deckung und um gegen den Wind geschützt zu sein.

»Nun sieh dir das einmal an!« sagte er und fällte fünf Bäume mit einem einzigen Schlag seines Schwanzes. Sie fielen krachend zu Boden, und er band sie mit einem Seil, das so dick war wie Stans Arm, zu einem Bündel zusammen. Stan sah sich das Bündel an und zuckte nur mit den Schultern.

»Ich kann dir die ganze Arbeit ersparen, weißt du«, sagte er. »Das ist wirklich eine sehr veraltete Methode der Holzgewinnung. Geh zurück und bring mir diese Kette, willst du? Die, die du für die Bauersfrau verwendet hast.«

»Was in aller Welt willst du damit anfangen?« fragte der Drache nervös.

»Na, als ich in den Zedern für den Kaiser von Äthiopien arbeitete, kettete ich einfach tausend Bäume zusammen, riß das Ganze heraus und schleppte es zu den kaiserlichen Werkstätten. Der Kaiser war eigentlich ziemlich böse — sagte, ich hätte überhaupt keine Zedern übriggelassen, weißt du? Ich sagte ihm, daran hätte er denken sollen, bevor er einen Mann wie mich einstellte. Man läßt sich so leicht hinreißen, wenn sie alle umpurzeln wie Kegel — steigt einem irgendwie zu Kopf.«

»Ich meine, das solltest du hier besser nicht tun«, sagte der Drache. »Wir brauchen noch ein paar Bäume für nächstes Jahr —«

»O doch«, sagte Stan und kennzeichnete ein paar geeignete Bäume mit seinem Messer. »Du wirst dich bald an einen schönen, freien Abhang gewöhnen. Schlüsselblumen, weißt du, Butterblumen —«

»Zum Teufel mit Butterblumen!« schrie der Drache. »Du läßt diese Bäume gefälligst in Ruhe! Wir gehen mit dem nach Hause, was wir haben.«

»Na, gut«, sagte Stan, »wie du willst. Es ist ja dein Wald.«

In dieser Nacht entschuldigte sich Stan und ging früh zu Bett, schlief aber nicht ein, weil er ganz sicher war, daß der Drache auf die eine oder andere Weise hinter ihm her sein würde. Es fiel ihm leicht, wach zu bleiben, weil das Abendessen so fürchterlich gewesen war, daß er kaum etwas hinuntergebracht hatte. Er wartete eine Weile und kroch dann aus seinem Raum heraus, der so eine Art Mulde im Felsen war, und schlich sich auf Zehenspitzen auf dem Sand entlang, bis er um die Ecke der Haupthöhle herum war. Nach einem Weilchen erhob sich auch richtig der Drache, schaltete die Drachovision aus und sagte: »Sieh mal, Mutter, wir *müssen* einfach diesen Stan beseitigen. Du sagst, es ist schlechte Drachenmanier, Männer im Schlaf zu töten, aber in der Not frißt der Teufel Fliegen. Man kann ihn auf keine andere Weise loswerden, das steht fest. Er ist eine Ein-Mann-Woge —«

»Das hab ich alles schon einmal gehört«, sagte sie. »Aber, um die Wahrheit zu sagen, ich denke, du hast recht, mein Sohn. Aber es ist besser, du wartest noch eine Stunde, bis er richtig fest eingeschlafen ist, und dann nimm deine Keule, und mach ihn fertig. Ich würde mich aber vor den anderen Drachen schämen, wenn die hören sollten, daß wir so weit getrieben worden sind. Besser, den Mund darüber halten.«

Stan stahl sich ins Bett zurück und fragte sich, wie um alles in der Welt er dieses Mal aus der Sache wieder herauskäme. Halb dachte er daran, einfach davonzulaufen, aber der Gedanke an den Schatz und all seine hungrigen Kinder ließen ihn seine Meinung wieder ändern. Nur aus dem Bett heraus zu sein, wenn der Drache erschien, würde nicht genügen. Er mußte sich einen Trick ausdenken, der zweimal soviel wert war. Nach einer Weile ging er hinaus, zur Rückseite der Höhle, und hier sah er im Mondlicht einen alten Schweinetrog unter einem Baum liegen. Er hob ihn so leise auf, wie er konnte, trug ihn hinein und legte ihn in sein Bett. Dann füllte er ihn mit Erde und legte seinen Mantel darauf und Decken darüber und steckte einen Kürbis als Kopf obenauf. Danach versteckte er sich unter dem Bett und probierte ein bißchen naturgetreues Schnarchen aus.

Und richtig, nach einer Weile kroch der Drache mit seiner Preiskeule herein, tappte umher, und dann ruinierte er den Schweinetrog ein für allemal — päng, päng. Es dauerte nicht lange, und als der Drache, stillvergnügt in sich hineinlachend, wieder in der Dunkelheit verschwand, kam Stan hervor und nahm sein Werk auseinander. Er wartete aber eine ganze Weile, bis er hinaustrug, was vom Trog übriggeblieben war, um es im Wald zu verstecken.

Am Morgen machte er sein Bett, ging dann hinaus und fragte den Drachen, ob er etwas warmes Wasser zum Waschen haben könne. Der Drache starrte ihn mit offenem Maul an und fragte ihn, ob er denn gut geschlafen habe.

»O ja, recht gut«, erwiderte Stan, »aber aus irgendeinem Grund habe ich ein wenig Kopfschmerzen bekommen. Aber ich denke schon, daß sie bald vorübergehen werden. Ich wüßte jetzt gern, was du heute für mich zu tun hast. Weißt du, ich habe daran gedacht — wenn ich nur eine Seite dieser Höhle abreißen könnte, um ein bißchen Licht hereinzulassen —«

»Nein, nein«, rief der Drache aus. »Das würde uns überhaupt nicht gefallen! Denk dir etwas anderes aus, Stan! Eigentlich — wenn du bloß nach Hause gingst — du sollst so viel vom Schatz haben, wie du mitnehmen willst. Was wir hier brauchen, ist ein bißchen Frieden.«

»Aber wie um alles in der Welt kann ich ihn wegtragen?« fragte Stan, der einen Augenblick lang vor Freude unaufmerksam war.

»Na, ich dachte, du würdest ihn einfach unter den Arm klemmen«, antwortete der Drache verbittert. »Ich meine, das würde *dir* doch keine Mühe machen, oder?«

»Ich denke, ich muß *dich* bitten, ihn für mich zu tragen«, sagte Stan. »Es wäre wirklich unter meiner

Würde, gesehen zu werden, wie ich Säcke mit Geld herumschleppe. Wo ich herkomme, gibt es Tiere, die das für uns tun. Außerdem könnte ich mich wirklich nicht mit weniger als dreißig Säcken begnügen. Und das wäre doch eine ganze Menge zu tragen, sogar für mich.«

So gingen sie also fort, Stan voraus, und der arme Drache schleppte sich mühsam hinter ihm her mit dem Gold auf seinem Rücken wie ein Esel. Als sie sich Stans Haus näherten, sah ihn sein ältester Sohn kommen, und die ganze Familie kam herausgeströmt und rief: »Papa! Papa! Hast du etwas bekommen? Seit du weggegangen bist, haben wir keine anständige Mahlzeit mehr gehabt!«

»Wie wär's mit einem Stück Drachen?« fragte Stan. »Ich möchte aber doch behaupten, der ist ein bißchen zäh — aber wär doch mal was anderes, nicht wahr? Wartet eine Minute.« Und er nahm sein altes Messer heraus.

Aufheulend warf der Drache die dreißig Säcke Gold ab, breitete seine Schwingen aus und ging in die Luft, so schnell er nur konnte. Und wenn er nicht wieder heruntergekommen ist, dann fliegt er heute noch.

»Nun«, sagte Stan zu den Kindern, als sie so dastanden und erstaunt hinter ihm herblickten, »um euch die Wahrheit zu sagen, er wäre wirklich viel zu zäh gewesen. Ich nehme euch statt dessen alle mit hinunter zum Chinarestaurant.« Und so geschah's.

Jetzt nehmt eure Federhalter heraus — das betrifft auch dich, Andrewes; komm, unglückseliger Junge, beeil dich — und alle ein Blatt Papier — das kann doch noch nicht die Klingel sein? Du liebe Zeit, ich fürchte, ich muß euch enttäuschen. Taylor! Der letzte Schultag oder der erste Schultag — ich habe dir wiederholt gesagt, daß du *nicht* im gleichen Augenblick, in dem du die Klingel hörst, aufzuspringen und zur Tür zu rennen hast. Wenn jeder von euch sich ruhig und ordentlich hinsetzt, werde ich die Klasse entlassen. Ich wünsche euch allen schöne Ferien. Wo ich hingehe, Denman, fragst du mich? Ich werde in Nordschottland wandern. »Ubi solitudinem faciunt, pacem appellant.« Johnson? Morgan? Na, lassen wir's. Heben wir's auf für das nächste Schuljahr.

Die Krähe und das Tageslicht

Das ist genug von den größeren Stämmen für heute, Junge. Mit dem ganzen Haufen dort drüben kommt ein guter Vorrat zusammen — na, so hundert-, zweihundertundfünfzig, meinst du nicht auch? Ich kann diese Menge leicht verkaufen — mehr wahrscheinlich, aber das genügt für heute. Dann diese kurzen groben Stücke, die hier herumliegen, die nehmen wir einfach mit rüber und stapeln sie am Straßenrand; wenn dein Vater mit dem Auto zurückkommt, können wir den Kofferraum damit füllen. Das wird für euch alle zu Hause ein schönes Feuerchen geben. Nun nimm die Hippe und schneide die kleinen Zweige ab, während ich mich auf diesen Stamm hier setze und mir ein Pfeifchen gönne. Fauler Kerl, was? Nun, wenn du selbst erst mal Onkel bist mit einem eigenen Neffen, dann kannst du das auch tun — kein schlechtes Geschäft! Ist das Gewehr gesichert? Gut — dann lehn es nur dort drüben an.

Na, als ich ein Junge in deinem Alter war — schwer war die Holzlast, die ich allein mit meinen beiden Händen nach Hause schleppen mußte! Manchmal mit einem Schlitten, aber meistens auf dem Rücken oder einfach nur am Boden entlang. Nun ja, es *war* ein hartes Leben, man kann es nicht bestreiten, und ich bin ganz froh, daß deines anders ist. In jenen Tagen schätzten wir uns glücklich, wenn wir überhaupt auf irgendeine Weise zu Holz kommen konnten.

Das alte Eskimoleben wird bald der Vergangenheit angehören, aber *ich* weine ihm bestimmt keine Tränen nach, denn oft genug war es mehr als hart. Ein Eskimo, der so viel Verstand besaß, daß er in den Süden zog, war ein weiser Mann, mein Junge, und ein

Eskimo, der Amerikaner wurde, war noch viel weiser. Nein, nein! Nimm die Axt für den größeren Zweig — das nützt nicht viel, dieses Abschnitzeln mit der Hippe. Richtig, so ist's gut.

Je weiter nach Süden, desto besser, sage ich. Mehr Tageslicht und mehr Zivilisation. St. Michael war besser als Barrow, und Dillingham ist besser als St. Michael. Leuchtet ein — tausend Meilen liegen zwischen Dillingham und Barrow, sagt man mir. Aber ich würde nicht weiter nach Süden gehen, nicht bis nach Kanada rein, auch nicht zu den Aleuten. Was würde das nützen? Dein Vater und ich — wir sind genug herumgereist, und deine Mutter und deine Tante auch. Der Mensch muß irgendwann zur Ruhe kommen.

Ach, Scheiße — wie der amerikanische Ingenieur immer sagt — das war mein letztes Streichholz! Oh, du hast eine Schachtel? Guter Junge! Um Feuer zu bekommen, drehe ich mich bei diesem Wind wohl besser um.

Guter Gott, Junge, du hast mich vielleicht in die Höhe gejagt! Was, zum Teufel, hast du vor? Packst einfach das Gewehr und schießt los ohne Warnung! Hast mich die Pfeife fallen lassen! Das nächste Mal kriegst du Prügel — aber bestimmt! Auf was hast du denn geschossen? Auf eine Krähe? Du hast auf eine *Krähe* gefeuert? Gott sei Dank hast du sie nicht getroffen! Weißt du denn nicht, daß man auf eine Krähe nicht schießt? Gib mir mal das Gewehr her. Ich behalte es lieber bei mir.

»Mistvögel« hast du gesagt? Was für Yankee-Reden sind denn das? Bringen sie euch das vielleicht in der Yankee-Schule bei, in die dich dein Vater schickt? Du bist kein echter Eskimo, mein Junge, das ist offensichtlich. Nun hör mir mal zu, denn ich meine es ernst. Kein Eskimo tut einer Krähe je etwas zuleide, verstehst du? Willst du uns alle ins Unglück stürzen, gerade jetzt, wo es uns endlich so gut geht? Kein Eskimo tötet jemals eine Krähe, den Vogel des Glücks, ganz gleich, wie viele Cadillacs dein Vater gekauft hat.

»Warum?« fragst du. So was von Unwissenheit! Nun leg mal diese Hippe weg, und während wir diese Knüppel zur Straße rübertragen, werde ich dir sagen, warum. Die genügen — du hast sie genug zurechtgeschnitten, daß sie in den Kofferraum des Autos passen.

Mein Großvater hat mir die Geschichte erzählt, als ich ein kleiner Junge war, fast noch ein Baby. Das war oben in Barrow, aber er war ein echter Eskimo. Denn er erzählte mir, sein Großvater wäre auf der Victoria-Insel geboren, und das ist tausend Meilen weiter östlich, das hat er gesagt. Ja, er beobachtete die Robbenlöcher im Eis acht Stunden lang ohne Unterbrechung und länger, seine Füße in einer Lederschlinge, damit sie nicht zitterten! Das war ein hartes Leben für einen Mann! Doch einmal, vor langer Zeit, war es noch härter gewesen, und das wäre heute noch so, wenn nicht die Krähe gewesen wäre. Warte, ich erzähl dir's.

Also, vor langer Zeit, als es noch keine weißen Männer gab von einem Ende dieses Landes bis zum anderen, gab es in ganz Alaska kein Tageslicht, und auch nicht in den Ländern nördlich davon. Das hat mir mein Großvater erzählt. Es gab nur Dunkelheit von einem Ende des Landes zum anderen, und in jener Dunkelheit lebten die Eskimos und taten ihr Bestes. Sie stritten sich manchmal darüber, ob es Tag sei oder Nacht. Die eine Hälfte der Leute schlief, während die andere Hälfte arbeitete. Keiner wußte, wann es Zeit war, zu Bett zu gehen, oder wann es Zeit war, aufzustehen, weil es ja immerzu dunkel war. Muß ein richtiges Durcheinander gewesen sein, was?

In einem Eskimodorf lebte eine Krähe, genau so eine wie die, die du eben — Gott sei Dank — verfehlt hast. Alle Eskimos mochten diese Krähe, weil sie ein so freches Ding war und in ihre Häuser hinein- und wieder herausflog und sie zum Lachen brachte. Da es immerzu so dunkel und die Krähe schwarz war, wußten sie nie, wo sie als nächstes zu finden sein würde, und so hörte sie allen Klatsch und trug ihn weiter durchs ganze Dorf, hinauf und herunter, bis alles in heller Aufregung war. In *dem* Dorf gab es keine Geheimnisse, da kannst du sicher sein. Die Krähe war auch sehr klug, und sie wußten das genau, denn sie hatte es ihnen selbst gesagt. Und außerdem erzählte sie ihnen immer von all den wunderbaren Ländern, die sie auf ihren fernen Flügen und langen Reisen nach Osten und in den Süden besucht hatte.

Eines Abends nun — an einem dunklen Abend, es mag auch ein dunkler Morgen gewesen sein — war die Krähe gerade von irgendeiner Expedition zurückgekehrt, und als sie sich ins Licht der Robbentranlampe im Versammlungshaus der Männer setzte, schien sie ihnen traurig und ohne Leben zu sein. Da fragten sie: »Was ist los, Krähe? Warum bist du traurig?«

»Ach«, antwortete die Krähe, »alle Eskimoleute tun mir so leid, weil sie kein Tageslicht haben.«

»Tageslicht?« fragten sie alle. »Was ist das? Wie sieht es aus?«

»Nun«, sagte die Krähe, neigte ihren Kopf zur Seite und sah sich sehr weise im Kreise um. »Wenn ihr hier im Norden Tageslicht hättet, könntet ihr hingehen, wohin ihr wolltet, und alles sehen, was ihr wolltet — ja, sogar die Tiere, wenn sie weit weg sind. Es würde euch gutgehen.«

Da fragten sie die Krähe, ob sie ihnen nicht etwas von diesem Tageslicht holen könne. Aber sie erwiderte, das könne sie nicht.

»Es ist zu weit, um dorthin zu gehen«, sagte sie. »Viel zu weit. Ich weiß schon, wo es ist, aber es ist ein langer Weg, und ich könnte das Tageslicht niemals hierher zurücktragen. Außerdem würden sie es mir nicht geben. Ich müßte es stehlen, und das wäre ein sehr gefährliches Unternehmen.«

Da drängten sich alle um sie herum — und traten sich gegenseitig auf die Zehen wegen des schlechten Lichts — und baten und flehten sie an, doch zu dem Ort zu gehen, wo das Tageslicht war, und ihnen etwas davon zurückzubringen. Der Häuptling sagte: »O Krähe, du bist so tapfer und klug, wir wissen, daß du es schaffen kannst. Wenn du nur gehen wolltest, würden wir dich und deine Kinder ewig ehren, bis zum Ende der Zeit.«

Leg diesen unförmigen Klotz nur dorthin, Junge, und nimm dann den anderen als Keil, damit er nicht wegrollen kann. So ist's recht. Nun klemm diesen dahinter. Gut.

So sagte die Krähe endlich, sie würde gehen. Aber

sie warnte sie, daß es vielleicht sehr lange dauern würde, bis sie zurückkäme, wenn sie es überhaupt schaffte, wieder zurückzukehren. Am nächsten Tag machte sie sich auf die Reise und flog nach Osten. Woher sie wußte, welche Richtung sie nehmen mußte, kann ich nicht sagen, aber ich denke, sie hat nach den Sternen gesehen. Sie flog weiter und immer weiter, bis sie erschöpft war. Sie konnte sich aber nirgends lange aufhalten wegen der Dunkelheit und wegen der Kälte.

Nach vielen Tagen sah sie ein schwaches Licht vor sich, das immer stärker wurde, bis der Himmel schließlich voll Sonnenschein war. Nun konnte sie anhalten und sich ausruhen, und sie blickte ringsumher, um zu sehen, woher das Licht käme. Denn dies war für sie ein fremdes Land, und obwohl sie den Eskimos gesagt hatte, daß sie wüßte, wo das Tageslicht sei, hatte sie wirklich nur eine leise Ahnung, wie sie die Aufgabe lösen könnte, die sie da auf sich genommen hatte. Es gab noch immer keine Bäume — nur Schnee und Eis —, und da sie deshalb nur die Erde hatte, auf die sie sich setzen konnte, konnte sie nicht sehr weit sehen.

Schließlich meinte sie, das Tageslicht käme von einem großen Schneehaus in einem Dorf ganz in der Nähe. Sie flog darauf zu und verbrachte einige Zeit damit, sich umzusehen. Und während sie angestrengt darüber nachdachte, was als nächstes zu tun wäre, war da plötzlich eine große Lichtflut, die sie blendete. Als sie wieder sehen konnte, bemerkte sie, daß die Tür des großen Hauses geöffnet worden war und ein schönes Mädchen mit einem Eimer im Eingang stand. Es sprach und winkte jemandem im Inneren zu, und nach der Art, wie das Mädchen redete, dachte die Krähe, es müsse ein Baby sein. Nach ein paar Augenblicken ging es zu einem Eisloch im Fluß, um Wasser zu holen, und während es fort war, nahm die Krähe ihren ganzen Mut zusammen und näherte sich dem Tageslichthaus.

»Nun«, dachte sie, »ich muß jetzt einfach mal sehen, was ich tun kann. Ich möchte wetten, das wird eine heikle Sache.«

Und damit schlüpfte sie aus ihrer Haut heraus, versteckte sie unter dem weichen Schnee auf der Rückseite und fing an, ein Krähenzauberlied zu singen. Die Hauptsache dabei aber war, daß es langsamer aus beiden Seiten ihres Schnabels herauskam als das andere, das sieben Fäden um das Innere spinnt, die aus dem Gestern kommen und von den mitternächtlichen Dämmerstreifen des vergangenen Jahres — wohin ja auch die Flamme geht, wenn die Lampe erlischt, weißt du? Das war es, um es einfach zu sagen, aber es war trotzdem viel knapper, als das andere lang ist.

»Lauter als Mondlicht und roter als grau, nimm meinen Schatten und stecke ihn weg. Versucht's nur, ihr werdet mich niemals berühren, Ihr habt keine Augen, um mich zu hören.«

Dabei ging es aber um viel mehr als nichts in einer vollen Tasche, aber du würdest das nicht verstehen, wenn ich dir nicht noch etwas anderes erzählen würde und eigentlich weniger, so daß ich es nicht auf dem Boden aufhängen kann aus Angst, es könnte jemand kommen, und hochklettern drei Monate vor dem letzten Geburtstag des großen Bären und das Meer mit einem Angelhaken kochen. Die Krähe wurde immer kleiner, bis sie am Ende nur noch ein Stäubchen war, das in einem goldenen Sonnenstrahl vor der Tür jenes Hauses dahinschwebte. Und nach einer Weile kam die Häuptlingstochter, also das schöne Mädchen, mit einem Eimer Wasser zurück, und die Krähe flog einfach in ihr schwarzes Haar hinein und wurde in das Haus getragen, wo sich das Tageslicht befand.

Drinnen war es so hell, wie es nur hell sein kann, und das war auch nicht verwunderlich, denn sobald ihre Augen sich daran gewöhnt hatten, konnte die Krähe sehen, daß es hier viele Tageslichter gab, einige große und einige kleine, alle hoch oben an verschiedenen Plätzen. Und auf dem Fußboden saß ein kleiner Junge und spielte mit allen möglichen kleinen geschnitzten Spielsachen — Hunde, Füchse, Bären, Robben und Kajaks — die sein Vater für ihn aus Walroßzähnen gemacht hatte. Das Mädchen hob das Baby auf und redete mit ihm und küßte es, und währenddessen flatterte das Stäubchen aus ihrem Haar und landete auf dem Ohr des Babys. Als das Mädchen das Baby wieder absetzte und sich ans Kochen machte, fing es an zu weinen und zu wimmern. So kam das Mädchen und hob es wieder auf und machte viel Getue mit ihm, und dann sagte es: »Was möchtest du denn haben? Ich gebe dir alles. Du bist mein schöner Junge.« Und lauter solchen Unsinn, den Frauen zu ihren Babys und Kleinen sagen. Da flüsterte die Krähe ins Ohr des Babys: »Bitte um das Tageslicht. Bitte darum, mit dem Tageslicht spielen zu dürfen.« Da streckte das Baby seine Hände aus und weinte nach dem Tageslicht. Aber die meisten

Tageslichter im Haus waren zu groß und zu schwer, und am Ende holte das Mädchen ihm ein kleines rundes zum Spielen herunter. Es war genauso hell wie die anderen, aber klein genug für das Baby, um es auf dem Boden herumrollen zu können.

Immerzu fragte sich die Krähe, wie sie das Tageslicht wohl fassen könnte, da es so glatt und hart war. Und endlich kam ihr der Gedanke, dem Baby zuzuflüstern, es solle das Tageslicht unter den Schrank rollen, wo es nicht hinkäme, und dann solle es nach seiner Mutter weinen, die es dann für das Baby wieder hervorholen würde. Nachdem dies ein paarmal geschehen war, band das Mädchen einen Faden um das Tageslicht, damit das Baby es selbst hervorziehen konnte. Als die Krähe das sah, flog sie vom Ohr des Babys und ließ sich in der Nähe der Tür nieder. Und bald hörte sie den Vater des Babys, der Häuptling dieses Dorfes war, wie er vom Jagen zurückkehrte. Sobald der Häuptling die Tür geöffnet hatte, flatterte die Krähe mit dem warmen Luftstrom hinaus, fand ihre Haut wieder und verwandelte sich zurück in ihre eigene Größe und Gestalt. Als sie sicher war, daß sie von keinem in der Nähe beobachtet wurde, begann sie mit ihrem Schnabel Schnee auf das Dach zu tragen, bis sie einen Haufen zusammen hatte. Dann ging sie hinunter und pickte und klopfte an die Tür.

»Was ist das für ein Geräusch?« fragte der Häuptling seine Frau und sah vom Abendessen hoch.

»Ach«, sagte sie, »es ist nichts — nur der Wind.«

Aber die Krähe klopfte weiter, und endlich sagte der Häuptling zu seiner Frau, sie solle hinausgehen und nachsehen, woher dieses Geräusch käme. Als die Krähe sie kommen hörte, flog sie zurück auf das Dach, und sobald die Frau aus der Tür sah, schob sie den Haufen Schnee so weit vor, bis er hinunterglitt und auf ihren Kopf und ihre Schultern fiel. Und während sie nichts sehen konnte, fing die Krähe an, an ihren Händen und Ohren herumzupicken.

»Hilfe! Hilfe!« rief die Frau und schüttelte den Kopf und spuckte Schnee. »Irgendein Tier greift mich an. Hilfe!«

Da stand der Häuptling auf und kam herausgerannt, und in dem ganzen Durcheinander flog die Krähe durch die offene Tür hinein, packte das Tageslicht an der Schnur und war weg wie ein schwarzer Blitz, genauso wie sie gekommen war. Der Häuptling und seine Frau sahen sie natürlich und erhoben ein großes Geschrei, so daß alle Dorfbewohner gerannt kamen und schimpften. Einige schossen Pfeile nach ihr, aber die Krähe wich immer aus und drehte sich in der Luft, und sehr bald war sie außer Sichtweite, und man sah nur noch den Schein des Tageslichts wie einen Stern in der Ferne.

Auf dem Weg zurück ging es ihr viel besser, denn das Tageslicht hielt sie warm, und sie konnte ihren Weg erkennen. Als sie in die Nähe von Alaska kam, dachte sie, sie würde das Tageslicht einfach einmal ausprobieren, um zu sehen, wie es funktionierte. Als sie über das erste Dorf hinwegflog, kratzte sie ein Stück von der Helligkeit ab, und es fiel herunter und beleuchtete den Ort überall. Danach tat sie das gleiche in jedem Dorf, durch das sie kam, bis sie endlich dorthin zurückkehrte, wo sie lebte. Und dort flatterte sie direkt über das Haus des Häuptlings und ließ das Tageslicht fallen, so daß es in viele kleine Stücke zersprang, die überall herumgestreut wurden.

Die Leute kamen herausgeströmt, alle blickten sich staunend um, denn so etwas hatten sie noch nie gesehen. Lange Zeit konnten sie nicht begreifen, was geschehen war, und dann rief plötzlich jemand aus: »Schaut, da ist unsere Krähe — dort oben am Himmel. Ich kann sie ganz deutlich dort oben erkennen, genau wie sie gesagt hat!«

»Ach, wer hätte das wohl gedacht!« sagte der Häuptling. »Krähe, komm herunter, damit wir für dich ein Fest feiern können!«

Und so kam die Krähe herunter, und sie machten sie zum Ehrengast bei einem Fest, wie es keiner von ihnen in seinem ganzen Leben vorher erlebt hatte. Sie aßen gerade den letzten Bissen, als plötzlich einer von ihnen ausrief: »Krähe! Es wird wieder dunkel! Was ist geschehen? Erzähl uns bloß nicht, die Sache hat einen Haken! Wird das Tageslicht schmelzen?«

»Nein, nein«, antwortete die Krähe, »macht euch keine Sorgen. Es wird noch manches Mal dunkel werden, aber dann kommt das Tageslicht wieder zurück. Das ist ein Tageslicht von guter Qualität — bestimmt. Es nutzt sich nicht ab zwischen jetzt und dem Ende der Welt.«

»Warum muß es dann aber immer wieder dunkel werden?« fragten sie.

»Nun, seht«, sagte die Krähe, »wenn ich das große Tageslicht hätte stehlen können, würde es niemals dunkel werden, auch nicht im Winter. Aber das große Tageslicht wäre viel zu schwer zum Tragen gewesen. In dieser Welt müßt ihr eben nehmen, was ihr bekommen könnt.«

Und damit streckte sie sich aus und ging schlafen.

Und von diesem Tag bis zum heutigen hat jeder in Alaska so viel Verstand, daß er einer Krähe nichts zuleide tut, und wenn dein Vater dir das nicht beigebracht hat, muß ich wohl mal ein Wörtchen mit ihm reden, sonst verliert er noch alles, was er sich geschaffen hat, wenn du mit so albernen Flintentricks anfängst. Schüttle nur die Krumen aus dem Brotbeutel aus, wo die Krähe sie finden kann, wenn sie zurückkommt. So ist's recht. Kommt dort dein Vater die Straße herauf? Sieht nicht aus wie — ach, das ist wohl sein Volkswagen? Aha, ich verstehe — ich dachte, er würde den Cadillac mitbringen, ich weiß auch nicht warum. Autos, Autos. Ein richtiger Yankee-Bursche wirst du. Ich würde mich nicht wundern, wenn deine Beine eines Tages abfielen. Nun, der Volkswagen muß dann eben genügen. Ich denke doch, daß eine ganze Menge von dem Holz im Kofferraum Platz hat.

Die Felsen von Korsan

Erik, komm her zu mir! Nun erzähl mir mal, was du heute abend gemacht hast. Die Kühe nach Hause getrieben — ja. Und die Hühner gefüttert — ja, das weiß ich. Und dann bist du hinunter ins Dorf gegangen und hast dem alten Herrn Borgen die Gartenhandschuhe zurückgebracht. Ach, nun erzähl mir aber noch ein bißchen mehr! Ja, du hast Knud und Hans auf der Straße getroffen. Und was habt ihr drei auf der Straße gemacht? Gespielt — was für ein Spiel? Wer war noch dort?

Ich denke doch, daß du dich daran erinnerst. Ihr habt — ja, ihr habt Jarl getroffen, nicht wahr? Du sagst, es war alles nur Spaß? Glaubst du, das hat er auch gedacht? Spielt keine Rolle, woher ich es weiß. Ihr habt ihn geneckt und euch über seinen lahmen Arm lustig gemacht, stimmt's?

Ich glaube schon, daß ihr nicht unfreundlich sein wolltet. Trotzdem war Jarl genauso verletzt, als ob ihr so unfreundlich sein wolltet, wie ihr nur konntet. Du und die anderen Jungen — ihr habt es fertiggebracht, ihm das Gefühl zu geben, er sei häßlich und ihr wolltet ihn nicht zum Freund haben. Ihr wart doch zu dritt, nicht wahr? Sonst hätte er's dich vielleicht ganz schön bereuen lassen — lahmer Arm oder nicht!

Nun weine nicht! Das hilft *dir* nicht und auch keinem anderen. Das beste wäre, du gingst morgen zu Jarl und sagtest ihm, daß es dir leid täte. Das ist aber noch nicht alles. Du mußt noch viel lernen. Die Menschen sind nicht immer schlechter als du — oder als ich —, nur weil sie zufällig verunstaltet sind oder ein Leiden haben. Sie müssen Gottes Arbeit tun genau wie wir alle. Und diejenigen, die so dumm oder grausam sind und sie schlecht behandeln, finden sich vielleicht in der gleichen Lage wieder wie die Störche, die ihren Herrn verärgerten. Nun, ich hab' dich jetzt genug gescholten, mein Junge. Ich weiß ja, du bist im Grunde ein guter Kerl. Es war gedankenlos und dumm, aber nicht mehr. Du wirst aufwachsen und es besser machen, ganz gewiß. Nun trockne deine Tränen, hol dein Abendessen aus der Küche und setz dich hierher zu mir ans Fenster. Ich werde dir die Geschichte von den Störchen erzählen. Dann wirst du es verstehen.

Vor langer Zeit, so wird berichtet, hatten alle Störche schöne Schwänze — mit Federn wie der graue Kranich und sogar noch feinere als der. In jenen Tagen bauten sie ihre Nester auf den Dächern in allen Städten Dänemarks — in Kopenhagen und Odense, Hjörring, Aarhus und in vielen anderen — denn damals gab es weniger Menschen und weniger Lärm. Aber sie flogen auch jedes Jahr nach Norden, genauso wie heute — sie flogen nach Norden, um am Hof ihres Herrn ihre Aufwartung zu machen, und sie kehrten in der rechten Jahreszeit wieder zurück. Die Störche haben schon immer einen Herrn gehabt, der jedes Jahr hofhält — über den Inari-See in Finnland hinaus, sagen die Leute, obwohl ich es nicht behaupten kann, denn in jenen Gegenden dort oben war ich noch nie. Aber Tausende und aber Tausende von Störchen haben sich schon immer dort versammelt und ihrem Herrn die Neuigkeiten aus aller Welt überbracht, wohin sie auch geflogen waren. Es wird behauptet, daß der Storchenherr auch immer schon ein mächtiger Zauberer gewesen ist; und Störche bringen Glück, weißt du, sie bringen denen Glück, die sie gut behandeln und ihre Nester in Ruhe lassen.

In den längst vergangenen Tagen, von denen ich spreche, geschah es nun einmal, daß die Tochter des Königs von Dänemark tödlich verletzt wurde, als sie in den Wäldern umherritt. Ihr Pferd — ein neues, an das sie noch nicht gewöhnt war — erschrak und scheute zwischen den Bäumen, und bevor es die Prinzessin abwarf, wurde sie schrecklich verletzt und von Zweigen durchbohrt. Sie wurde blutend und bewußtlos zum Palast zurückgetragen, und die besten Ärzte im Königreich wurden an ihr Bett geholt. Aber sie konnten nicht viel für sie tun, und nach weniger als einer Stunde sagten sie zum König, daß sie ihm keine Hoffnung machen könnten. Der König und die Königin wurden von Kummer überwältigt, denn sie war ihr einziges Kind, sehr schön und gerade im heiratsfähigen Alter. Der König ließ im ganzen Land verkünden, daß derjenige ein Vermögen erhalten solle, der ihr Leben retten könne, aber es fand sich niemand, der eine Aufgabe übernehmen wollte, die jede Menschenkraft überstieg, wie alle wußten.

Nun waren da zwei Störche, die ihr Nest auf dem Dach des Palastes gebaut hatten, und sie hatten alles gesehen, was geschehen war, und gehört, wie der König und die Königin in ihrem königlichen Schlafgemach weinten. Und als der Abend hereinbrach, flogen sie herab und klopften ans Fenster, bis der König es öffnete.

»O König«, sagten sie, »wenn du versprichst, allen Störchen im ganzen Land deinen Segen und Schutz zu geben, und deinen Untertanen befiehlst, sie für alle Zeiten gut zu behandeln, sind wir bereit, sofort zum Herrn der Störche zu fliegen, an seinen Hof über dem Inari-See hinaus, um ihm von eurem Kummer zu berichten. Er ist weise und mächtig, und Neuigkeiten erreichen ihn aus allen Ländern. Wenn es irgendeine Hilfe auf der Erde gibt, mit der die Prinzessin geheilt werden kann, dann wird er davon wissen.«

Der König stimmte allem zu, was die beiden Störche vorgeschlagen hatten, obwohl er es kaum wagte, irgendwelche Hoffnung in ihr Anerbieten zu setzen, und sogleich machten sie sich auf und flogen Tag und Nacht nach Norden, bis sie zum Hofe ihres Herrn kamen. Hier fanden sie viele Störche versammelt, denn der Herr und sein Rat waren damit beschäftigt, die Boten und Überbringer von Neuigkeiten von Indien bis Marokko und von Moskau bis Scheldt anzuhören. Müde und hungrig, wie sie waren, bahnten sich die beiden Störche ihren Weg nach vorn und baten den Haushofmeister des Herrn, sie ihre Botschaft überbringen zu lassen, indem sie erklärten, es sei eine Sache von äußerster Dringlichkeit.

Nachdem der Herr der Störche die Nachricht vernommen hatte, saß er lange Zeit ernst und still da, schüttelte den Kopf und grübelte. Endlich sagte er: »Wenn die Königstochter wirklich an ihren Verletzungen stirbt, dann ist es beinahe hoffnungslos, wie die Ärzte gesagt haben. Hier an diesem Hof erfahren wir von aller Weisheit und allen Fähigkeiten, die in der ganzen Welt bekannt sind, sowohl den Menschen als auch den Tieren und Vögeln — wohin auch immer die Störche fliegen. Es gibt nur *eine* Hoffnung für die Königstochter, von ihren Wunden geheilt zu werden, und das ist in der Tat nur ein schwacher Hoffnungsschimmer: wenn eine Kreatur ans Ende der Welt reisen würde und vom Wasser des Todes und vom Wasser des Lebens zurückbringen könnte — denn dadurch und nur dadurch könnte sie wieder gesund werden.«

»Aber mein Herr«, erwiderte der Haushofmeister, »es kann in der ganzen Welt keinen Vogel geben, der eine derartige Mission auf sich nehmen würde. Das wäre der sichere Tod, denn diese Wasser entspringen zwischen den Felsen von Korsan.«

Die beiden Störche, die die Botschaft des Königs überbracht hatten, baten ihren Herrn sofort, ihnen von diesen Felsen und von den Quellen, die zwischen ihnen entspringen, zu berichten und boten ihm an, selbst diese Reise zu machen. Aber als sie erfuhren, welcherart dieser Ort wirklich war, dessen Name allein schon Furcht in den Herzen sämtlicher Kreaturen erweckte, die ihn kannten, waren sie nur zu froh, als der Herr ihnen sagte, er würde sie nicht beim Wort nehmen. »Obwohl ich, Gott sei Dank, jene Felsen nie selbst zu Gesicht bekommen habe«, sagte er, »habe ich doch mit den wenigen gesprochen, die sie gesehen haben und lebend zurückgekehrt sind. Sie stehen am entferntesten Ufer eines großen Meeres, in einer eisigen Wildnis von Inseln am Ende der Welt, und zwischen ihnen liegt eine zerklüftete Schlucht, tausend Fuß tief, doch nur zehn Fuß breit. Am Boden dieser Schlucht entspringen zwei Quellen, Seite an Seite. Eine bringt das Wasser des Todes hervor und die andere das Wasser des Lebens. Über einen leblosen Körper gegossen, heilt das erste alle gebrochenen Glieder und alle Wunden, während das zweite jeden zum Leben erweckt, der so geheilt worden ist. Doch keiner kann hoffen, in diese Schlucht hinabsteigen oder einen Tropfen jener Wasser zurückbringen zu können, denn die Felsen von Korsan sind verzaubert. Tag und Nacht prallen sie gegeneinander, so daß sie alles, was zwischen sie dringt — ganz gleich wie winzig — zerdrücken und in Stücke zermalmen. Tatsächlich habe ich niemals von einer Kreatur gehört, die es auch nur versucht hätte.«

Als sie das hörten, wurden alle Störche, die anwesend waren, ganz still, und schließlich befahl der Herr, daß sich alle am Hof versammeln sollten, um die Nachricht über die Tochter des Königs von Dänemark zu hören. Doch hatten sie kein Wort dazu zu sagen, sondern pickten nur auf der Erde herum und wedelten mit ihren langen, gefiederten Schwänzen umher und sahen sich verstohlen von der Seite her an.

Endlich trat von hinten ein alter, zerfledderter Storch aus der Menge heraus, auf einem Fuß lahm und blind auf einem Auge.

»Wenn der Herr nichts dagegen hat«, sagte er, »werd' ich halt gehen und tun, was ich kann. Ich bin zwar nicht mehr der Jüngste, aber ich hab' manche Tricks gelernt in meiner Zeit, und einen Schwachkopf trag' ich auch nicht auf diesen alten Schultern.«

Der Herr sagte zu dem alten Storch, daß er zu schwach und verkrüppelt sei, um sich so etwas vornehmen zu können, für das selbst die Jüngsten und Stärksten guten Grund hätten, sich mutlos zu fühlen. Dann versuchte er, ein paar seiner Hauptleute zu überreden, eine Reihe zu bilden und zusammen hinzufliegen, aber sie fingen alle an, Entschuldigungen vorzubringen. Endlich — denn er wußte nicht, was er sonst noch tun sollte — sagte er zu dem alten Storch: »Glaubst du wirklich, daß du es schaffen kannst?«

»Ach, das kann ich nicht beantworten«, erwiderte er, »aber gib mir nur was zu knabbern mit auf die Reise und binde je eine Flasche an meine zwei alten Stelzen, und ich versprech' dir, daß du mich erst wiedersiehst, wenn sie voll sind mit dem Wasser, hinter dem du her bist.«

Die anderen Vögel lachten über seine rauhen Reden und was sie für Angabe hielten, aber ihr Herr, der sie ärgerlich wegschickte, nahm den alten Storch beiseite, um ihn für das Abenteuer vorzubereiten, das kein anderer versuchen wollte. Er sagte ihm alles, was er von dem Weg dorthin wußte. »Doch nach den Eisinseln«, sagte er, »mußt du wieder jemanden fragen, denn kein Storch ist weiter gereist.« Er band die Flaschen an seinen Beinen fest und gab ihm so viel

Essen mit, wie er tragen konnte. Und dann machte sich der alte Storch sofort auf den Weg, während sein Herr einen Boten aussandte, um dem König von Dänemark mitzuteilen, daß er alles getan hätte, um ihm zu helfen, und daß er, sobald es Neues zu berichten gäbe, wieder von ihm hören würde.

Der alte Storch flog weiter über Wälder und Flüsse, Wälder, Sümpfe und Flüsse, und dann über das Meer und über das Eis. Weiter flog er, bis seine alten Schwingen ermüdeten und er nur noch wenig Nahrung übrig hatte. Er fragte einen Sturmtaucher nach dem Weg, dann eine Sturmschwalbe und dann einen großen Albatros. Die Kälte wurde immer bitterer, und die Dunkelheit nahm zu, aber endlich — an einem trostlosen Morgen — erblickte er in der Ferne — wie zwei große Türme — die Felsen von Korsan, die die Erde in der Nähe und das Meer erschütterten, während sie mit einem Krachen aneinanderstießen, das hundert Meilen weit zu hören war. Während des ganzen Vormittags kam er langsam immer näher, bis er schließlich im Anflug durch die ständige Bewegung der riesigen Klippen, die ihre Innenflächen gegeneinanderschmetterten, geschüttelt und in der Luft herumgewirbelt wurde. Als er sie erreichte, flog er hoch über sie hinweg, und als er hinunter in die dunkle schmale Spalte blickte, die sich schloß und wieder öffnete, konnte er von einem Augenblick zum nächsten den schwachen Schimmer und das Funkeln der Wunderquellen sehen, die in der tiefsten Tiefe hervorsprudelten.

Als er vor Angst und Bestürzung zögerte, traf er einen Vogel, der ihm freundlich gesinnt war — manche sagen, es war eine Schwalbe, andere, es war der Taucher mit seinem blutroten Hals, der ihm von den Wellen her, die sich auf jenem trostlosen Ufer brachen, etwas zurief.

»Geh nicht tiefer hinunter«, rief der Vogel aus. ›Geh nicht tiefer — bis Mittag, sonst bist du mit Sicherheit verloren! Warte! Warte und gewinne deine Kraft zurück!«

»Ach, mein Freund«, erwiderte der alte Storch, »viel Kraft ist es nicht, die ich zurückgewinnen kann, weißt du? Was würde sie mir auch nützen! Sie haben mich geschickt, um die Wasser des Todes und des Lebens zu holen, aber es ist nur allzu deutlich — man kann sich dort nicht hinunterwagen; nein, nicht einmal der stärkste Vogel der Welt kann es, und ein alter Zottelpelz wie ich schon gar nicht.«

»Laß dir raten!« sagte der andere. »Du hast eine Chance. Jeden Tag um Mittag ruhen die Felsen aus und schlafen eine halbe Stunde. Bald ist es so weit. Wenn du merkst, daß eine kurze Zeit verstrichen ist und sie sich nicht bewegt haben, flieg über die Schlucht und laß dich so gerade herabfallen wie ein Stein. Gebrauche deine Schwingen nicht, denn wenn der kleinste Kiesel oder Splitter sich löst, erwachen die Felsen, schließen sich und werden dich töten.«

»Aber wie komme ich wieder heraus?« fragte der alte Storch. »Ich muß doch meine Flügel zum Steigen benutzen, und außerdem werden diese Flaschen an meinen Beinen so schwer sein wie zwei Ziegel.«

»*Das* kann ich dir nicht sagen«, antwortete der Vogel. »Und *den* Herrn gibt es nicht, für den ich mich zu diesen Wassern hinunterwagen würde. Auch möchte ich hier nicht länger verweilen, denn der Krach und die Gewalt dieses Ortes erfüllen mich mit Angst.«

Kaum hatte er sich entfernt, als es plötzlich ganz still wurde und der alte Storch zum ersten Mal das Plätschern und Rieseln der beiden Quellen im Herzen des Abgrunds hören konnte. Noch einmal rauschte er darüber hinweg und blickte hinunter, um die Entfernung abzuschätzen. Dann klappte er seine Flügel zusammen und ließ sich fallen.

Sowie er in die tiefen Schatten zwischen den Felsen eingetaucht war und den Anblick der Sonne draußen verloren hatte, packte ihn schreckliche Angst, und fast breitete er seine Flügel aus, um wieder herauszufliegen und zu fliehen. Er hatte nicht geahnt, wie eng es hier war.

Die zerklüfteten Felswände waren so nah auf beiden Seiten, daß er meinte, er würde im Rachen eines Riesen verschwinden — einem kalten Rachen, doch lebendig und in jedem Augenblick bereit, ihn zu verschlingen und zu schlucken. In der feuchten, bissigen Kälte begann er zu zittern, und er fürchtete, auf der einen oder anderen Seite anzustoßen, besonders in der Dunkelheit, in der er fast nichts unter sich erkennen konnte. Da war kein Laut, nur das Geräusch des Wassers, das immer stärker wurde, je tiefer er sank.

Endlich spürte er, wie seine Beine den Boden berührten, und hier hatte er wenigstens Glück, denn er fand sich auf einem Stein in der Mitte zwischen den beiden Quellen wieder, so daß er nur wenige Schritte tun mußte, um erst eine Flasche einzutauchen und zu füllen und dann die andere.

»Das ist kein Ort, an dem man sich lange aufhält«,

dachte er bei sich. Und zu dem schmalen Lichtstreifen hoch oben hinaufblickend, breitete er seine Schwingen aus und begann emporzufliegen.

Er hatte nicht gedacht, daß die Flaschen so schwer sein würden. Er konnte seinen alten Körper gegen das herabziehende Gewicht an seinen Beinen nicht ausgleichen, er taumelte zurück und flatterte verzweifelt, während er versuchte, an Höhe zu gewinnen. Eine der Klippen schien ihm entgegenzueilen. Gerade noch rechtzeitig schwankte er davon weg, aber nun auf die andere zu, die jetzt so nahe war, daß sein langer Schnabel zwischen zwei vorragenden Steinen hindurchfuhr. Noch immer mußte er steigen und war nun schon fast völlig erschöpft und so schwindlig und verwirrt, daß er sich beinahe auf einem Vorsprung niedergelassen hätte, um auszuruhen, als er im letzten Augenblick erkannte, daß dies seinen sofortigen Tod bedeuten würde. Bei jedem Flügelschlag spürte er, wie die Luft von den steilen Wänden, die ihn auf beiden Seiten fast berührten, gegen seinen Körper zurückgetrieben wurde.

Fast oben angelangt, flog er plötzlich in einen Sonnenstrahl hinein, der sich über die Südseite der Felsen hinabneigte. Geblendet und überrascht schloß er sein Auge vor der Helligkeit, und im gleichen Augenblick taumelte er gegen den Rand der Klippen. Seine Federn klapperten in der Stille, und ein Stein fiel klirrend in die Tiefe.

Sofort spürte er, wie sich die Felsen bewegten. Die beiden Klippen schwankten, neigten sich, stürzten sich vorwärts, und ein Luftstoß schleuderte ihn in die Höhe, als die riesigen Kiefer vom Boden bis zur Spitze mit ihrer ganzen Länge zubissen. Er hatte nur einen einzigen Gedanken — das Wasser zu retten. Während er seine Beine verzweifelt in die Höhe warf, bog sich sein Körper noch einmal nach hinten zurück, und die Felsen, die die Flaschen um Zentimeter verpaßten, schlossen sich um die langen Federn seines Schwanzes und schnitten hindurch wie die Scheren eines Schäfers. Er riß sich los und blickte hinunter und sah, wie sich die Felsen wieder öffneten und seine Schwanzfedern ins Dunkel hinein flatterten und verschwanden.

Atemlos und zitternd wandte sich der alte Storch von der Sonne ab und blickte hinunter aufs Meer und das Land unter sich. Von dem Vogel, der sein Freund gewesen war, war nichts mehr zu sehen; warum sollte er hier also bleiben? Von den Flaschen heruntergezogen und durch den Verlust seines Schwanzes aus dem Gleichgewicht gebracht, machte er sich auf den Heimweg.

Endlich kam er zum Hof des Storchenherrn zurück, völlig erschöpft und halb verhungert, denn er hatte drei Tage lang nichts mehr zu essen gehabt. Es war gerade wieder Versammlungszeit, und große Schwärme von Störchen trafen sich hier aus allen Teilen der Erde. Eine Zeitlang konnte er den Herrn nicht finden, aber endlich erblickte er ihn mitten unter den Störchen, die sich am Rande des Sees versammelt hatten. Es war nicht erlaubt, in Gegenwart des Herrn zu fliegen, so ließ er sich ein wenig abseits im flachen Wasser nieder. Als er ans Ufer zurückstolperte, mit den schweren Flaschen an seinen Beinen, fingen alle anderen Störche an zu lachen und über sein lächerliches, häßliches Aussehen und den zerschmetterten, gebrochenen Stumpf seines Schwanzes zu spotten und ihn zu verhöhnen. Dann begannen einige von ihnen, ihn anzurempeln und zu stoßen.

»Schaut euch mal den alten Stummelschwanz an!« rief ein junger Storch aus. »Sieht er nicht toll aus? Kommt her, laßt uns seine albernen Flaschen zerschmettern!«

Als der Herr das hörte, blickte er sich um und sah, wer da angekommen war, und rief mit schrecklicher Stimme, die alle zum Schweigen brachte: »Aufhören!« Dann ging er auf den alten Storch zu und half ihm selbst nach vorn. Und er drehte sich zu den anderen um und sagte ärgerlich: »Wenn ihr selbst erst einmal zwischen den Felsen von Korsan geflogen seid, dann könnt ihr einen anderen verspotten, der es getan hat — wenn ihr es dann noch wollt! In der Zwischenzeit seid ihr es nicht wert, Federn zu tragen. Von diesem Tag an soll keiner von euch einen besseren Schwanz haben als er.«

Die ganze Versammlung blickte sich an und sah, daß es so war, wie ihr Herr es gesagt hatte. Ihre Schwänze waren verschwunden, und von jenem Tag an bis zum heutigen hat kein Storch etwas anderes als diesen Stummelschwanz, den wir heute noch sehen können.

So wurde die Königstochter gerettet. Aber welche Belohnung der alte Storch erhielt — davon habe ich nie etwas gehört. Man erzählt sich, daß — schau, ist das nicht Jarl dort unten auf dem Weg gleich hinter den Weißdornbüschen? Warum läufst du nicht zu ihm hinunter? Es muß jetzt noch nicht unbedingt Schlafenszeit sein.

Der eiserne Wolf

Es wird nicht allzu lange dauern, bis sie die Pferde gewechselt haben, Eure Exzellenz. Und dann geht's ja wohl wieder ab nach Norden?

Nun, nun — Sie dürfen sich nichts daraus machen, wenn ich Fragen stelle. Wir sprechen hier eher frisch von der Leber weg, wir Kaukasier, wissen Sie? Mehr als Ihre Leibeigenen da oben im Norden, höchstwahrscheinlich. Sich frei fühlen, frei reden — genau so ist es. Ich habe Kosakenblut in mir, wissen Sie? Eine Menge davon — und 'ne Menge davon ist vergossen worden, seinerzeit.

Ich bin ein alter Mann, das kann man wohl sagen, nicht wahr? Und ich glaube schon, daß der junge Wirt da drüben — jünger als mein Enkel dürfte der sein — Ihnen gesagt hat, ich wäre ein alberner alter Kerl, der Ihnen eine tolle Geschichte erzählt, wenn sie ihm nur einen ausgeben, stimmt's? O ja, da bin ich ganz sicher — hat er getan — Eure Exzellenz, bitte um Vergebung. Diese forschen jungen Stadtkerle heutzutage, sie glauben nichts, wenn nicht alles auf- und unterschrieben ist oder in einer der Zeitungen hier abgedruckt ist. Spielt dann keine Rolle, wie viele Lügen auf dem Papier stehen, sie glauben doch alles. Ich kenne nur zwei gute Verwendungen für eine Zeitung, und eine davon ist, den Tabak zum Rauchen damit zusammenzurollen.

Nun, das ist aber außerordentlich freundlich von Ihnen, mein Herr. Ich werde mich gern setzen und eine mit Ihnen rauchen, während Sie warten müssen. Macht Durst, die Arbeit — das Rauchen — Euer Ehren, sind Sie nicht auch der Meinung? Übrigens, Warten ist auch 'ne Arbeit, die durstig macht. Sehr warm ist es heute — sehr trocken.

Ach ja, wenn doch alle Herren so wären wie Eure Exzellenz! Auf Ihre Gesundheit, mein Herr! Das ist ein außergewöhnlich guter Wodka! Polnischer, was? Ich dachte, weil er so einen würzigen Beigeschmack hat. Klug von Ihnen, eine Flasche mit sich zu führen.

Der eiserne Wolf? Na, ich möchte doch behaupten, es war der junge Sergej dort im Stall, der Ihnen gesagt hat, Sie sollen mich nach dem eisernen Wolf fragen. Ja, ich wette, *der* war's. Nun, ich kann Ihnen gewiß von ihm erzählen; aber man darf sich nicht darüber lustig machen, das muß ich Ihnen auch sagen. Ich nehme an, Sergej hat gesagt, der alte Iwan Stepanowitsch kann Ihnen gut eine tolle Geschichte erzählen, um Ihnen die Zeit zu vertreiben, während sie warten.

Eure Exzellenz sind sehr gütig — wirklich sehr gütig. Und Sie haben ganz recht — Enkel brauchen 'ne Menge Futter und so. Nun, mein Herr, ich werde Ihnen die Geschichte erzählen — wahrhaftig — aber ich möchte mir doch noch die Freiheit nehmen und hoffen, daß Sie sich nicht darüber lustig machen oder so was Ähnliches, wenn Sie wieder bei Ihren Damen und Herren in St. Petersburg sind. Sie können dem heiligen St. Michael danken, ja, und Frola und Laura auch, daß sie den eisernen Wolf nie gesehen haben. Das sagen Sie denen aber auch, ja?

In der Bibel steht, »daß du nicht erschrecken müssest vor dem Grauen der Nacht, vor den Pfeilen, die des Tages fliegen«, aber es steht nichts über den eisernen Wolf darin — und das ist auch kein Wunder, möchte ich bemerken, denn das ist ein Buch, das nicht lügt, und wer würde sich nicht vor einer Kreatur fürchten, die schlimmer ist als der Alptraum und der dreiköpfige Hund des Hades zusammen? Nehmen Sie mich, ich bin ein sehr glücklicher Mann — immer gewesen. Ich habe in zwei Kriegen gekämpft und drei Finger erfroren und verloren. Ich hatte ein recht anständiges Vermögen zusammengebracht und zugesehen, wie es wie Schnee im Frühling dahinschmolz. Ich stand da und habe zugesehen, wie mein schönes Holzhaus bis zur Erde niederbrannte und der Rauch zum Himmel stieg, und einmal bin ich in den kaspischen Sümpfen beinahe am Fieber gestorben. Aber den eisernen Wolf habe ich nie gesehen, und das ist das größte Glück auf der Welt, denn einmal war ich ihm freilich sehr nahe — viel zu nahe. Ja, so war's.

Da war ein feiner junger Bursche, den ich kannte, der Kaspar hieß und stark wie ein Bär war und fast so beständig wie Regen an einem Winterabend — und Sie wissen sicher, wie beständig der sein kann, ein Weitgereister wie Sie, das glaub' ich wohl! Nun, er war wirklich zuverlässig, außer vielleicht, wenn er mit sich selbst und jedem anderen zufrieden war, der ihm noch einen oder zwei ausgab, dann sprang er vielleicht über ein Scheunendach oder stieß einen Heuschober um, nur um sich die Zeit zu vertreiben — eine Stunde oder zwei bis zum Morgen. Aber zu *der* Zeit, von der ich spreche, war er nicht auf solche Kunststücke aus, denn er arbeitete für einen alten Priester da unten bei Stawropol und tat auch sehr gute Dienste. Er konnte so viel leisten wie drei Männer, wenn er sich Mühe gab, und das war oft genug, denn er mochte den Alten, der ihn meist in Ruhe ließ — vertraute ihm, wissen Sie, daß er schon wüßte, was zu tun wäre und es dann auch täte — und sich auch häufig *beinahe* so großzügig zeigte wie Euer Ehren, mit einem neuen Paar Schuhe oder einer halben Flasche Wodka, was gar nicht im Vertrag stand — noch 'n bißchen was Extras, wie die alte Frau sagte, als sie die Wäsche die ganze Nacht draußen gelassen hatte und der Star auf der Wäscheleine saß.

Eines Tages nun, nach sechs oder sieben Jahren in seinem Dienst, denkt der junge Kaspar bei sich: »Wenn ich jetzt nicht ein bißchen weiterziehe und in die Welt hinausgehe, werde ich mein Glück nie machen und bis zum Ende meiner Tage beim guten alten Pater Gregori hängenbleiben, denn bald wird er nicht mehr ohne mich auskommen, und dann wird er mir viel zu leid tun, als daß ich die Stirn hätte, ihn zu verlassen.« So ging er zur Hintertür, küßte das Dienstmädchen, aß zwei Äpfel, trank ein Glas Tee, knabberte drei Stück Würfelzucker in der Küche und ließ sich dann zu dem Alten ins Arbeitszimmer führen. Er war sehr respektvoll, sagte alles, was er sollte, kam aber mit der Sprache nicht so recht heraus, bis der Priester ihn geradezu fragte, was es denn sei.

»Ach, ich habe nun schon eine lange Zeit für Sie gearbeitet, Pater«, sagte er, »und wenn Sie mit mir zufrieden waren, dann würde ich jetzt gerne nehmen, was mir zusteht und ein bißchen weiterziehen, das heißt, wenn Sie nichts dagegen haben. Ich möchte mich nämlich selbständig machen, wissen Sie?«

»Nun, Kaspar«, sagte Pater Gregori, »ich kann nicht behaupten, daß es mir nicht leid tut, denn du bist ein guter Kerl, und ich werde dich ganz bestimmt vermissen, aber du bist ein freier Mann und hast das Recht, dich zu verbessern, wenn du's kannst. Das Schlimme ist nur, siehst du, daß gerade jetzt so wenig Geld da ist und ich an die Summe nicht herankommen kann, die ich dir gerne geben würde, um dich auszuzahlen. Aber, gräme dich bloß nicht« (denn ich möchte doch behaupten, er sah, wie das Gesicht des Burschen immer länger wurde), »ich werde dir etwas geben, was ich bei mir habe, und das ist dieses Ei. Es wird dir nicht leid tun, das kann ich dir versprechen. Es ist nämlich kein gewöhnliches Ei, das ist sicher; und ich habe dich nie belogen oder betrogen, nicht wahr? Wo immer du hingehst, nimm dieses Ei mit; und wenn du dort angekommen bist — aber nicht vorher — bau dir einen guten kräftigen Viehstall und schlag das Ei in der Mitte darin auf. Dann wirst du etwas sehen, was von fünfundvierzig Propheten, zwei Richtern und einem Heiligen nicht überboten werden kann — nein, nicht einmal von unserem Väterchen, dem Zaren, mit all seinen Generälen. Aber, was immer du tust, mein Junge, zerbrich das Ei erst, nachdem du die Vorbereitungen getroffen hast, oder dein ganzes Glück wird genauso schnell weg sein wie die Zigeuner am Morgen, nachdem die Hühner verschwunden sind.«

Nun, Kaspar hatte dem Alten stets vertraut, und, um die Wahrheit zu sagen, er fürchtete sich auch ein bißchen vor ihm, denn man kann ja nie wissen, welche Macht ein Priester haben mag, nicht wahr? Kurzum, er nahm das Ei entgegen — und das war schon ein komisches großes, rundliches Ding mit einem Glanz darauf wie eine feuchte Mauer im Mondschein —, dankte seinem Herrn höflich, und ab ging er, schritt voran wie einer mit gutem Gewissen und fühlt sich recht guter Dinge bei dem Gedanken, jetzt aus dem Dienst entlassen und frei zu sein, um seinen eigenen Weg in die Welt zu gehen. Erst wurde er von einem Karren mitgenommen und wenig später von einer Kutsche, so einer richtigen Herrenkutsche, denn sie war leer, sehen Sie, und der Kutscher, der nur draußen war, um die Pferde zu bewegen, sagte, er könne Kaspar genausogut als Ballast aufladen und ihn eine Strecke Weges mitnehmen, da sein Herr ja nicht in der Nähe wäre, um Anstoß daran zu nehmen. Dann hielt er vor einem Wirtshaus an, um eine Mahlzeit und ein paar Schlucke Wodka zu sich zu nehmen, und ab ging's wieder hinaus in die Steppe und nicht mehr als fünf Werst weit — und da konnte er auch schon den Rauch aus dem Kamin seiner alten Mutter sehen — nicht daß der sich vielleicht von irgendeinem anderen Rauch unterschieden hätte, wissen Sie, aber sagen Sie das mal einem Burschen, der ihn lange nicht gesehen hat!

Das Ei war gut verpackt, um es zu schützen, und er hatte sogar die Taschenklappe seines Mantels darüber zugenäht, aber trotzdem hatte er das Gefühl, es würde ein Loch in seine Tasche brennen. Sehen Sie, er glaubte, daß das Ei etwas wirklich Wunderbares enthielt, weil er dem alten Pater Gregori vertraute. Aber was, im Namen des Glücks, war bloß darin, fragte er sich in einem fort. »Einen kräftigen Stall« müßte er bauen, hatte der Priester gesagt — aber wie paßte das zusammen mit dem, was immer in einem Ei sein konnte? Nun, ein Gedanke führte zum nächsten, und er konnte ihnen gar nicht allen folgen, wie wenn man aus dem Fenster blickt und an einem Winternachmittag den fallenden Schneeflocken zusieht (die Wodkaschlückchen nicht zu vergessen), und was am Ende geschah, war — o je, o je —, daß er ganz einfach die Geduld verlor; und er legte das Ei auf die nackte Steppe — keine Menschenseele in Sicht — und schlug es sauber mit seinem Messer in zwei Teile.

O du heiliger Himmel! Haben Sie jemals dagestanden und zugesehen, wie Wespen aus ihrem Loch herausstieben? Oder Funken hinten aus dem Kamin heraus? Oder Staub aus einem Teppich, wenn er geklopft wird? Es war wie das Hervorsprudeln einer Quelle und noch viel, viel schlimmer, als wenn ein dummer Alter eine Geschichte erzählt und nicht aufhören kann zu reden. (Sie brauchen mich gar nicht so anzusehen, mein Herr!) Denn es waren *Rinder*, die aus dem Ei kamen. Ja, Rinder — schwarze und weiße und braune und zottige und glatte, mit langen Hörnern und mit kurzen, alle Rassen, die es gibt, und noch eine Menge dazu, die es nicht gibt, wie den Torero-Schmeißer und den blauen Basan. Die ganze Steppe wurde zur Viehschau, und das Muhen und Wiederkäuen und Plumpsen und Trampeln auf der Erde! Der arme Kaspar stand da und fuhr beinahe in die Höhe wie eine Maus bei einer Messe, und »Ach, Ihr Heiligen und Engel!« sagte er zu sich selbst. »Was soll ich denn jetzt bloß machen? Was war ich doch für ein Dummkopf, daß ich ein Geschenk vergeudet, ja, weggeworfen habe, das mich zum reichsten Mann von Krasnodar bis Astrachan gemacht hätte!« Er wollte weinen. Und die ganze Zeit drängten sich die großen Viecher um ihn herum und stießen ihn an und rollten ihre Augen und sabberten auf seine Stiefel, und er stand nur da, hatte noch nicht einmal einen Stock in der Hand. Sie trotteten auch weg, die Äußeren, dem Horizont entgegen, und nichts war da, was sie aufhalten konnte.

Und dann, ganz plötzlich, stand da ein anderes Tier vor ihm — ein Tier, das die Rinder nicht sehen konnten, so schien es jedenfalls — aber Kaspar konnte es ganz richtig sehen; und während er es anblickte, verwandelten sich die grünen Wiesen sei-

nes Herzens zu Asche, denn er wußte, er stand dem eisernen Wolf gegenüber, von Angesicht zu Angesicht. Denn so kommt der eiserne Wolf, wissen Sie — gerade, wenn Sie ganz und gar verzweifelt sind und nicht wissen, ob Sie träumen oder wachen oder was Sie eigentlich machen sollen. Manche sagen, er ist nie sehr weit weg, aber daß diejenigen, die ihn sehen können, ihn eben nur in einer solchen Lage sehen können. Ich habe nur von *einem* Mann gehört, der zu beschreiben versuchte, wie er aussieht. »Er ist ganz aus dickem, dunklem Rauch«, sagte er. »Man könnte meinen, er wäre aus dem Scheiterhaufen, der die Verdammten verbrennt, und kein Leuchten in ihm außer in seinen Augen.«

Der junge Kaspar sah den eisernen Wolf an, und der eiserne Wolf sah den Kaspar an mit Augen, die keine Pupillen hatten. Was er sagte, hörte Kaspar ganz richtig, aber nicht mit seinen Ohren. Das war auch wie Rauch — wie ein Dunst in seinem Kopf.

»Du bist in einer argen Klemme, junger Kaspar — hast dein Glück verloren, was?« sagte der eiserne Wolf.

Kaspar nickte nur, denn er konnte nicht sprechen.

Der eiserne Wolf schien sich die Lippen zu lecken und sich das Vieh eine Weile anzusehen. Endlich sagte er: »Nun, ich werde deine Rinder einsammeln, wenn du willst, und sie in das Ei zurücktreiben, ja, und das Ei so gut wie neu wieder zusammenflicken. So was ist nämlich meine Stärke, weißt du — solche Sachen stehen in meiner Macht.« Und dabei grinste er so freundlich wie ein Wahnsinniger, der eine Katze in einem Kübel ertränkt.

Kein Wort sagte Kaspar, senkte nur die Augen auf die beiden Eihälften, die zu seinen Füßen auf der Erde lagen.

»Nun, dann ist's abgemacht zwischen uns«, sagte der eiserne Wolf. »Ich will dir in dieser kleinen Sache einen Gefallen tun, und dafür komme ich dann vorbei und verschlinge dich, wann immer du dich auf die Hochzeitsbank setzt.«

»Auf die Hochzeitsbank?« dachte Kaspar bei sich, soweit er überhaupt denken konnte. »Na, solche Pläne habe ich ja im Augenblick wirklich nicht, aber wenn es so weitergeht, ist das ganze Vieh in zwanzig Minuten außer Sichtweite. Was kann ich machen? Ich war *einmal* ein Narr — wenn ich aus diesem Schlamassel wieder herauskomme, werde ich bestimmt nicht noch einmal so ein Narr sein.«

»Einverstanden!« rief er aus — und das war das einzige Wort, das er in seinem ganzen Leben jemals zum eisernen Wolf sagte, denn im gleichen Augenblick sprang der Wolf in die Höhe wie eine große, sich windende Schlange und verwandelte sich in sechshundertundsechsundsechzig Schäferhunde, die bellend die Herde zusammentrieben. Der Schatten eines Grashalms hätte sich kaum über ein Gänseblümchen neigen können — so schnell waren diese Tausende von Rindern wieder zurück im Ei, und das Ei war genauso unversehrt wie das Spiegelbild auf einem Teich, nachdem sich die kräuselnden Wellen wieder gelegt haben. Aber als sich der junge Kaspar umblickte, war der eiserne Wolf nirgendwo zu sehen. Es gibt 'ne Menge Risse im Boden, wissen Sie, und wenn sie noch so schmal sind — das ist kein Hinderungsgrund für jene Art von Kreaturen, für die sie der schnellste Weg nach Hause sind!

Kaspar hob das Ei auf, und plötzlich fand er sich sehr ernüchtert wieder und ging den Rest des Weges zu seinem Dorf, als ob er aus der Kirche nach Hause käme. Und seine alte Mutter dachte bei sich — nachdem sie mit dem Umarmen und Küssen fertig war und ihm das beste Essen gekocht hatte, das sie in die Finger bekommen konnte, und als sie vor dem Schlafengehen neben dem Feuer saß —, der Dienst bei dem Priester hätte ihn doch wohl ganz schön gefestigt, hätte wohl einen Mann aus ihm gemacht. Nun sollte er den meisten Dingen, die seines Weges kämen, recht gleichmütig gegenüberstehen, dachte sie, denn er sah aus wie ein Bursche, der sich ordentlich die Hörner abgestoßen hatte.

Und gleichmütig zeigte er sich auch, aber — äh — ja nun — du lieber Himmel! Jetzt ist mir der Rest der Geschichte doch glatt entfallen! Ich bin ja nun auch nicht mehr der Jüngste und mein Gedächtnis ist nicht mehr das, was es — Ah, das ist äußerst großzügig von Ihnen, mein Herr, wirklich äußerst edel. Sie nehmen doch selbst auch noch einen, hoffe ich? So ist's richtig! Und das Feuer brennt gut. Frost wird's geben — würde mich nicht wundern. Könnten Sie mir freundlicherweise jetzt noch Feuer geben? Und dann will ich doch mal sehen, ob ich mich nicht entsinnen kann, wie es mit unserem jungen Freund weiterging.

Nun, als er das zweite Mal das Ei aufschlug, da können Sie aber sicher sein, da gab er gut acht, daß er es richtig machte: mitten im kräftigsten Stall, den er bauen konnte, und noch sechs oder sieben dahinter, um den Überschuß aufzunehmen. Was die

Nachbarn dachten — davon habe ich nie gehört. Wahrscheinlich haben sie's einer Hexerei zugeschrieben. Aber schließlich war das Vieh da vor aller Augen, und man geht nicht herum und sucht Fehler bei einem oder beschimpft ihn, der meilenweit der reichste Mann in der Gegend ist und einem nie etwas zuleide getan hat, der sehr großzügig mit seiner Gastfreundschaft umgeht und stets bereit ist, den Armen zu helfen und einem Mann eine Arbeit zu geben, oder? Der junge Kaspar nahm's also auf mit Ackerbau und Viehzucht, und es ließ sich alles recht gut an, denn er arbeitete und schonte sich nicht vom Morgen bis in die Nacht. Auch wenn einem das Glück lacht, muß man ja immer noch arbeiten, um es auch wirklich zu machen, wie Sie selbst ganz sicher wissen, mein Herr. Ja, es ist eine harte Welt, wie des Schulmeisters Katze sagte, als ihr der Globus auf den Schädel fiel.

Eines ging ihm jedoch immer im Kopfe herum wie ein Stein in seinem Stiefel oder eine Fleischfaser zwischen den Zähnen, denn er konnte es nicht los werden. Es war natürlich der eiserne Wolf. Er hätte gerne geheiratet. Er hatte das Alter dazu, und alle fragten sich, warum er es nicht tat. Und nicht zuletzt seine alte Mutter. Sie quälte ihn aber nicht damit — ganz und gar nicht —, sie war eine anständige alte Haut und behandelte ihn als Oberhaupt der Familie, das er ja war. Aber er wußte schon, was sie dachte, so sicher, wie er wußte, wenn es Regen geben würde oder wenn ein Mädchen an ihm Gefallen gefunden hatte — man braucht keine Worte und schon gar nicht das dumme Geschreibsel bei vielen Sachen, und auch gar nicht unbedingt bei den unwichtigsten Dingen im Leben. Natürlich gab es unzählige Mädchen, die von ihm träumten und in einem kalten Bett erwachten, wie man so sagt. Es gab im ganzen Land keine bessere Partie, und so oder so war er für die Klatschbasen am Ort ein Rätsel, denn er hätte sich die Beste aussuchen können.

Nicht weit von ihm entfernt lebte ein alter General — ein Witwer und sehr feiner Herr mit einem großen Gut und hohem Ansehen. Man sagte, er hätte so gut wie jeden Feind bekämpft und geschlagen, von Dschingis Khan bis Napoleon, aber wenn dies stimmte, dann hatte er wenig genug dabei herausgeholt, denn es reichte nicht aus, um sein Gut zu erhalten, wissen Sie, und wenn die Scheunendächer ausgebessert werden mußten, dann war's, weil kein Geld da war, um die Hintertreppen zu streichen, weil es ausgegeben wurde, um den Ententeich aufzufüllen, nachdem die Enten verkauft worden waren. Sie wissen ja, wie es ist. Ein guter General kann alles geben, was er hat, und die Staatsmänner schicken ihn am Ende bloß nach Hause, denn er nützt ihnen ja dann nichts mehr. Nein, nicht wenn der Krieg erst mal vorüber und vorbei ist. Der Mohr hat seine Schuldigkeit getan, der Mohr kann gehn!

Aber es gab ein feines Juwel, das der General besaß, und das war seine Tochter Marienka. Sie war nicht mehr als ein Schulmädchen gewesen, als Kaspar nach Hause zurückgekehrt war, aber als sie achtzehn wurde, war sie das schönste Mädchen, das man bei einem Fußmarsch von einer Woche, auf einer Reise von einem Monat und in einem Jahr in Moskau finden konnte. Kaspar traf sie mehr als einmal oben in der Diele, denn die Wahrheit war, daß er dem alten General ein bißchen aushalf, ihm Geld lieh und nie sehr in Eile war, es wiederzusehen — und das war auch gut so, denn das Geld sollte genausowenig zu ihm zurückkehren wie jene Wolken dort draußen. Es regnet ins Meer, wissen Sie, aber das Meer ist trotzdem salzig.

Marienka verstand es wohl, ihre Gefühle für Kaspar deutlich genug zu zeigen, und er hätte aus Leder gemacht sein müssen, wenn es sein Herz nicht erweicht hätte. Sie war eine feine Dame, verstehen Sie, und wäre berechtigt gewesen, sich Gräfin oder Prinzessin oder so etwas zu nennen. Aber natürlich ist ein Titel ohne Geld nicht viel mehr wert als ein Schiff ohne Segel — man kann sich zwar über Wasser halten, kommt aber nicht sehr weit damit.

Jedenfalls war Kaspar bald ganz verrückt vor lauter Liebe nach Marienka und konnte sich selbst nicht mehr helfen als ein Bienenschwarm im Juni. Und der alte General sah, wie es stand, und schrieb sein Schweigen seiner Schüchternheit und seiner Achtung vor der Qualität zu, was er auch als ganz richtig und geziemend für einen jungen Bauern empfand, selbst einem so reichen wie Kaspar. Aber wenn er an seine Scheunendächer dachte, die auszubessern waren, und sich selbst in die Salons der Hauptstadt zurückversetzte mit all seinen Orden und einer Kutsche vor der Tür, die ihn betrunken oder nüchtern wieder nach Hause brachte, dann meinte er, er müsse es wohl selbst in die Hand nehmen. An einem Abend sprach er deshalb sehr freundlich mit Kaspar und brachte die Unterhaltung in diese Richtung. Mit seiner Sehnsucht nach Marienka brach der junge Kerl schier zusammen und schließlich erzählte er dem General alles von dem Ei und dem eisernen Wolf und dem Handel, den er gemacht hatte.

»Mach dir doch darüber keine Sorgen, mein lieber Junge«, sagte der alte General, strich sich über den Schnurrbart, goß sich noch ein Glas Wein ein und reichte Kaspar die Flasche. »Ich werde einfach dem Oberst meines alten Regiments schreiben und ihn um eine Ehrenwache für diesen Anlaß bitten. Dreihundert davon, wenn du willst, mit Musketen und Bajonetten. Ich nehme nicht an, daß der eiserne Wolf in Borodino war, auch nicht in Sebastopol. Wenn er auftaucht, kann er was erleben!«

Kaspar rief sich jenen Abend in der Steppe ins Gedächtnis zurück, und ein Zweifel setzte sich doch in seinen glücklichen Gedanken fest, so hart wie der Stein in einer Kirsche, ob der eiserne Wolf wohl die Leute des Generals als großes Hindernis in einem Rennen ansehen würde, das er sich vorgenommen hatte. Aber Sie wissen, wie es ist mit einem verliebten Mann — er dachte ein wenig darüber nach und kam zu keinem Schluß. So ließ er es sein und dachte lieber an Marienka. Es war gewiß viel schöner, an sie zu denken als an den eisernen Wolf!

Nun, der Hochzeitstag kam, und alle Leute weit und breit kamen und auch die Ehrenwache in ihren Uniformen und gewichsten Stiefeln. Der alte General hatte ein Festmahl hingelegt, daß sich die Tische bogen, und der alte Pater Gregori selbst kam angereist, um beim Gottesdienst mit Hand anzulegen. Das Wetter war wunderschön, früher September, und jeder freute sich über eine gute Ernte, und die Kapelle spielte auf der Veranda, als die Zeit für die jungen Leute kam, von jubelnden Zurufen begleitet, sich auf die Hochzeitsbank zu setzen.

Der alte General hatte seine Leute um das Haus herum verteilt — in drei Reihen — alle Soldaten bereit, Konstantinopel zu stürmen. Und gerade als die Leute Rosen warfen und die Korken knallten wie die Peitsche eines Viehhirten, kam der eiserne Wolf doch tatsächlich aus dem Wald hinter dem Rasenplatz heraus. Diejenigen, die ihn nicht sahen, waren die Glücklichen. Sie folgten denen, die ihn sahen, und rannten genauso schnell. Angst ist schließlich wie Feuer. Man weiß vielleicht, wie es entstanden ist und dann wieder nicht, aber es brennt trotzdem ihr Haus nieder. Und wenn sie noch so kämpften, die drei Reihen Soldaten hätten genausogut Vogelscheuchen, Schneemänner und Wachspuppen sein können. Und ich kann mich nicht erinnern, jemanden gehört zu haben, der es ihnen verübelt hätte.

Kaspar hatte gerade Zeit genug, um Marienka am Arm zu packen — und über die Mauer sprangen sie und schnurstracks zu den Ställen. Der General hatte ein Pferd namens Rakete, und das war noch gesattelt und am Trog festgebunden, denn — wie es der Zufall wollte — der General hatte es an diesem Tag zur Kirche geritten, zweifellos damit jeder seine Orden und Uniform bestaunen konnte. Kaspar schwang das Mädchen in seinem Brautkleid vor sich aufs Pferd — und raus aus dem Hof flogen sie wie eine Sternschnuppe. Sie galoppierten schneller als Wolkenschatten in der Steppe, und hinter ihnen her kam der eiserne Wolf. Das Pferd wußte sehr wohl, was hinter ihm war, denn es lief schneller als je zuvor, und das will eine Menge heißen.

Nun, sie verloren den eisernen Wolf auch ganz richtig — ließen ihn hinter sich, bevor der Abend kam. Aber das war nur ein geringer Trost, und ich selbst habe immer geglaubt, er spielte nur mit ihnen, denn wo sollten sie sich jetzt hinwenden, und was sollte der junge Bursche tun? Wenn einer ein zerbrochenes Ei wieder zusammenfügen kann, kann er auch ein Schloß aufbrechen, möchte ich behaupten, und wer in einer Bodenritze verschwinden kann, kann auch einen Flüchtenden aufspüren, wohin dieser auch geflohen sein mag. Bei Einbruch der Nacht befanden sich Kaspar und Marienka in einem dichten Wald, und das Pferd war so erschöpft, daß Kaspar abstieg und es den Weg hinunterführte.

Sie kamen zu einer Hütte und klopften an die Tür. Ein altes Ehepaar ließ sie ein, blickte erstaunt auf das Brautkleid, das ganz mit Schlamm bedeckt war, das völlig erschöpfte Pferd und den jungen Mann, der fortwährend hinter sich in die Dämmerung schaute. Nach einer Weile sagte der alte Mann: »Ich nehme an, dein Schwiegervater ist nicht weit hinter dir, junger Mann, mit einer Pistole oder zweien in seinem Gürtel — stimmt's?«

»Gott gebe, es wäre so!« sagte Kaspar. »Nicht mein Schwiegervater ist hinter mir her, es ist der eiserne Wolf.« »Chutko! Chutko!« rief der Alte, und ein großer struppiger Hund sprang hinter dem Ofen hervor mit dem Aussehen einer Kreatur, die jeden Morgen vor dem Frühstück drei Drachen verspeist. »Legt euch nur nieder und schlaft jetzt«, sagte der alte Mann. »Chutko wird uns sagen, ob der eiserne Wolf kommt, habt keine Angst.«

Kaspar blickte Chutko an, und je mehr er ihn ansah, desto mehr dachte er bei sich, das wäre der Hund, den man neben sich haben müßte, wenn man in der Klemme sitzt.

»Wollt ihr ihn mir verkaufen?« fragte er den Alten. »Ich werde euch gut dafür bezahlen.« Denn er dachte, daß er Chutko auf den eisernen Wolf hetzen könnte, der ihn vielleicht sogar vertreiben würde, sehen Sie. Der Alte kratzte sich am Kopf und sagte, er wüßte nicht so recht. Aber er wußte es ganz genau, als Kaspar ihm eine Summe anbot, die ihm einen Bullen und einen Eber kaufen konnte und einen Schuppen dazu, um sie darin zu halten. Er nahm das Geld, gab den jungen Leuten zu essen und zeigte ihnen, wo sie schlafen konnten.

Am frühen Morgen begann Chutko zu bellen wie ein Schmiedehammer, und Kaspar sprang auf und öffnete die Tür. Chutko schoß hinaus, hörte aber auf zu bellen, als er den eisernen Wolf durch die Bäume kommen sah. Der war jedoch noch ein ganzes Stück entfernt, und bis Kaspar und Marienka Rakete bestiegen und Chutko eingeholt hatten, lag er noch weiter zurück, denn der Hund lief schneller als das Pferd, und die Vögel flogen in der Stille um sie herum in die Höhe. O ja, Chutko war schon ein guter Hund, aber er fürchtete sich genauso vor dem eisernen Wolf wie jeder andere Christ.

Sie liefen immer weiter und kamen zu den Bergen. Ja, zum Bolschoj Kawkas, den Wolkenkratzern — Sie haben sie gesehen, zweifellos, und den Elbrus, wohin der Böse unseren Herrn geführt hat, wie man erzählt, und ihm in einem Augenblick alle Königreiche der Welt gezeigt hat. Nun, es war irgendwo am westlichen Ende der Bergkette und hoch über dem Meer, als sie auf ein einsames Schloß stießen, das halbwegs den waldigen Abhang herabhing wie ein

Span im Bart eines Holzfällers. Sie konnten nur den Pförtner wecken, und ihn baten sie um Obdach. Doch dieses Mal schliefen der junge Kaspar und Marienka neben dem Pferd, bereit, augenblicklich zu fliehen. Denn um die Wahrheit zu sagen, er war jetzt ganz verzweifelt, sehen Sie. Er glaubte nicht mehr, daß er dem eisernen Wolf entkommen konnte, und er hatte nur noch einen Plan, und das war zu laufen und immer weiter zu laufen. Wie dem auch sei, er kaufte vom Pförtner einen zweiten Hund — ein Tier namens Wazhko, das selbst halb wie ein Wolf aussah und seinen Griff nicht lockern würde, selbst wenn man ihm eine glühende Kohle vor die Nase hielte. Nicht daß er noch irgendwelche Hoffnung hatte, aber er wollte sein Leben so teuer verkaufen, wie er konnte; und er dachte auch, daß der eiserne Wolf ihn wahrscheinlich an irgendeinem einsamen Ort schließlich erledigen würde, und dann wären die Hunde — oder was von ihnen übrigblieb — wenigstens ein wenig Schutz für Marienka, nachdem man ihn geholt hatte — nun, wohin auch immer man ihn schleppen würde.

Es waren schlimme Aussichten; und um Mitternacht wurde es noch schlimmer, als die Hunde zu bellen begannen. Ja, um Mitternacht oder bald danach, denn der eiserne Wolf hatte dieses Mal nicht so lange gebraucht, um sie aufzustöbern und sie einzuholen. Ins Dunkle gingen sie wieder hinaus, überließen dem Pferd Rakete und den beiden Hunden den Weg, und die liefen schnell genug, denn sie konnten den eisernen Wolf hinter sich riechen. Später kam der Mond ein bißchen hervor, aber Kaspar wäre es lieber gewesen, er hätte das nicht getan, denn die Wege, die sie nahmen, hätten die Furcht Gottes in eine Bergziege hineinfahren lassen, und er hatte kein Verlangen, sie zu sehen.

Als sie zum Meer kamen, dämmerte es, und der Regen kam herunter wie Besenstiele. Das war, als mein Hund zu bellen anfing und ich aus der Hütte herausschaute und sie kommen sah, denn ich arbeitete zu der Zeit als Fischer, eine gute Strecke von Suchumi entfernt. Ich mag einen einsamen Ort für diese Art Arbeit, wo man nicht den ganzen Tag lang in den Taschen eines anderen Kerls herumfischt. Mein Boot lag auf dem Trockenen, wie das Leben so spielt, denn ich hatte zwei lose Planken am Tag zuvor bekommen und das Boot zum Ausbessern an Land gezogen.

Der junge Mann kam heran, und ich starrte ihn vielleicht an, das kann ich Ihnen sagen, als ich das erschöpfte Pferd und die humpelnden Hunde sah, das liebliche Mädchen im zerfetzten Brautkleid, und der junge Mann mit einem Blick wie eine Katze auf 'ner Baumspitze bei Feuer.

»Willst du mir dein Boot verkaufen?« fragte er, und als ich ihm antwortete, es wäre nicht zu gebrauchen, stöhnte er auf und drehte sich nach dem Mädchen um.

»Von hier aus können wir nicht weiter, mein Liebling«, sagte er. »Vergib mir, was ich dir angetan habe, und denke so gut von mir wie du kannst, denn ich habe dich wirklich geliebt — wirklich. Dann verkauf mir jenen Hund«, sagte er zu mir. »Hier ist ein Beutel mit Gold für ihn — genug und mehr, kein Handeln — und jetzt nimm meine Marienka mit dir in die Hütte und laß sie nicht heraus, was immer ihr hören solltet.«

Ich tat genau, wie er mir sagte, und das hätten auch Sie getan, mein Herr, denke ich. Es war so dunkel geworden wie in einer Krypta, und die Wellen schlugen an den Strand wie die Schwingen eines Erzengels am Jüngsten Tag. Ich gab ihm Bary, das war ein guter Hund — der beste, den ich je hatte —, und nahm das Mädchen mit hinein. Ich dachte, sie würde weinen, aber sie tat es nicht. Nein, sie stand nur aufrecht neben dem Tisch und sagte kein einziges Wort, aber sie lauschte, wissen Sie? Und ihr Gesicht und ihre Knöchel ganz weiß.

Dann kam der eiserne Wolf herunter aus den Bergen, und davon kann ich Ihnen überhaupt nichts berichten, denn ich war unter dem Bett und betete zu Gott und zum heiligen Basilius und hatte ein Gefühl, als ob ich durch einen Himmel ohne Boden weder hinauf- noch hinunterfiel. Einmal öffnete ich meine Augen. Wenn die Sonne einen Geist in einer anderen Welt hätte, dann wäre dies das Licht, das der verbreiten würde, und in diesem Licht sah ich das Mädchen am Fenster stehen.

»Willst du nicht vom Fenster weggehen?« flüsterte ich, und ich klang bestimmt wie ein Sterbender, der um Wasser bettelt. Sie antwortete nicht.

»Die Hunde«, sagte sie, als ob sie mit sich selbst spräche. »Die Hunde werden ihn nicht verlassen. Sie werden zuerst für ihn sterben.«

Dann hörte ich einen dumpfen Schlag gegen die Bretter und wußte, der Bursche hatte sich gegen die Hütte gelehnt. Augenblicke der Stille folgten — kein Knurren, kein Jaulen — und dann eine Stimme, sehr leise, und alles, was ich Ihnen sagen kann, ist, daß jene Stimme in einer fremden Zunge sprach. Es war, als ob ein großes Insekt die menschliche Sprache erlernt hätte, und das ist alles, was ich darüber sagen möchte.

»Deine Hunde haben mich verwundet, ich werde dich töten, Kaspar, aber die Sache wird da nicht enden!«

Und dann hörte ich, wie die Tür geöffnet und wieder geschlossen wurde, und als ich aufsah, war das Mädchen verschwunden. Der Bursche rief: »Marienka!« Und dann sagte sie mit klarer, ruhiger Stimme: »Da mußt du mich zuerst töten!« sagte sie. »Glaubst du nicht, daß ich ihn mehr liebe als die Hunde?«

Und im gleichen Augenblick hörte man ein Heulen, als ob man vierzig ausgehungerten Tigern die Beute weggeschnappt hätte. O ja, Sie denken sicher, ich bin ein Feigling, zweifellos — aber wenn Sie es gehört hätten, Sie wären auch ohnmächtig geworden wie ich. Ja, ich fiel einfach in Ohnmacht, und als ich wieder zu mir kam, befeuchtete das Mädchen meinen Kopf mit Meerwasser, und der Bursche kümmerte sich um die Hunde, die blutend am Boden lagen. Sie legten mich in mein Bett, aber es wurde sonnig und warm bis zum Mittag, und ich war wieder ganz der alte und konnte sogar das Boot vor Sonnenuntergang instand setzen.

Kaspar? Der ist jetzt oben in Georgijewsk, und Marienka auch — drei oder vier feine Söhne wachsen heran, und der alte Bary hat sich noch ganz richtig an mich erinnert, als ich dort war, und mit seinem Schwanz gewedelt. Ja, das ist schon ein tapferer Hund. Nun — noch einen Schluck? Da würde ich nicht nein sagen, Herr, wenn Sie darauf bestehen, und ich danke Ihnen auch sehr herzlich. Aber ich werde Ihnen keine Geschichten mehr erzählen können, und ein Glück, werden Sie denken, möcht' ich wetten! Hier — auf Ihre beste Gesundheit, mein Herr, und mögen die Heiligen Ihr Pferd beschlagen und Ihre Laterne für immer vor Ihnen leuchten lassen! Da kommt ja auch der junge Sergej und bringt Ihren Wagen herum. Wie, haben Eure Exzellenz gesagt, war noch mal der Name? Graf Leo Tolstoi? Nun, wenn's die Krähen mir nicht aus dem Kopfe klauben, werd' ich den Namen so lange behalten, wie ich fünf Sinne, zwei Augen und eine Kehle habe. Gott segne Sie, mein Herr!

Die Nachtigall

Vielleicht kommst du jetzt doch lieber heraus, mein Schatz. Das Wasser ist noch ein bißchen kalt, meinst du nicht auch? Später dann, im Juli, kannst du so lange drin bleiben, wie du möchtest.

Nein, wir müssen noch nicht nach Hause gehen, wenn du nicht willst. Papa wird frühestens um halb sieben zurück sein. Er muß unterwegs noch einen Mann in Pangbourne aufsuchen. Nein, natürlich wird er das Umsteigen nicht vergessen. Wenn Papa zwischen hier und Reading umsteigen muß, dann macht er das auch, da kannst du ganz sicher sein.

Ist es nicht ruhig hier? Schau — siehst du die Wasserratte dort drüben am anderen Ufer? Nein, sie läuft dort entlang, gleich hinter jenem Büschel Mädesüß. Da geht sie — plumps! Sie hat dich beim Haaretrocknen gesehen. Sie weiß, hier wächst nichts, was so leuchtet wie das Handtuch.

O horch, da ist eine Nachtigall! Kannst du sie hören? Wart einen Augenblick! Ja, da ist sie wieder, gar nicht weit entfernt — irgendwo dort unten in den Stechpalmensträuchern. Sie singen nämlich nicht nur in der Nacht, weißt du. Sie singen oft auch am Tage, aber sie halten sich fast immer im dichten Gebüsch versteckt. Ja, natürlich kannst du hingehen und nach ihr schauen, wenn du willst, aber du wirst sie nicht sehen. Ja, ich komme mit.

Sie neckt uns, nicht wahr? Wohin du auch schaust, sie fängt immer wieder irgendwo anders zu singen an. Komm, wir gehen zum Ufer zurück und legen uns in die Sonne.

Eigentlich sieht man sie fast nie, und viel ist an ihnen auch nicht zu sehen — der langweiligste kleine braune Vogel, den man sich vorstellen kann, etwa so groß wie ein Spatz. Sie singen auch gar nicht immer so schön. Manchmal sagen sie nur »tschock, tschock, tschock« eine ganze Stunde lang in einem fort. Wir haben Glück gehabt, daß wir sie richtig singen hören konnten.

Paß auf, da ist eine Bremse! Klatsch! Gut gemacht — die lebt nicht mehr! Was wollte ich noch sagen? Ach ja, es gibt eine Geschichte darüber, wie die Nachtigall ihre Stimme bekam. Ich will mal sehen, ob ich mich noch daran erinnern kann, wenn du sie hören möchtest. Fräulein Langdorn hat sie uns erzählt, vor langer Zeit — das ist schon länger her, als ich wahrhaben möchte.

Es war einmal, bald nach dem Anbeginn der Erde, so wird erzählt, daß alle Vögel ziemlich gleich aussahen, bis auf ihre verschiedenen Größen. Sie waren alle so bräunlich obendrauf und grauweiß oder steinfarben auf der Unterseite, und sie besaßen alle die gleichen Schnäbel: gewöhnlich, kurz und gerade.

Eines Tages nun ging Gott auf der Erde umher und sah sich all die wunderbaren Dinge an, die er gemacht hatte, und plötzlich kam ihm der Gedanke, daß die Vögel doch recht langweilig aussähen und daß er sie verbessern und aus ihnen etwas Besonderes machen könnte. So sagte er zu Gabriel, er solle alles bereitstellen und dann alle Vögel auffordern, sich an einem bestimmten Tag zu versammeln, weil er sie verändern wolle, damit sie wirklich herrlich aussähen.

Als der Tag kam, hatten sich große Mengen Vögel zusammengefunden — alle Vögel auf der Welt. Der Versammlungsort war ein großer, grüner Hügel, und Gabriel hatte ganz schön zu tun, um sie alle ruhig zu halten, während er sie zählte und sie auf seiner Liste abhakte, um sich zu vergewissern, daß keiner fehlte. Und dann stahl die Elster die Liste so zum Spaß, und als Gabriel sie zurückerhielt, war sie ein bißchen zerkratzt und schmutzig. Jedenfalls meinte er schließlich, daß alle eingetroffen sein müßten (er machte einen Fehler, wie du gleich sehen wirst), und er sagte zu Gott, sie wären bereit.

Gott kam an mit einem riesigen Sack voll verschiedener Schnäbel und hatte auch seinen Malkasten dabei. Die Farben in dem Kasten waren solche, die sich selbst erneuern und unverwüstlich sind; sie waren so wunderbar und außergewöhnlich, daß selbst Gott keine besseren hätte machen können. Er bat den Eichelhäher höflich, still zu sein, und erklärte dann allen Vögeln, daß er beschlossen hätte, es wäre doch eine wundervolle Idee, sie anzumalen, und daß jeder von ihnen sich seine eigenen Farben und seinen eigenen Schnabel auswählen dürfe. Die Vögel jubelten und wurden ganz aufgeregt, und dann setzten sich alle nieder oder flogen herum, während sie warteten, bis sie an die Reihe kamen, und sprachen miteinander über die verschiedenen Farben, die sie tragen würden.

Der erste Vogel, der drankam, war der Ara, und er sorgte nicht schlecht für sich selbst. Seit jenem Tag bis zum heutigen hat keiner je etwas Ähnliches gesehen. Erinnerst du dich an ihn — im Zoo? Gott und Gabriel mußten achtgeben, daß sie nicht lachten, aber sie warfen sich doch mal schnell einen Blick zu, als der Ara immer noch um ein wenig von dem Rot dort und dann ein bißchen mehr von jenem leuchtenden Blau in der Ecke bat. Als sie fertig waren, wählte er einen großen kräftigen gebogenen Schnabel aus, mit dem er Nüsse knacken konnte, und dann flog er zurück nach Afrika — quietschvergnügt und schier kreischend vor Stolz.

Die Schwarzdrossel kam als nächste an die Reihe, obwohl sie damals noch nicht so hieß. Sie hatte zugesehen, als der Ara bemalt wurde, und sie hatte bemerkt, wie die anderen Vögel hinter ihren Flügeln lachten. So wählte sie ein schönes einfaches, glänzendes Schwarz, und dann richtete sie ihren Schwanz auf und machte: »Tck, tck, tck«, was soviel heißen sollte wie »nun, wer möchte darüber wohl lachen?«. Trotzdem konnte sie einem leuchtendgelben Schnabel nicht widerstehen, den sie im Sack gesehen hatte, und alle sagten, er würde das Schwarz sehr schön hervorheben. Bevor sie wegging, flog sie in eine Buche hinauf und sang ein wunderschönes Lied des Dankes.

Alle Vögel kamen an die Reihe — einer nach dem anderen — und wählten ihre Farben aus. Die Drossel setzte sich sehr gerade auf und hielt still, als ihre Brust mit braunen Flecken gesprenkelt wurde, und du kannst dir sicher gut vorstellen, was für Schwierigkeiten der Pfau machte, bis er zufrieden war. Er konnte nicht einmal dafür singen, aber Gott machte es nichts aus. Er malte einfach weiter, denn er liebte alle seine Vögel — Braunkehlchen und Kohlmeisen, gelbe Bachstelzen, Seidenschwänze und rotkehlige

Schwalben. Da war noch ein riesiger Schnabel, und Gott dachte, den hätte er falsch gemacht und wollte ihn schon wegwerfen, aber der Pelikan sagte: »Einen Augenblick, Herr, ich glaube, er würde sehr gut zu mir passen.« Und so war es auch, denn er hat ihn seitdem behalten.

Es war ein wunderschöner Sommertag — genau wie heute —, und selbst die Kolibris froren nicht. Endlich, als es Abend wurde, sah Gott, daß nur noch ein paar Vögel zurückgeblieben waren, und sagte zu ihnen, sie könnten die ganze Farbe aufbrauchen, die noch übrig war, weil er sie an jenem Morgen extra gemischt hätte und sie nicht halten würde. So nahmen ihn der Eisvogel und der Bienenfresser und der Grünspecht und der Wiedehopf und der Pirol und einer oder zwei mehr beim Wort und ließen sich mit herrlichen Blau- und Grün- und Rosa- und Gelbtönen richtig eindecken.

Endlich war jeder Vogel an der Reihe gewesen und wieder gegangen, und es waren keine Schnäbel mehr übrig, und die ganze wunderbare Farbe war auch weg, und Gott wusch sich die Hände im Bach — was? Na, warum denn nicht? Es heißt doch: »Sitzend zur Rechten Gottes«, oder etwa nicht? Und er und Gabriel schlenderten zusammen den Hügel hinunter und waren recht müde, möchte ich behaupten, aber auch sehr zufrieden mit ihrem langen Arbeitstag.

»Das hat die Welt unendlich verbessert, Herr«, sagte Gabriel, als sie zum Wald am Fuße des Hügels kamen. »Sieh dir nur diesen Buchfink an, der dort auf dem Holunder sitzt, mit seinem schieferblauen Schopf.«

Der Buchfink sang: »Willst du, willst du, willst du, willst du mich *küssen*, Liebe?« Und Gott lachte, als der Buchfink in der Dämmerung davonflog und die weißen Federn an seinen Flügeln aufblitzten.

Gerade in diesem Augenblick hörten sie beide ein Flattern und heftige Bewegung unten im Wald. Etwas kam durch die Büsche und offenbar in großer Eile, denn die Blätter raschelten und Zweige knackten, und doch war nichts zu sehen. Sie warteten beide, um herauszufinden, was es sein könnte, aber es war jetzt schon fast dunkel, und sie konnten gar nicht viel erkennen.

Gott wollte sich gerade abwenden, als plötzlich ein kleiner graubrauner Vogel aus den Heckenrosen herausflog und piepste: »Herr! Herr!« Es war die Nachtigall. Gott streckte seinen Arm aus, und die Nachtigall setzte sich auf sein Handgelenk. »Sie haben mir gesagt — gesagt — die Amsel hat mir gerade gesagt, daß du alle — alle gebeten hast, zu kommen, um angemalt zu werden«, keuchte die Nachtigall. »Sie sagte, ich hätte früher davon hören müssen, aber ich wohne in den dichten Büschen dort unten im Wald, und keiner hat daran gedacht, zu mir zu kommen und es mir zu sagen. Ich bin hierher geeilt, sobald ich es erfahren habe. Ich komme doch nicht zu spät, Herr, oder?«

Gott blickte in den wunderbaren Malkasten. Er war vollkommen leer. Jede einzelne Farbe war weg, alles verbraucht. Der kleine Vogel sah auch hinein, und als er sah, daß der Kasten leer war, konnte er ein Aufschluchzen der bitteren Enttäuschung nicht zurückhalten. Er dachte, es wäre alles seine eigene Schuld gewesen, und er wollte gerade fortfliegen, als Gott die Pinsel bemerkte, die auf einer Seite des Kastens an ihrem Platz lagen. An der Spitze eines Pinsels war ein glitzernder Fleck Gold übriggeblieben.

»Setz dich mal einen Augenblick hier auf meinen Finger«, sagte Gott, »und öffne deinen Schnabel.«

Der kleine braune Vogel tat, wie ihm gesagt worden war, und Gott nahm den Pinsel und färbte die Zunge leicht mit dem Fleckchen Gold. Es schmeckte scharf und brannte, und er flog schnell in die Büsche hinein. Dann fing er plötzlich an zu singen. Niemand auf der ganzen Welt hatte je einen Vogel so singen hören. Der Bauer, der seine Kühe zum Melken nach Hause trieb, blieb verwundert stehen. Der Schäfer auf dem Hügel vergaß seine Schafe und stand da und blickte in die Dämmerung, und seine Frau, die gerade ihren kleinen Jungen ins Bett steckte, ging ans Fenster und lauschte — es klang, als ob ein Engel sänge.

Gott und Gabriel lauschten auch — eine lange Zeit — und dann gingen sie nach Hause. Sie brauchten die Nachtigall nicht zu fragen, ob sie glücklich sei. Es war eine ruhige Nacht, und sie konnten sie noch eine halbe Meile weit hören.

Da ist deine Nachtigall wieder, jetzt — sie ist weiter zurück in den Wald geflogen. Sie mögen es nicht, wenn jemand zu nahe kommt. Sollen wir heimgehen? Papa wird jetzt bald da sein.

Wie lange willst du leben?

Taff! Hier, Taff, du kannst doch jetzt, verdammt noch mal, nicht einschlafen, Kamerad! Los, komm, Taffy, reiß dich zusammen! Es ist Zeit zum Postenstehen! Denk dran, was der alte Major Lonsdale gesagt hat — wir müssen hellwach sein, früh und abends. Wenn die Jerries (die Deutschen, deutsche Soldaten) rüberkommen — kommen sie nämlich gerade *dann* rüber, Kamerad, und ich will verdammt sein, wenn sie mich erwischen, bevor ich nicht zuerst 'n paar von denen erwischt habe. Ja, einen für Jock und einen für Korporal Metcalfe, und zwei für Hauptmann Queripel und so. Sollte das verfluchte VC (Victoria Cross = Viktoriakreuz, Tapferkeitsauszeichnung von Königin Viktoria 1856 gestiftet) bekommen, sollt' er wirklich! Taffy, hör zu! Wir *müssen* einfach in der nächsten halben Stunde wach bleiben, verstanden? Ich werd' dir das Bajonett in den Hintern jagen, wenn du willst, aber ich werd' nicht zulassen, daß du hier in diesem Schützengraben einnickst.

Wieviel Granaten hast du noch — zwei? Das sind jedenfalls zwei mehr als ich. Gott sei Dank haben wir'n paar LMG-Magazine übrig! Ja, und das Gewehr vom armen alten Jock und 'n paar von seinen 303 s. Was hast du denn da, 'n paar alte Jerry-Bakelite? Viel Glück! Ich fürcht' mich wie fünf verdammte räudige Katzen, Kamerad, und es ist mir Wurscht, wer's weiß. Ich war in Ordnung, als wir absprangen. Der Melder sagt: »Alles in Ordnung mit dir, ja?« Ich sage: »Könnt' nicht besser sein.« Kann mich noch nicht mal mehr erinnern, an welchem Tag das war, du vielleicht? Ich schätze, ich war O.K. bis zu dem Moment, an dem's den alten Jock erwischt hat. Ich wollt' in der Nacht da runter zum Verbandsplatz laufen mit meinem Handgelenk, ich kann dir sagen, und ich wär' auch verdammt noch mal dort geblieben und so. Aber auf dem Weg renn' ich doch glatt in den alten Dickie Lonsdale rein, verstehst du? »Wo soll's denn hingehen, mein Junge?« sagt der. »Du willst doch nicht etwa zu dem Soundso-Verbandsplatz?« sagt er. »Ich verlaß mich drauf, daß du noch vierzehn Jerries kriegst, Weston. Meisterschütze Weston — mehr wert als fünf andere.« Is' natürlich alles Quatsch, er weiß es und ich weiß es, aber was kannst du sagen, und ich blutverschmiert und mit vierzig Notverbänden. Er nimmt seine Flasche raus. Nimm 'n kräftigen Schluck davon, Junge«, sagt er. »Das bringt dich wieder auf die Beine.« Ich sag': »Wann kommt die Zweite Armee, Sir?« »Wenn wir alle Jerries zwischen dem verdammten Arnheim und Nimwegen abgeknallt haben«, sagt er. »Dann haben sie vielleicht genug Schneid dazu. Also machen wir am besten so weiter, nicht wahr?« Das ist 'n echter Kerl, wirklich! Eins kann man sagen, wenn man zur Luftlandetruppe gehört — wir haben wenigstens 'n paar Offiziere — was davon übrig ist.

Wann *kommt* denn nun endlich die Zweite Armee, möcht' ich bloß wissen. Sieben Tage ist es jetzt, nicht, Taff? Sollten zwei sein! Taff, um Himmels willen, *wach auf!* Hier, hör zu, ich weiß was! Ich erzähl' dir eine Geschichte, als ob du 'n kleines Kind wärst, nur um dich wachzuhalten. Los, komm jetzt, hör zu! Und wenn ich fertig bin, kannst du sie mir wiedererzählen und so, damit ich seh', ob du wirklich zugehört hast. In Ordnung? Ich erzähl' dir eine, die der alte Pastor uns erzählt hat, als ich klein war, im

Kindergottesdienst, und — bei Gott — ich wollt', ich wär' wieder dort! Würd' alles drum geben!

Also, am Anfang der Welt, nicht, da schuf Gott alle Tiere und Vögel und entschied, was jeder von ihnen so machen sollte und so und wie lang ihr natürliches Leben dauern sollte, verstehst du? Und zuerst nimmt er sich den Esel vor und sagt zu ihm: »Na, wie lange möchtest du denn leben?« sagt er. »Wie wär's mit dreißig Jahren? Wär' dir das recht?«

»Nun«, sagt der Esel, »ich weiß nicht, ob ich da so scharf drauf bin«, sagt er. Hörst du zu, Taff, he? »Ich weiß nicht, ob ich da so scharf drauf bin. Ich werd' bloß 'ne Menge schwere Lasten den ganzen Tag und die halbe verdammte Nacht mit mir rumschleppen müssen und werd' noch geschlagen für meine Mühe und muß arbeiten, bis ich umfall'«, sagt er. »Kannst du's nicht 'n bißchen weniger machen? Ich schätze, am besten wär's bald vorbei.«

Da sagt Gott: »In Ordnung, ich zieh' noch achtzehn Jahre ab, und du kannst zwölf haben.« »Danke vielmals«, sagt der Esel und geht weg.

Jedenfalls kommt als nächstes das Kamel dran, und Gott sagt: »Nun, du bist zäh genug«, sagt er. »Ich werde dir dreißig Jahre geben, die du in der Wüste genießen kannst.«

»So viel will ich nicht«, sagt das Kamel. »Nur harte Arbeit in der brütenden Sonne, und *ich* hab' bestimmt nichts davon.«

Da versprach Gott, sein Leben um zwanzig Jahre zu kürzen.

Na, dann kommt der Hund an die Reihe. Und Gott sagt zu ihm: »Und wie lange willst *du* leben? Ich nehme an, du wirst froh genug sein über — na, sagen wir mal siebenundzwanzig Jahre, recht so?«

»Den Teufel werd' ich!« sagt der Hund. »Herumlaufen, Schafe hierhin- und dorthinjagen, Viecher zum Markt treiben mit 'ner Kehle voll Staub, die Ballen wund arbeiten, und noch Glück haben müssen, wenn man von so 'nem alten Bauern genug zu fressen kriegt, der einen bloß niederstreckt, wenn man zu alt geworden ist! Kannst du's nicht 'n bißchen kürzer machen?« fragt er Gott. Da sagt Gott:

»Nun, also in Ordnung«, sagt er. »Ich werde zwölf Jahre wegnehmen und dir fünfzehn geben.«

He, schnell, Taff, schau mal dort drüben! Nein, weiter weg, links von dem ausgebrannten Jeep! Was bewegt sich denn da? Siehst du's? Nein, ist alles in Ordnung, Kamerad — ich bilde mir Sachen ein. Tut mir leid — ich bin nervös und selber halb eingeschlafen. Ich schätze, alle Kerle sind's. Erschöpft, so sieht's aus.

Nun, jetzt meinte Gott, daß die Tiere von all seinen großartigen Ideen nicht gerade viel hielten, wo er sich doch gedacht hatte, sie würden sich darüber freuen. So rief er das nächste Tier selbst auf, und das war der Affe.

»Schau her«, sagte er, »die anderen haben von einem schönen langen Leben nicht viel gehalten von wegen der Arbeit, aber du bist anders. Du wirst nicht zu arbeiten brauchen. Da geb' ich dir einfach dreißig Jahre. Wie wär's?«

»Nun, mir wär's lieber, das würdest du nicht tun«, antwortet der Affe. »Das gefällt mir gar nicht. Ich weiß, ich seh' immer sehr glücklich aus, mach' Kunststücke, greif' nach Sachen und schwing' mich herum und so, aber eigentlich macht's gar nicht so viel Spaß mit all dem Ungeziefer, und die Mühe, genug Essen zu finden, und dann sind da immer die vielen Schlangen und so, denen wir nicht ausweichen können — wir haben immer Angst. Ich persönlich würde sagen, zwanzig Jahre wären genug. Eher noch zu viel.«

So macht Gott zwanzig Jahre für den alten Affen daraus.

Und dann dachte er bei sich: »Also, so kann das nicht weitergehen. *Einer* muß doch dieses Geschenk des Lebens schätzen, das ich zu vergeben habe. Ich muß ein besonderes Tier schaffen, eines, das sich wirklich was draus macht.« So schuf er den Menschen.

»Nun«, sagt er zum Menschen, »jetzt haben wir's aber endlich, verflixt noch mal. *Du* willst doch dreißig Jahre leben, oder etwa nicht?«

»Du meine Güte!« sagt der Mensch. »Das ist doch längst nicht lang genug! Mehr kannst du mir nicht bieten?«

»Nun«, sagt Gott, »ich persönlich dachte, es wäre anständig genug. Doch was tut man nicht alles«, sagt er. »Hör zu! Ich habe noch achtzehn Jahre gratis, die ich dem Esel auf eigenen Wunsch abgenommen habe. Die kannst du haben.«

»Aber das ist nicht genug!« sagt der Mensch. »Na, hör mal, sicher hast du noch ein paar mehr irgendwo, stimmt's?«

»In Ordnung«, sagt Gott. »Da du so dankbar bist, kannst du noch die zwölf Jahre haben, die ich dem Hund abgezogen habe.«

»Das nenn' ich knickerig«, sagt der Mensch. »Ich habe gute Lust zu streiken«, sagt er. »Was hast du noch in dem Sack da? Ich wette, du hast noch 'n paar auf die hohe Kante gelegt, Kumpel! Was nützen einem Kerl wie mir sechzig Jahre?«

»Ich *habe* noch ein paar mehr«, sagt Gott. »Ich habe noch zehn Jahre vom Kamel und zehn Jahre vom Affen, die er nicht will. Du kannst sie haben, Kamerad, und ich hoffe, sie kommen dir zugute und so. Und wenn das noch nicht genug ist, dann kannst du mich mal gern haben, weil's nämlich keine mehr gibt von hier bis Jericho«, sagt er.

Das war also das Ende von dem bißchen, was der Mensch abgekriegt hat. Und seitdem lebt er seine eigenen dreißig Jahre, in denen es ihm Spaß macht und er sich richtig amüsiert. Und dann verbraucht er die achtzehn des Esels, wo er immer schwerer arbeiten muß und mehr und mehr Sorgen hat. Und wenn er *den* Teil hinter sich hat, dann kann er noch zehn Jahre für das Kamel leben: schlecht gelaunt lebt er dann vor sich hin und schimpft, daß alles nicht mehr so ist, wie's mal war, als er noch jung gewesen ist. Danach hat er noch zwölf Jahre für den alten Hund, liegt in der Ecke und knurrt und frißt, was er kann, mit drei alten Zähnen im Gesicht. Und wenn ihm das immer noch nicht reicht, dann kann er noch mit zehn für den Affen abschließen — mit weicher Birne und macht albernes Zeug wie ein kleines Kind, bis er ins Gras beißt. So, Kopf hoch, Taff! Alles wird gut!

Hier, es wird Tag, Kamerad, stimmt's? Schätze, wir können uns unterstellen, meinst du nicht? Diese verdammten Jerry-Mörser fangen gleich wieder an. Wir gehen besser wieder runter und rein.

Hier — wer kommt? Allmächtiger Gott, es ist Major Dickie verdammter Lonsdale! Hier, Sir, hier drüben, schnell, hier rein, Sir.

O vielen Dank, Sir. Williams und ich sind seit letzter Nacht glatt ohne Glimmstengel. Das ist wirklich genau das Richtige. Haben Sie Feuer, Sir? Danke. Irgendwas Neues? Wann kommt die Zweite Armee, Sir? Sie *müssen* doch heute nach Arnheim kommen, oder?

Die Rückseite des Mondes

Na, Julie, kannst du nicht einschlafen? Ist dir zu warm? Warum wirfst du nicht das Federbett ab? Und diese Oberdecke — würde *ich* machen! Ich weiß nicht, warum es so ist — aber wenn du das hast, was ich immer »beängstigende Gedanken« im Bett nannte, dann liegt das in neun von zehn Fällen daran, weil dir zu warm ist. Scheint sie aus irgendeinem Grund herbeizuführen.

Ach so, der Mond ist es. Zu hell? Wußtest du, daß die Leute früher sagten, man würde wahnsinnig werden, wenn man schläft und der Mond einem ins Gesicht scheint? Deshalb hat man Geisteskranke auch »Mondsüchtige« genannt. Man wird's aber nicht — mach dir also keine Sorgen!

Schauen wir ein bißchen aus dem Fenster? Kannst du riechen, wie die Levkojen in der Nachtluft duften? Es ist *wirklich* helles Mondlicht, nicht wahr? Fast wie Tag. »Vega ist deutlich sichtbar über uns, in den windlosen Nächten des Juni«. Und dort ist Jupiter, der sehr helle da. »So hell, daß er beinahe einen Schatten wirft«, wie Thomas Hardy sagte. Und der rote ganz unten — das ist Antares. Er sieht nur so rot aus, weil er sich im Dunst des Horizonts befindet. Wenn wir auf Tahiti wären, stünde er oben im Zenit und wäre hell-silbrig.

Ein Fasanen-Männchen! Hörst du es? Irgendwo dort oben bei den Buchen? Und dort ist Herr Jackson, guck mal, draußen bei seinen Fasanenkäfigen. Er ist *wirklich* ein guter Wildhüter. Bei ihm geht's rund um die Uhr. Wenn ich Lord Iliffe wäre, ich würde Herrn Jackson sehr hoch schätzen. Er braucht die Taschenlampe kaum, nicht wahr, bei dem hellen Mondlicht?

Es kommt einem so seltsam vor, daß tatsächlich schon Menschen auf dem Mond waren und auf ihm umhergegangen sind. In mancher Hinsicht wünschte ich, sie hätten es nicht getan: es hat sich nämlich herausgestellt, daß es doch ein recht langweiliger Ort ist. Ganz und gar nicht wie der Besuch der Maus auf dem Mond. Erinnerst du dich?

Bist du jetzt nicht schon zu groß für diese Geschichte? Na schön, dann leg dich eben hin, und ich werde sie dir wieder erzählen, falls ich mich noch entsinnen kann. Wenn ich irgend etwas auslasse, mußt du mich daran erinnern.

Es war eine ungewöhnlich helle Mondnacht im Graben. Die Maus hatte schon eine Weile in ihrem kleinen Bett gelegen, aber es fiel ihr sehr schwer einzuschlafen. Das Mondlicht strömte in die Höhle hinein, gleich davor konnte sie einen großen Nachtfalter sehen, offensichtlich hellwach mit seinem aufgerollten Rüssel in einer niedrig hängenden Blüte des Geißblatts. Der Duft wehte in das Loch hinein, eine Nachtigall sang in den Wäldern etwa eine Viertelmeile weiter, und mit den starken Eindrücken der Nacht bekam die Maus eher Lust, Gedichte zu schreiben als schlafen zu gehen.

»Vielleicht könnte ich eine Ode schreiben?« dachte die Maus. »Aber ich bin eigentlich nicht ganz sicher, was eine Ode ist. Doch ich denke, jeder kann's mal versuchen. Der Mond scheint hell genug zum Schreiben und viel zu hell zum Schlafen.«

Sie stand also auf und kramte nach einem Stift herum. Sie fand einen neben der Einkaufsliste von gestern, und da nichts auf der Rückseite der Liste stand, strich sie diese glatt und legte sie auf den Fußboden neben das Bett.

»Wie beginnt man wohl?« dachte sie, blickte hinauf zum Mond und fragte sich — nicht zum ersten Mal —, was all die dunklen Striche und Zeichen auf seinem Gesicht sein mochten. »Vielleicht sind es Löcher wie dieses hier. Ich denke — wenn man's recht überlegt —, da oben könnten ja auch Mäuse sein. Und Käse. Wenn ich ein richtiger Dichter wäre, dann wüßte ich schon, was ich über den Mond sagen könnte.

›Wär' ich so groß wie Milton,
schien mir der Mond wie Stilton.‹

Großartig! Was für ein wunderbarer Anfang! Eindrucksvoll nenne ich das! Ich werde es niederschreiben.«

Die Maus kaute ein paar Minuten lang an ihrem Stift herum und fügte dann einen weiteren Vers hinzu.

»›Schrieb ich Gedichte wie John Clare,
dann wär' der Mond ganz kalt und leer.‹

Das ist *gut!* Vielleicht hilft mir Professor Carstairs, und ich kann es veröffentlichen. Ich bekäme vielleicht sogar Geld dafür, man kann ja nie wissen!«

Durch und durch inspiriert starrte die Maus noch einmal auf den Mond und fuhr fort.

»Schrieb ich 'ne Ode wie John Keats,
sagt' ich, der Mond wär' eine Miez.

Und hätte ich Feuer auf Shelleys Weise,
dann wäre der Mond wie Götterspeise!«

Die Maus quietschte aufgeregt und kritzelte wie verrückt auf der Einkaufsliste herum.

Aber jetzt schien tatsächlich etwas äußerst Seltsames mit dem Mond zu geschehen. Oder zumindest mit dem Mondlicht, das seine Beschaffenheit zu verändern schien — es schien reglos und auf eine seltsame Weise fest geworden zu sein —, beinahe als ob es wirklich aus Götterspeise gemacht wäre. Die Oberfläche des Mondstrahls selbst schien leicht glänzend wie Perlmutter, und die Maus, die ihn betrachtete, dachte, sie könnte sogar ein schwaches Spiegelbild ihres eigenen Schwanzes sehen. Behutsam eine Pfote ausstreckend berührte sie den Mondstrahl. Er fühlte sich kühl und fest an mit einer feuchten Oberfläche — eigentlich wirklich wie Götterspeise oder wie Wassereis.

»Das ist seltsam«, sagte die Maus zu sich selbst. Sie kam vorsichtig näher und schnüffelte an dem Mondstrahl, aber er hatte keinen Geruch. »Ich möchte wissen — ich möchte wissen, ob er mich wohl trägt?«

Sie machte einen Bogen bis zum Ende des Mondstrahls, der den Boden berührte, und kletterte vorsichtig hinauf. Er wackelte leicht — etwa so wie ein Schwebebalken in der Turnhalle —, aber sonst schien er völlig stabil zu sein. Nach oben blickend konnte sie seine ganze glänzende Länge sehen, die sich aus dem Loch heraus und hinauf in den dunkelblauen Himmel erstreckte.

»Nun, ich werde hinaufklettern«, sagte die Maus. »Weil er nun mal da ist«, fügte sie nach ein paar Augenblicken hinzu.

Sie ging hinaus durch die Öffnung der Höhle wie auf einer Rampe, fasziniert von dem vollkommen glatten, hellen Pfad, der sich vor ihr erstreckte. Es war wirklich ganz einfach, vorwärts zu kommen, denn der Mondstrahl war nicht kälter als die Oberfläche eines Glases und so eben und frei von Hindernissen wie ein gefrorener Teich. Er war wirklich nicht sehr breit, aber die Maus war ja selbst so klein, daß sie eigentlich nicht herabfallen konnte. Das einzige, was ihr ein etwas merkwürdiges Gefühl gab, war der Umstand, daß der Mondstrahl fast durchsichtig war, so daß sie durch ihn hindurch und hinunter auf die Wälder und Felder sehen konnte. Sie lagen ein ganzes Stück unter ihr — und mit jeder Minute lagen sie tiefer. Ihr wurde schwindlig, so beschloß sie, nicht mehr hinunterzusehen und ihre Nase nach oben und geradeaus zu richten.

»Ich bin wie Tom Kitten«, murmelte die Maus. »Ich kann nicht zurückgehen. Ich könnte fallen. Trotzdem — ich gehe lieber hier als irgendeinen alten Schornstein hinauf. Es ist eine liebliche Nacht und sehr warm.«

Der Mond rückte näher — ja, er füllte jetzt die ganze Sicht vor ihr aus und war viel größer, als sie ihn je zuvor gesehen hatte. Da waren auch wirklich Löcher drin und — ach, du meine Güte! — Was war denn das für ein zarter köstlicher Duft vom Himmel her? Kein Zweifel — es war tatsächlich Stilton-Käse! Der Mond *war* aus Stilton!

»Dichter sind die nicht anerkannten Gesetzgeber der Menschheit«, dachte die Maus mit Befriedigung, nahm ihre Nase wieder herunter und begann zu laufen.

Ein paar Minuten später sprang sie energisch vom Mondstrahl ab und befand sich auf der Oberfläche des Mondes. Überall um sie herum lagen die schönsten Ebenen aromatischen Käses, gelb und grün, zart leuchtend — außer da, wo sie rissig und narbig waren mit grau-braunen Sprüngen, genauso wie ein guter Stilton sein sollte.

»Dann fühlte ich mich als ein Wächter der Himmel«, rief die Maus aus, »als —«

In diesem Augenblick hörte sie ein leichtes Schlurfen hinter sich, und als sie sich rasch umdrehte, sah sie eine Mondmaus, leuchtend blau von der Nase bis zum Hinterteil, mit einem langen grünen Schwanz.

Na, es war ein bißchen wie bei Monostatos und Papageno. Die eine Maus sah die andere ganz bestürzt an und nahm dann Reißaus — die Maus hinter einen Käseklumpen und die Mondmaus in ihr Loch hinein. Nach einer Minute oder zweien riß sich die Maus jedoch zusammen.

»Schließlich«, dachte sie, »sind Blaumeisen blau — und Rhapsodien, eine zumindest — und die Donau auch — oder so habe ich jedenfalls gehört. Warum also nicht auch eine blaue Maus? Sie scheint jedenfalls nicht sehr wild zu sein.«

Und sogleich summte die Maus eine Melodie, um sich Mut zu machen, und marschierte zurück zum Mondmauseloch und rief: »Ich bin eine Erdenmaus — eine Forscherin. Kann ich reinkommen?«

Nachdem die Mondmaus gesehen hatte, daß sie allein war und nicht böse, wurde sie ganz freundlich und zeigte der Maus ihre Höhle. Die Maus hatte sich gefragt, wie es wohl sein müßte, so mit Käse überall herum zu leben — Käsewände, Käseboden —, aber sie stellte fest, daß der Käse nur etwa zwei Zoll tief lag, und daß der Mond darunter nur aus Sand und Steinen bestand, genau wie die Erde.

»Und wie bekommst du Wasser?« fragte sie.

Die Mondmaus sah sie leicht entsetzt an.

»Wasser?« fragte sie. »O du lieber Himmel, wir trinken *nie* Wasser! Wir brauchen keins — Mondmäuse brauchen keins.«

»Gibt es denn keins?« fragte die Maus, die ein deutliches Durstgefühl zu verspüren begann.

Die Mondmaus schüttelte ihren Kopf.

»Nur Milch«, sagte sie, »und die gibt's auf der Rückseite des Mondes. Dort gibt es eine *Menge* Milch — richtige Seen —, aber hier auf dieser Seite ist sie gänzlich zu Käse geworden. Deshalb leben wir auch auf dieser Seite. Wir gehen *nie* zur Rückseite.«

»Warum denn nicht?« fragte die Maus.

Die Mondmaus sah sehr nervös aus. »Wegen der Katzen!« erwiderte sie mit leiser Stimme. »Sie sind furchtbar böse! Alle Katzen leben auf jener Seite — wegen der Milch, verstehst du? Ich möchte dir raten, ihnen fernzubleiben, sonst kommst du nie mehr auf deine Erde zurück.«

»Aber ich muß *unbedingt* etwas trinken«, sagte die Maus. »Wo ich wohne, gibt's auch Katzen, aber es gelingt uns meistens, ihnen aus dem Weg zu gehen.«

»Nun, hier ist es anders«, erwiderte die Mondmaus. »Hier gibt es sehr wenig Deckung, außer unseren Löchern, siehst du?«

Die Maus wurde jedoch bald so durstig, daß sie beschloß, es zu riskieren und auf Schleichwegen zur Rückseite des Mondes zu gelangen. So ging sie los, trippelte davon, um den Mondknotenpunkt herum, bis sie sich plötzlich und ganz unerwartet am Ufer des Großen Milchsees — Mare Magnum Lactiferum — befand. Da lag er, ruhig wie Schnee und viel glatter, doch nicht einmal annähernd so weiß, wegen der wunderschönen Sahne, die die ganze Oberfläche bedeckte. Als die Maus verzückt darüber hinweg zum anderen Ufer blickte, sah sie, wie in weiter Ferne zwei große Kreaturen durch die Felsen glitten, sich duckten und auf ihren Keulen kauernd schlabberten. Sie hatte gerade selbst etwas getrunken und leckte sich den Schnurrbart und dachte, was für eine ausgezeichnete Sahne es doch sei, als sie mit Schrecken bemerkte, wie ihr ein drittes Tier, das aussah wie die anderen beiden, entgegenschlich. Es hatte ein orangefarbenes Fell, scharfe purpurne Zähne und einen langen sehr dünnen Schwanz, der aussah, als ob er gegliedert wäre wie eine Fahrradkette.

»Halt!« schrie dieses fürchterliche Wesen. »Du hast diesen Ort widerrechtlich betreten! Ich muß dich sprechen!«

»Den Teufel wirst du!« dachte die Maus und rannte so schnell wie ein Windhund. »O je! Ich wünschte, ich wäre nie hierhergekommen!«

Es war eine schreckliche Verfolgungsjagd, und die Maus war atemlos und verlor halb den Verstand, als sie wieder zur näheren Seite des Mondes herumkam und plötzlich den Mondstrahl vor sich sah — ihren Mondstrahl —, der kühn aus dem Käseboden heraus- und in den Nachthimmel hineinschien. Ohne auch nur einen Augenblick lang anzuhalten, sprang sie hinaus auf seine glatte Oberfläche und begann hinunterzurutschen — Nase voraus.

Es war eine beängstigende Rutschpartie — viel schlimmer als auf irgendeiner Rutschbahn auf dem Spielplatz, weil es ja an den Seiten des Mondstrahls keine Leisten gab, und die Maus wagte nicht zu bremsen, weil sie Angst hatte, die Mondkatze könnte ihr folgen. Aber dann, als sie so herabschoß, hörte sie oben ein Scharren und Miauen, und die Mondkatze rief aus: »Schon gut, Maus, schon gut! Ich gehe jetzt zurück und schalte den Mond aus! Und wir werden schon sehen, wie dir *das* gefällt!«

»O Schreck laß nach!« dachte die Maus. »Den Mond ausschalten! Und ich muß ausgerechnet auch noch eine ganze Unze wiegen! Ich fürchte, es wird nicht genug Luftwiderstand geben, um mich zu retten! Hätte ich doch bloß nicht so viel Sahne getrunken!«

Weit unter ihr konnte sie die stillen mondbeschienenen Bäume und Wiesen der Erde erkennen, die sich ihr mit zunehmender Geschwindigkeit näherten. Jetzt konnte sie ihr eigenes Feld sehen, ihren eigenen Graben und den Mondstrahl, der in ihre Höhle hineinschien. Als sie über die Buchen schoß, grub sie ihre Pfoten tief ein und lehnte sich mit ihrer ganzen Kraft zurück, um sich abzubremsen. Und dann — dann wurde der Mond ausgeschaltet, und sie flog kopfüber durchs Heidekraut.

Es gab einen Plumps. Die Maus fand sich auf dem Boden der Höhle sitzend wieder. Die Sonne war gerade aufgegangen und schien mit grünem Schimmer durch die Blätter draußen, und neben der Maus lag der Stift und ihre prächtige Ode.

»Hab ich es nur geträumt?« fragte sich die Maus. Sie rülpste laut. »Die Sahne — der Käse — nun, ich denke, das nennt man ›inneren Beweis‹. Ich habe eine sehr abenteuerliche Nacht gehabt. Wer hätte je gedacht, daß dort oben auf dem Mond so viel los ist? Mein Notizblock — wo ist der Stift?

›Könnt *ich* wie Philip Larkin schreiben,
sagt' *ich*, der Mond wird stets bedeutend bleiben.‹

Kein Wunder, daß ich so müde bin. Ich denke, ich mache jetzt ein Nickerchen und nehme dann ein spätes Frühstück ein.«

Und indem sie das sagte, kletterte die Maus zurück in ihr Bett und schlief fest ein. Und das war alles bis zum nächsten Mal.

Schau, Antares ist unten. Ich glaube, selbst Herr Jackson ist jetzt ins Bett gegangen, Julie, und ich weiß, daß ich selbst jetzt auch dorthin gehen werde. Ich höre, wie Mamis Badewasser abläuft. Ich hoffe, du bist jetzt ein bißchen schläfriger. Laß dir auf jeden Fall morgen früh Zeit.

Hundertmal

Hör mal, Jackson, kannst du mir bei dieser verzwickten Sache mal helfen? Der alte Sopwith hat nämlich gesagt, wenn ich es morgen nicht richtig vorzeige, will er mich den halben Nachmittag dabehalten, und dann kann ich nicht mit gegen West Downs spielen.

Ich weiß ja, daß es irgendwie auch meine eigene Schuld ist. Ich kann Mathe eben *nie*, und der alte Sopwith hat mich sowieso schon das ganze Semester über gefressen, ehrlich — mich und Reynolds. Und heute morgen hat er von diesen ekelhaften Kubikwurzeln geredet und alles auf die Tafel gekritzelt und das Blaue vom Himmel runtergefaselt, und Reynolds und ich haben gerade unterm Pult ›Schiffe versenken‹ gespielt. Und plötzlich saust der alte Sopwith herum und sagt: »Und deshalb — hm hm — ist die Kubikwurzel aus 125 — hm hm —, was Burton?« Und natürlich hatte ich keinen blassen Schimmer. Und dann kam er herunter und zog das verflixte Stück Papier hervor mit all den Nullen und Kreuzen drauf — er muß es die ganze Zeit über gewußt haben —, und Reynolds hat es natürlich auch zugegeben, und der alte Sopwith sagte: »Da ihr — hm hm — augenscheinlich von mir nicht unterrichtet werden wollt, könnt ihr euch — hm hm — zweifelsohne besser selbst unterrichten. Morgen in der ersten Stunde könnt ihr beide mich darüber informieren, was die Kubikwurzeln aus 9261, 29791 und 68921 sind.« Was? Ja, natürlich sind das die richtigen Zahlen. Hier, schau her, er hat sie uns aufschreiben lassen. Ich weiß *wirklich* nicht, was es da zu lachen gibt, Jackson. Und wenn wir sie nicht richtig rauskriegen, läßt er uns morgen den ganzen Nachmittag lang Kubikwurzeln ziehen — verdammt!

Nein, ich *hab'* es nicht auf dich abgesehen, Jackson! Aber du bist in der Mittelstufe der Beste in Mathe, und ich und Reynolds dachten bloß — hör zu, ich mach' dir einen Vorschlag! Ich kenne eine tolle Geschichte — wirklich Klasse —, und wenn du die Kubikwurzeln machst, erzähl' ich sie dir, wie findest du das? Du willst sie zuerst hören? Na schön — also dann!

Vor langer Zeit lebte also mal ein König, und eines Tages ging er auf die Jagd, verstehst du? Und er verlief sich im Wald. Und nach einer Weile kam er zur Hütte eines Bauern. Der Bauer hackte Holz gleich vor der Tür, so stieg der König von seinem Pferd und ging zu ihm und fragte ihn nach dem Weg zurück zum Palast. Der Bauer war ein ganz lustiger Kerl, gar nicht nervös oder so, als er plötzlich mit dem König redete, und — um's kurz zu machen — der König landete in seiner Hütte und sie tranken was zusammen. Wie sie so miteinander plauderten, fragte der König: »Wieviel Geld verdienst du am Tag?« Und der Bauer antwortete: »Vier Drachmen, Eure Majestät.« (Oder vier Mark, Jackson, oder vier Piaster, oder was auch immer du willst. Es spielt keine Rolle.) »Was machst du damit?« fragte der König. »Nun«, sagte der Bauer, »die erste esse ich, die zweite investiere ich, die dritte gebe ich zurück, und die vierte werfe ich weg.«

Der König fand das sehr rätselhaft und dachte eine Weile darüber nach. Endlich sagte er: »Das verstehe ich überhaupt nicht. Du kannst den König nicht vor ein Rätsel stellen. Es ist nicht erlaubt. Das mußt du erklären.«

»Nun, es ist so, Eure Majestät«, sagte der Bauer.

»Mit der ersten ernähre ich mich selbst, mit der zweiten ernähre ich meine Kinder, die für mich sorgen müssen, wenn ich alt bin, mit der dritten ernähre ich meinen Vater und zahle ihm so alles zurück, was er für mich getan hat, und mit der vierten ernähre ich meine Frau, und deshalb sage ich, daß ich sie wegwerfe, weil ich keinen Nutzen davon habe.«

Der König meinte, das wäre sehr lustig, und er gab dem Bauern ein Goldstück und sagte: »Versprich mir, daß du keinem anderen die Lösung dieses Rätsels sagst, bevor du mein Gesicht nicht hundert und einmal gesehen hast.« Genau in diesem Augenblick kam einer der königlichen Ratgeber, der mit zur Jagdgesellschaft des Königs gehörte, an der Hütte des Bauern vorbeigeritten. So schloß sich ihm der König an und ritt nach Hause.

Am nächsten Tag beim Abendessen sagte der König zur Königin und zu allen Ratgebern, die mit ihm speisten: »Ich kenne ein lustiges Rätsel, und ich wette, keiner von euch kann es lösen. Ein Bauer verdient vier Drachmen am Tag. Die erste ißt er, die zweite investiert er, die dritte gibt er zurück, und die vierte wirft er weg. Wie erklärt ihr euch das?«

Keiner der Ratgeber konnte das Rätsel lösen, und der König war so mit sich zufrieden, daß er sagte, er würde demjenigen zweihundert Goldstücke geben, der es noch an diesem Abend raten könne. Sie gingen alle weg und kratzten sich die Köpfe, und der König freute sich, es wenigstens einmal geschafft zu haben, ihnen eins auszuwischen, weil er so oft das Gefühl gehabt hatte, daß sie alle viel schlauer wären als er, und das hatte ihn geärgert.

Jetzt war natürlich einer der Ratgeber beim Essen derjenige, der zufällig am Tag zuvor an der Hütte des Bauern vorbeigeritten war und der den König angetroffen hatte, wie er gerade ein Glas mit dem Bauern trank. Und er dachte bei sich: »Ich möchte wissen, ob nicht jener alte Bauer vielleicht etwas damit zu tun gehabt hat.« So bestieg er sein Pferd und ritt zurück zur Hütte des Bauern.

Als er dort ankam, erzählte er dem Bauern vom Rätsel des Königs und bat ihn um die Lösung. Der Bauer sagte, er könne ihm die Antwort darauf nicht geben, weil er dem König versprochen hätte, es nicht zu tun. Schließlich willigte er ein, dem Ratgeber die Lösung für neunundneunzig Goldstücke zu sagen. Der alte Ratgeber gab ihm, um was er gebeten hatte, denn natürlich würde er mit Sicherheit die zweihundert gewinnen, verstehst du, und ritt zurück zum Palast.

An diesem Abend, als der König und alle wieder zusammen im Palast waren, sagte der Ratgeber: »Eure Majestät, ich habe des Rätsels Lösung gefunden.« Und dann ließ er sie hören, genau wie der Bauer sie ihm gesagt hatte.

»Nein, dieser unverschämte gemeine Bauer!« rief der König aus. »Er muß es dir gesagt haben! Du hättest es nicht allein erraten können!«

»Das ist wahr, Eure Majestät«, antwortete der Ratgeber. »Er hat mir die Antwort wirklich gegeben, allein hätte ich sie nicht gefunden. Aber trotzdem, meine ich, schuldet Ihr mir die zweihundert Goldstücke.«

Nun, der König zahlte ihn aus, aber er war so

wütend darüber, daß er sich sofort sein Pferd bringen ließ und zur Hütte des Bauern ritt. Sowie er dort angekommen war, schlug er wie verrückt gegen die Tür, und als der Bauer herauskam, sagte er: »Hör mal, was, zum Teufel, ist hier eigentlich los? Du hast mir versprochen, du würdest niemandem die Lösung zu diesem Rätsel sagen, bevor du nicht mein Gesicht hundert und einmal gesehen hättest, und was machst du? Du gehst einfach hin und sagst sie dem verflixten Ratgeber! Was soll das heißen? Ich habe große Lust, dich aufhängen zu lassen!«

»Aber Eure Majestät«, antwortete der Bauer. »Ich habe mein Versprechen treu gehalten. Als Ihr mir die Ehre gabt, gestern in meiner Hütte einzukehren, sah ich Euer Gesicht zum ersten Mal. Dann habt Ihr mir großzügigerweise ein Goldstück gegeben, als Ihr weggingt, und das trug Euer Gesicht, so war dies das zweite Mal. Und dann gab mir Euer alter Ratgeber — Gott segne ihn — nochmals neunundneunzig Goldstücke, und ich kann Eurer Majestät versichern, daß ich sie gezählt habe und jedes einzelne sehr sorgfältig betrachtet habe, wie meine alte Frau bezeugen kann, denn sie hat mir dabei zugesehen.«

Der König amüsierte sich so über die Schlauheit des Bauern, daß er ihn zum Hauptforstmeister machte, und danach schlich er sich oft aus dem Palast, wenn er ein Problem hatte, das für ihn zu groß war, und bat den Bauern um Rat.

So, siehst du, Jackson, ich dachte eben auch — Was? Ach, Jackson, *nein, natürlich* habe ich nicht gemeint, daß du auch ein Bauer bist! Also ehrlich, du könntest es mir schon sagen! Wirklich, das *könntest* du! 21, 31, 41? Ehrlich? Was für ein verflixter Schwindel! Aber wenn nun der alte Sopwith fragt, wie wir es gemacht haben? Wie *zieht* man denn nun eigentlich Kubikwurzeln, Jackson?

Das Rotkehlchen

Predigten dauern zu lang, wenn man sieben ist, nicht wahr? Um ehrlich zu sein, manchmal auch, wenn man siebenunddreißig ist. Und ich möchte sogar behaupten, wenn Opa hier wäre, der würde sagen, »wenn man siebenundsechzig ist«. Mach dir nichts draus — du hast mir einen Gefallen getan! Es hat jedenfalls keinen Wert zu versuchen, einem Haufen Zeug zuzuhören, das du doch noch gar nicht verstehen kannst. Pater Wood kommt am Dienstag zum Tee, und ich wette, er wird dir dasselbe sagen.

Komm, wir setzen uns in die Sonne auf diesen schönen flachen Grabstein und warten, bis sie herauskommen, ja? Ich glaube nicht, daß es noch lange dauern wird. Wessen Grabstein es wohl sein mag? Laß uns mal nachsehen!

»Unter diesem Stein ruhen die irdischen Überreste von Thomasina Frances, geliebte Ehefrau des Horatio James Cremorne, Doktor der Medizin, vom Hospital St. Bartholomäus in London und aus dieser Gemeinde, die dieses Leben in ihrem 70sten Jahre am 23sten April im Jahre Unseres Herrn 1795 verlassen hat. Als zärtlich geliebte Mutter, liebreiche Gemahlin und gleichgesinnte Freundin erwarb und erfreute sie sich der Bewunderung und Hochschätzung der ganzen Gemeinschaft. ›Und der Tod wird nicht mehr sein, denn das Erste ist vergangen.‹« Na, ich glaube, dieser Doktor Cremorne hat sich viel Mühe gegeben damit, meinst du nicht auch? Ich nehme an, er hat es selbst verfaßt. Es klingt jetzt vielleicht ein bißchen altmodisch, aber ich bin sicher, seine Gefühle waren genauso echt wie die von irgend jemandem heutzutage.

Schau, dort ist ein Rotkehlchen — dort drüben auf dem blühenden Johannisbeerstrauch! Ich habe einen Hundekuchen hier in meiner Tasche — ich habe sonntags meist einen bei mir für den alten Tinker — Frau Fleetwoods Tinker, weißt du? Ja, ich weiß schon, daß heute Karfreitag ist — es ist das gleiche, nur anders, wie man so schön sagt. Zerbröckeln wir ihn ein bißchen und sehen wir mal, ob es herkommt und die Krümel wegnimmt. Wir streuen sie auf dem anderen Grabstein hier drüben aus. Nun zurück zu Frau Cremorne — und dann sehen wir mal, was passiert.

Ja, siehst du wohl? Es ist schon da, flink wie ein Wiesel! Ist es nicht zahm? Auf einem Friedhof gibt es meistens ein Rotkehlchen, das immer dort lebt, besonders auf einem, der nicht so voll ist. Das sind ruhige, ungestörte Plätze, siehst du, mit Blumen und Sträuchern, die die Insekten anziehen, und immer, wenn der Totengräber graben muß, kann das Rotkehlchen ihm natürlich mit den Würmern und Käfern helfen. Es ist sogar gut möglich, daß es der Totengräber gewesen ist, der dieses Kerlchen so zahm gemacht hat.

Rotkehlchen bringen Glück, weißt du? Niemand, der bei Verstand ist, tut einem Rotkehlchen etwas zuleide. Es gibt eine alte Legende vom Rotkehlchen. Mein Kindermädchen — Constance Cripps hieß sie — hat mir die Geschichte vor langer Zeit einmal erzählt. Sie sagte nicht, daß sie daran glaube, aber als ich sie danach fragte, wollte sie auch nicht sagen, daß sie es nicht täte.

Es war einmal vor langer Zeit an dem ersten Karfreitag, als Jesus von Pontius Pilatus verurteilt wurde, so erzählte sie, da lebte ein Rotkehlchen

neben dem Tor von Jerusalem. Es hüpfte am Rande der Straße umher und pickte Krümel von den Kameltreibern und Marktleuten auf, die da kamen und gingen. An jenem Morgen nun sah es, wie eine Menschenmenge aus dem Tor herausströmte und mittendrin Soldaten, und es sah den armen Jesus und die anderen beiden, wie sie ihre Kreuze die Straße heraufschleppten. Natürlich wußte es nicht, um was es dabei eigentlich ging, aber es konnte doch sehen, daß alle sehr unfreundlich zu Jesus waren und schrien und Sachen nach ihm warfen, und er tat ihm so leid, weil es dachte, er sähe doch aus wie ein gütiger Mensch, und weil er so ganz allein und hilflos unter den Soldaten war.

Das Rotkehlchen fürchtete sich vor dem Krach und der Menschenmenge, aber trotzdem fragte es sich immer wieder, was wohl geschehen würde. So flog es durch die Hecken und Büsche entlang der Straße und hielt mit den Soldaten Schritt. Als sie nach Golgatha kamen, blieb es ein bißchen zurück, aber doch so nahe, daß es sehen konnte, was geschah. Nach einer Weile meinte das Rotkehlchen, es könne nicht länger ertragen, dazubleiben, ohne zu versuchen, Jesus zu helfen, so flog es zum Kreuz hinauf — obwohl es noch immer Angst hatte — und versuchte, die Nägel herauszuziehen. Natürlich schaffte es das nicht — es verletzte sich nur den Schnabel — aber nachdem es alles versuchte hatte, flog es hinauf zum Haupte Jesu und begann, die Dornen herauszuziehen.

Einer der Soldaten hob einen Stein auf, um ihn nach dem Rotkehlchen zu werfen, aber der Zenturio befahl ihm, dies zu unterlassen, und sagte, niemand dürfe das Rotkehlchen verletzen oder es verjagen. Wir wissen, daß jener Hauptmann Mitleid mit Jesus hatte und daß er an jenem Tag zu der Überzeugung gekommen war, daß dies Gottes Sohn sein, weil es in dreien der vier Evangelien so geschrieben steht. Die Evangelien nennen seinen Namen nicht — genausowenig wie sie die Namen der Weisen angeben —, aber in allen alten Legenden und Geschichten ist sein Name Longinus.

Bevor Jesus starb, segnete er das Rotkehlchen und versprach, daß sich die Menschen bis in alle Ewigkeit daran erinnern würden, was es getan habe, wann immer sie es sähen. Es war ganz mit dem Blut Jesu bedeckt, das auf seinen Brustfedern trocknete, und von jenem Tag an bis zum heutigen hat seine Brust die Farbe von getrocknetem Blut behalten. Am Ende jenes schrecklichen Nachmittags war es noch immer da, als Longinus und die Soldaten den Leichnam Jesu abnahmen und ihn Joseph von Arimathia übergaben, um ihn ins Grab zu legen. Und da Longinus das Rotkehlchen fütterte und freundlich behandelte, folgte es ihm zurück in die Stadt und lebte fortan in seinem Garten, wo es bald so zahm wurde, daß es oft durchs Fenster hereinkam, um Krumen und Speisereste aufzupicken.

Nun erzählt die Legende auch — sie gehört eigentlich zur Geschichte von König Arthur, und eines Tages werde ich sie dir aus dem Malory vorlesen — daß Longinus und Joseph von Arimathia gute Freunde wurden und zu den ersten Christen und Anhängern der Jünger gehörten. Aber nach einer Weile begannen sie zu fürchten, daß Pontius Pilatus und König Herodes ihnen etwas anhaben könnten, so beschlossen sie, das Land zu verlassen. Im Mittelalter glaubten die Leute, daß sie zusammen nach England gesegelt sind und drei Dinge mitgebracht haben: ein Stück vom Kreuz, die Lanze, mit der Longinus in Jesu Seite gestochen hatte, nachdem er gestorben war, und den heiligen Gral — das Gefäß, das Jesus beim Abendmahl gesegnet hatte. Die Legende erzählt, daß das Stück vom Kreuz in Glastonbury in Somerset eingepflanzt wurde und daß daraus der heilige Glastonbury-Dorn entsprang, der, wie man glaubte, am Heiligen Abend um Mitternacht erblühen würde. Der Gral wurde auf wunderbare Weise im Himmel aufgenommen, aber später drei Rittern vom Hofe König Arthurs' — Galahad, Bors und Parzival — geoffenbart, und was aus der Lanze wurde — ich kann mich nicht erinnern, jemals etwas darüber gehört zu haben.

Aber das Rotkehlchen kam auch nach England. Longinus hatte es so liebgewonnen mit seiner roten Brust, daß er ihm einen kleinen Käfig baute und es mit aufs Schiff nahm, und als sie in England angekommen waren, ließen sie es frei. Und seitdem hat es immer in der Nähe von Häusern gelebt, in denen Menschen wohnen, und diesen Glück gebracht, und oft ist es so zahm, daß es durch das Küchenfenster hereinkommt und manchmal sogar aus deiner Hand frißt, genau wie das Rotkehlchen des Longinus. Wenn du im Garten gräbst, kommt es und pickt in der neu umgegrabenen Erde herum, und es verläßt England nie, auch nicht bei härtestem Winterwetter. Einem Rotkehlchen etwas zuleide zu tun oder zuzulassen, daß eine Katze es verletzt, ist das Schlimmste, was man machen kann. Als die frühen Siedler nach Amerika gingen, vermißten sie die Rotkehlchen sehr — dort drüben gibt es nämlich keine, weißt du —, so gaben sie den Namen einem anderen, größeren Vogel, der zufällig eine kastanienfarbene Brust hatte, aber dem englischen Rotkehlchen nicht sehr ähnlich sieht. Es ist eigentlich eine Art Drossel — *Turdus migratorius* —, und deren Gewohnheiten sind ganz anders als die von unseren Rotkehlchen.

Natürlich sollten wir diese Legenden nicht mit den wirklich wichtigen Geschichten der Evangelien über Jesus und seine Jünger durcheinanderbringen. Trotzdem sind sie sehr schön, und es lohnt sich, sich ihrer zu erinnern, weil sie zeigen, daß jene gewöhnlichen, einfachen Menschen in alter Zeit sehr tiefe Gefühle für Jesus hatten und Dinge ihres eigenen Lebens und ihrer Umgebung mit ihm verbanden.

Oh, hier kommen sie alle heraus, schau — wie Funken hinten aus einem Kamin heraus, wie mein Vater immer sagte. Du meine Güte, sieh dir mal Frau Fleetwoods Hut an! Macht es dir etwas aus, wenn wir noch ein oder zwei Minuten warten? Ich möchte mit Pater Wood noch kurz über die neuen Netze für den Kricketplatz sprechen.

Prinz Meerzat Istvan und das Pferd aus Staub und Donner

Schläfst du, mein Liebes? Kannst du den Bach hören und die Blumen im grünen Gras sehen?

Fragst du, wer ich bin? Du weißt, wer ich bin. Leg deinen Kopf in meinen Schoß, hier zwischen die Vergißmeinnicht, denn ich bin gekommen, um dir in deinem Schlaf eine Geschichte zu erzählen. Es ist die *eine* Geschichte, die ich erzähle, und alle, die schlafen, können sie hören.

> Träum, mein Geliebtes, friedlich ausgestreckt
> Unter den Weißdornbüschen des April.
> Grün die Blätter und klar der Himmel.
> *Bald* sollst du wieder erwachen!

Es lebten einmal ein König und eine Königin, gütig und ehrenwert und geliebt von ihren Untertanen, und sie wünschten nur, gerecht zu regieren und ihr Königreich zu bewahren und zu beschützen. Sie waren gesegnet mit fruchtbaren Ländern, weisen Ratgebern, einer vollen Schatzkammer und treuen und tapferen Kriegern — doch ein Kind hatten sie nicht. Viele Gelehrte und Doktoren zogen sie zu Rate, aber auch die konnten nicht helfen. Endlich hörten sie von einem Weisen, der in der Wildnis lebte, sechs Tagereisen entfernt, hinter der äußersten Grenze ihres Königreichs. Der König sandte Boten mit Gaben aus, die den weisen Mann zum Hof bestellten und ihm hohe Belohnung versprachen. Aber er schickte die Gaben zurück und mit ihnen seine Antwort: wer seine Hilfe suche, müsse selbst zu ihm kommen.

So machten der König und die Königin diese Reise

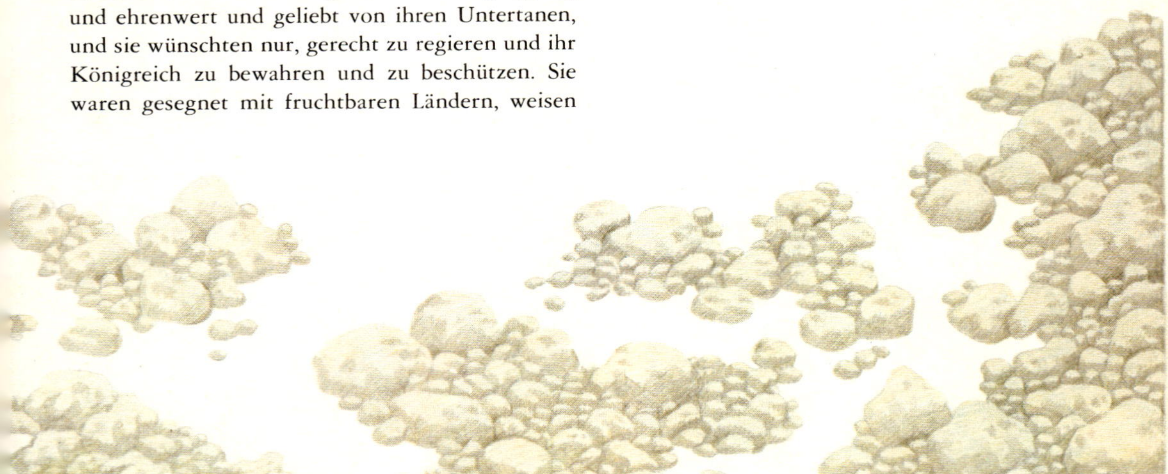

zum Ende ihres Königreichs und weiter, bis sie schließlich die Behausung des weisen Mannes sahen. Da ließen sie ihre Pferde bei den Dienern zurück und gingen weiter, barhäuptig und allein, denn so, hatte man ihnen geraten, müßten sich alle ihm nähern, die ernsthaft seine Hilfe suchten.

Als der weise Mann sie kommen sah, ging er hinaus, um sie zu begrüßen und sie ernst und höflich willkommen zu heißen, und er setzte sich neben sie in den Schatten einer blühenden Tamariske, um ihren Kummer anzuhören. Der König erzählte ihm von ihrer Enttäuschung und großen Sehnsucht und ihrem Verlangen nach einem Sohn, der das Königreich erben solle. Nachdem er alles gehört hatte, sprach er: »O König, ich sage dir, ist dein Wunsch erst erfüllt, wird er dir schließlich Kummer bringen.«

Der König, ermüdet von der langen Reise und jetzt besorgt, als er sah, wie sich die Augen seiner geliebten Königin mit Tränen füllten, verspürte Ungeduld und sogar Zorn. Doch da er ein höflicher und großherziger Edelmann war, erwiderte er nur: »Ehrwürdiger Herr, du mußt es uns erlauben, das Verlangen unserer Königin und unserer Untertanen selbst zu ermessen. Wir kamen nicht hierher, um gegen unseren Herzenswunsch bewegt zu werden, sondern um deine Hilfe zu dessen Erfüllung zu erbitten.«

Als er dies hörte, wurde der strenge alte Eremit von Mitleid mit der schönen Königin ergriffen, und er versprach, ihnen zu helfen, daß ihr Wunsch erfüllt werde. »Doch«, sagte er, »was Gott gibt, kann kein Mensch behalten; und das wirst du lernen, o König — ja, selbst du. Doch weil du mich in Geduld und Demut aufgesucht hast, hast du mich bewegt, aber auch befähigt, dir zu helfen. Dein Wunsch wird dir gewährt — nicht von mir, sondern von Gott. Nein, Herr, ich brauche keine Belohnung. Geh in Frieden!«

Schläfst du, mein Liebes, friedlich?
Hörst du das Summen der Bienen,
Siehst du die Wölkchen am Himmel?
Und das Rascheln des Korns?
Bald sollst du wieder erwachen!

Die Königin gebar einen Sohn, und das ganze Königreich war glücklich und feierte mit Freudenfeuern. Prinz Meerzat Istvan wurde er genannt. Und als er stark und gesund in sein zweites und dann sein drittes und viertes Lebensjahr hineinwuchs, nahm ihn der König oft nach seiner Tagesarbeit (denn er arbeitete genauso schwer wie jeder andere Mann und schwerer als viele) auf die Arme und ging mit ihm auf der großen Terrasse über den Palastgärten spazieren, sang ihm ein Lied oder erzählte ihm alte Geschichten und dachte an all das, was noch zu tun sei, um das glückliche und wohlhabende Königreich zu bewahren, das eines Tages auf seinen prächtigen jungen Nachkommen übergehen würde. Eines Abends, als er den kleinen Jungen zur Königin zurückbrachte, war dieser verdrießlich und wollte nicht aufhören zu weinen.

»Sei ruhig, mein lieber Sohn«, sagte der König, »von allen Knaben hast du am wenigsten Grund zum Weinen! Schau, ich werde dir ein großes Königreich mit all seinen Reichtümern geben!«

Aber noch immer weinte das Kind.

»Sei ruhig, mein junger Herr«, sagte der König, warf ihn in die Höhe und lachte: »Du sollst die schönste Prinzessin auf der Erde zur Frau bekommen und mit ihr in einem goldenen Palast leben!«

Doch noch immer weinte das Kind. »Sei ruhig, großer Prinz!« sagte sein Vater. »Lächle doch und schlafe ein, und ich will dir die Jugend ohne Alter und das Leben ohne Tod geben!« Da hörte der Junge auf zu weinen und schlief in den Armen seiner Mutter ein.

Bevor noch Prinz Meerzat Istvan zehn Jahre alt geworden war, konnte man deutlich erkennen, daß er zu großen Hoffnungen berechtigte, denn er war stark und klug, erlernte genauso rasch die Fähigkeiten der Jäger, Reiter und Soldaten wie das Wissen der Gelehrten und weisen Männer. Das Volk war froh bei dem Gedanken, daß die Nachfolge so gut gesichert sei. Er hatte keine Feinde, und bald, als Jüngling, war er in der Lage, einen Teil der Bürde des Königreichs von den Schultern des Königs zu übernehmen. Der König hatte bestimmt, daß er ihn an seinem neunzehnten Geburtstag zum Vizekönig über drei Provinzen ernennen würde, mit einem eigenen Rat, der ihn unterstützen und ihm helfen sollte. »Denn so«, sagte er, »wird er Erfahrungen sammeln und die Verantwortungen eines Herrschers verstehen lernen.«

Am Tag vor diesem Geburtstag ging der Prinz zu seinem Vater und sagte: »Vater, die Zeit ist jetzt für mich gekommen, dich um jene Gabe zu bitten, die du mir versprochen hast: Jugend ohne Alter und Leben ohne Tod.«

»Mein lieber Sohn«, erwiderte der König, »wie seltsam, daß du dich an jenen Abend erinnerst! Es muß wohl mehr als fünfzehn Jahre her sein! Du warst kaum mehr als ein kleines Kind, und — es ist wahr — ich habe dir ein leeres Versprechen gegeben, um deine Tränen zu trocknen.«

»Doch muß ich jetzt jene Gabe von dir fordern«, sagte er.

»Nein, du machst Scherze!« antwortete sein Vater. »Wie kann ich oder irgendein anderer Mensch dir geben, was niemandem je gewährt worden ist?«

»Dann«, sagte der Prinz, »muß ich fortgehen und es mir selbst erwerben. Und wenn ich es bekommen habe, lieber Vater, werde ich zurückkehren und das Königreich übernehmen, wie du es wünschst.«

Und unverzüglich ging Prinz Meerzat Istvan zu den königlichen Ställen, um sich ein Pferd für seine Reise auszuwählen. Doch als er seine Hand der Reihe nach auf jedes legte, sank dieses zitternd zu Boden, und er konnte nichts damit anfangen. Als er durch den ganzen Stall gekommen war, von einem Ende bis zum anderen, bemerkte er hinten im Hof, wo der Mist aufgehäuft wurde, eine Tür.

»Was ist hinter jener Tür?« fragte er die Stallburschen.

»Ach, Eure Königliche Hoheit«, erwiderte einer, »da ist nichts weiter als eine alte Hütte, wo die kranken und verbrauchten Pferde gehalten werden, bis der Abdecker kommt, um sie abzuholen. Ihr habt schon alles gesehen, was die königlichen Ställe zu bieten haben.«

Trotzdem befahl der Prinz den Pferdeknechten, die Hütte zu öffnen, und dort fand er ein mageres, heruntergekommenes Pferd vor mit Geschwüren bedeckt und zu schwach zum Stehen. Er wollte sich schon abwenden, als das Pferd seinen Kopf hob und flüsterte: »Ich bin Levom Leseur Melikaern, das Pferd aus Staub und Donner!«

Als der Prinz voll Verwunderung stehenblieb, sah er, daß keiner von denen, die ihn umstanden, bemerkt oder gehört hatte, daß das Pferd gesprochen hatte. Er kümmerte sich nicht um ihre erstaunten Blicke und ihr heimliches Lachen und fiel auf die Knie neben das Pferd und fragte: »Was muß ich tun?«

»Geh zu deinem Vater«, erwiderte das Pferd, »und bitte ihn um die Waffen, die er selbst als Jüngling getragen hat. Dann mußt du mich sieben Tage lang mit deinen eigenen Händen umsorgen und pflegen und mich gut füttern, denn ich und *nur* ich allein kann dich dorthin tragen, wo du hinzugehen dich entschlossen hast.«

> Schlaf ruhig, mein Liebstes, mein Lieb.
> Fühlst du den sanften Hauch auf deiner Wange?
> Weißt du, daß die Sonne hoch steht?
> *Bald* sollst du wieder erwachen!

Auf die Bitte seines Sohnes ließ der König dann all seine Schränke und Keller des königlichen Waffenlagers öffnen, und der Prinz durchsuchte sie bei Kerzenlicht zwischen Spinnweben und Schatten. Endlich fand er die Waffen und die Rüstung, die sein Vater als Jüngling getragen hatte — rostig und lange nicht benutzt, mit vielen verschlissenen Riemen und Haken. Mit seinen eigenen Händen setzte er alles instand, ölte und reinigte alles, bis die Gelenke sich leicht bewegen ließen und die Rüstung in der Sonne glänzte. Und sieben Tage lang — mit niemandes Hilfe — sorgte er für das Pferd und schlief neben ihm im Stroh der Hütte. Aber während dieser Zeit schlief er in der Tat wenig, und was das Pferd zu ihm sagte, wußte niemand.

Am achten Tag führte er das Pferd zur königlichen Schmiede, beschlug es selbst, und nachdem er seine Rüstung festgeschnallt hatte, führte er es hinaus auf die große Terrasse über den Gärten. Hier sagte er Lebewohl zum König und zur Königin, die weinten, und zum Hof und zu den königlichen Ratgebern, die ihre Köpfe schüttelten und so große Enttäuschung empfanden, daß sie ihm kaum einen Segen mit auf den Weg geben konnten. Dann ritt er fort, und mit ihm zogen fünfzig Krieger und ein Gefolge von Dienern, denen der König befohlen hatte, ihn zu begleiten und mit ihrem Leben zu beschützen. Als er zur Wildnis an den Grenzen des Königreichs gekommen war — der gleichen Wildnis, in der Jahre zuvor seine Mutter und sein Vater den weisen Mann aufgesucht hatten —, entließ er alle Gefolgsleute und sagte ihnen, sie sollten seiner Mutter seinen Segen überbringen. Er zog allein weiter und überließ es dem Pferd, ihn zu tragen, wohin es wollte. Nach zwölf Tagen und Nächten kam er aus der Wildnis heraus in eine weite, unfruchtbare Ebene, die vollkommen bedeckt war mit den Knochen toter Männer.

»Jetzt«, sagte er zu dem Pferd, »wo keiner hier ist, außer dir und mir, mußt du mir sagen, warum wir hierhergekommen sind und was wir zu tun haben.«

»Gebieter«, erwiderte das Pferd, »wir sind jetzt im Reich der Hexe Gheonoea. Es gibt kein übleres Wesen auf der Welt. Einst war sie ein schönes Mädchen, bis der Fluch ihrer Eltern, die sie haßte und betrog, wie bitteres Eis auf sie herniederfiel und sie in eine lebende Seuche verwandelte. Gerade jetzt eilt sie herbei, um dich zu vernichten. Aber hab keine Furcht! Mach dich bereit und hab Vertrauen in dich selbst und in mich!«

Sie schlugen ihr Lager auf an diesem schlimmen Ort und warteten, und einer hielt Wache, während der andere schlief.

Am zweiten Morgen, von seinem Pferd geweckt, hörte Prinz Meerzat sofort eine sich nähernde wilde Bewegung wie die eines Sturms. Aufspringend sah er weit in der Ferne über der Ebene, daß sich die Baumspitzen bogen wie in einem großen Sturm.

»Gheonoea ist nah, mein Gebieter«, sagte Levom Leseur Melikaern. »Spann deinen Bogen und halt einen Pfeil auf der Sehne bereit.«

Als die schreckliche Hexe durch die Schädel und Knochen getrampelt kam, sie aufwirbelnd wie den Staub des Sommers, schoß Prinz Meerzat ihr in den Fuß und brachte sie so zum Stehen. Da flehte sie um Gnade und versprach, ihm kein Leid anzutun.

»Vertrau ihr nicht, mein Gebieter«, sagte das Pferd. »Laß sie das Versprechen mit ihrem eigenen Blut unterschreiben!« Und dies tat er.

»O Prinz Meerzat«, rief die Hexe aus, »gib gut acht auf dein Pferd, denn das ist ein größerer Zauberer als ich! Wenn dein Pferd nicht gewesen wäre, hätte ich dich erschlagen! Nun will ich dich und das Pferd festlich bewirten und dir außerdem Obdach gewähren, so lange du es wünschst. Du hast keinen Verrat von mir zu fürchten!«

Dann bewirtete sie Prinz Meerzat würdig, und er selbst heilte die Wunde, die er ihr mit seinem Pfeil zugefügt hatte. Zwei Tage blieb er bei ihr, und sie bot ihm an, eine ihrer drei schönen Töchter als Gemahlin zu wählen. Doch das wollte er nicht, sondern bat sie um Rat in der Suche, die er sich vorgenommen hatte. Als sie sah, daß sie ihn nicht halten konnte und

daß sein Pferd und er sie verlassen würden, komme was wolle, ging sie mit ihm über die Ebene zum Fuß einer großen Gebirgskette, und hier trennte sie sich von ihm und warnte ihn nur, daß der Weg vor ihm noch viele Gefahren berge.

Schläfst du ruhig, mein Liebes, mein zärtliches
Geliebtes?
Das Vieh steht knietief im Mittagsstrom,
und die Stoppelfelder sind trocken.
Bald sollst du wieder erwachen!

Lang und beschwerlich war die Überquerung der Berge, aber sein gutes Pferd trug den Prinzen stetig voran, und endlich kamen sie hinunter in eine weitere Ebene, durch die eine befestigte Straße verlief. Auf einer Seite davon wuchs das Gras grün, voll Blumen und duftender Kräuter, aber auf der anderen Seite war alles geschwärzte Schlacke und Asche, und als Prinz Meerzat darauf blickte, überkam ihn eine Vorahnung in der einsamen Stille.

»Was für ein Ort ist das?« fragte er das Pferd.

»Dies ist das Königreich der Skorpia, mein Gebieter«, antwortete das Pferd, »der Schwester der Gheonoea. Die beiden Schwestern können nicht zusammenleben, so böse sind sie, und die Berge, die wir überquert haben, wurden errichtet, um sie auseinanderzuhalten, damit ihr Haß die Welt nicht zerstöre. Skorpia — ah, der Fluch von Nacht und Hölle ist über ihr, daß sie Feuer und Flammen spuckt! Und darum ist das Gras dieser Ebene verbrannt und verdorrt, so weit das Auge reicht. Sie hat drei Köpfe, und deshalb kann keiner sie überraschen, da sie niemals schläft.«

Sie ritten weiter durch die Ebene, immerzu auf der Hut, und der Prinz hielt seinen Bogen bereit und blickte genausooft hinter sich wie nach vorn. Aber ihnen begegnete nichts den ganzen Tag lang und auch nicht am folgenden Tag.

Am dritten Tag endlich, in der Morgendämmerung, gerade als das Licht in den Himmel eintauchte, sahen sie eine Säule dunklen Rauches, die immer wieder von innen her durch das Aufflammen eines Feuers erleuchtet wurde und sich ihnen über den geschwärzten Boden entgegenzuwälzen schien. Der Prinz wußte, daß die Hexe Skorpia nahte — man brauchte es ihm nicht erst zu sagen. Er und sein gutes Pferd zitterten bei ihrem Anblick, doch blieben sie fest trotz ihrer Furcht, und als sich die Hexe näherte, liefen sie vorwärts, um ihrem Angriff zu begegnen. Im letzten Augenblick wich das Pferd zur Seite wie ein Blitz, aus dem Weg des sengenden Feuers, und als der Prinz die brennende Hitze an seiner Seite spürte, schoß er einen Pfeil ab, der einen der fürchterlichen Köpfe der Hexe durchbohrte. Mit einem schrillen Schrei fiel sie zu Boden, und als sich der Rauch und die Flammen um sie herum neigten und ein Teil ihrer schrecklichen Kraft verlorenging, verlangsamte Levom Leseur Melikaern seine Schritte, wandte sich um und ging zu ihr zurück, damit der Prinz erneut auf sie schießen könne. Aber die Hexe flehte ihn um Gnade an und wie zuvor forderte er auch von ihr das Versprechen, ihm kein Leid anzutun, mit ihrem eigenen Blut unterschrieben.

Dann bewirtete sie ihn so königlich, wie es ihre Schwester getan hatte, und bat ihn, bei ihr zu bleiben und ihr Königreich mit ihr zu teilen. Aber wieder lehnte er dies ab, und sobald ihre Wunde geheilt war, trennte er sich von ihr und ritt davon, froh, jenem bösen Ort der Vernichtung zu entkommen. Und so kamen der Prinz und das treue Pferd nach vielen Meilen zum Land des ewigen Frühlings, wo die Luft voll des Dufts großer leuchtender Blumen war, die das ganze Jahr auf den Wiesen blühten, welche vom Meer umsäumt waren.

Träum weiter, mein liebstes Herz, mein
Geliebtes.
Das Sonnenlicht sprenkelt die Blätter im
windlosen Nachmittag.
Wiegenlied und Wiegenlied:
Bald sollst du wieder erwachen!

»Mein guter Gebieter, mein tapferer Gebieter«, sagte da das Pferd. »Bis hierher war uns das Glück gewogen, aber jetzt liegt die größte Gefahr von allen vor uns. Doch mit Gottes Hilfe können wir sie vielleicht überwinden, und so wirst du dir endlich deinen Herzenswunsch erfüllen. Nicht weit entfernt steht der Palast der Jugend ohne Alter und des Lebens ohne Tod, umgeben von einem pfadlosen Wald, der heimgesucht ist von Ungeheuern und Schlangen, Basilisken und Hydren ohne Zahl. Wir können nicht hoffen, sie bekämpfen zu können, noch könnten wir jene schrecklichen Dickichte jemals durchqueren. Wenn du noch immer entschlossen bist, dieses Abenteuer auf dich zu nehmen, werde ich dich nicht im Stich lassen. Wir können nur versuchen, den

Wald zu überspringen, um so den Palast zu erreichen. Doch so weit wir auch gekommen sind — ich kann nicht versprechen, daß uns ein so verzweifeltes Unternehmen wie dieses gelingen wird.«

»Trotzdem laß es uns versuchen«, sagte der Prinz, »denn ich habe dir stets vertraut und glaube nicht, daß du mich jetzt enttäuschen wirst.«

Sie ruhten mehr als zwei Tage aus, um ihre volle Kraft zu erlangen und sich Gott anzuvertrauen. Und am Mittag des dritten Tages sagte Levom Leseur Melikaern zum Prinzen: »Jetzt muß ich den Sprung wagen — jetzt oder nie, denn ich würde nie stärker werden und ruhte ich auch einen Monat lang aus. Ziehe meine Sattelgurte so fest an wie du kannst, und wenn du mich bestiegen hast, drück deine Füße gegen meinen Nacken und nicht gegen meine Flanken, um mich so wenig wie möglich zu behindern.«

Der Prinz stieg auf, und das gute Pferd lief dem schrecklichen Wald entgegen: zuerst im Schritt, dann im Trab, dann im leichten Galopp und dann im vollen Galopp, und die grünen Grasfetzen flogen wie Schnee unter seinen gutbeschlagenen Hufen hervor. Wie ein Wirbelsturm aus Staub und Donner näherte er sich den Bäumen, erhob sich in die Luft und flog über sie hinweg. In der Ferne unter ihnen lag der goldene Palast, leuchtete zu ihnen herauf aus der Mitte des Waldes wie eine Seerose in einem dunklen Teich. Hoch über dem Wald flogen sie dahin, die Mähne des Pferdes flutend im Wind. Doch all seine Stärke reichte kaum aus, denn als sie beim Tor des Palastes herunterkamen, streifte ein Hinterbein einen herabhängenden Zweig. Augenblicklich erfüllte sich der ganze Wald mit wildem Getöse, und von fern und nah kamen die Ungeheuer auf sie zugekrochen und zischten, daß der Prinz, trotz all seiner Entschlossenheit, zitterte und aus Furcht beinahe zu Boden gefallen wäre.

Gerade als es schien, daß alles verloren sei, kam durch das Tor des Palastes eine große stattliche Jungfrau mit schnellem Schritt, die in einer Hand einen

langen Stab aus Elfenbein trug. Als sie ihn erhob, krochen die Ungeheuer zurück zu ihren Höhlen im Wald, und in der Stille stieg der Prinz vom Pferd und folgte der Jungfrau durch das Tor, sein gutes Pferd am Zaum führend. Sie kamen in einen Hof und dann in einen großen Saal aus gemeißeltem Stein und Zedernholz, in dessen Mitte eine lange Tafel stand, ganz aus Ebenholz und mit goldenen Tellern und Kerzenleuchtern aus Silber gedeckt. Musikanten in Seide und Perlen spielten in der Galerie, und sechs schöne Mädchen halfen Prinz Meerzat Istvan, seine Rüstung abzulegen, brachten ihm Wasser und Handtücher und geleiteten ihn zu einem hohen, geschnitzten Stuhl am Kopfende der Tafel. Levom Leseur Melikaern führten sie zu den Ställen, wo ein alter geschickter Diener ihn pflegte, fütterte und ihn ruhen ließ, wie er es verdiente.

Dann speisten der Prinz und die Jungfrau zusammen, Seite an Seite, und alle Hofleute speisten und tranken ihnen zu mit weißem und rotem Wein. Als das Mahl beendet war, führte sie ihn in eine obere Kammer mit dem Blick nach Westen über den Wald. Der Raum war erfüllt mit dem Licht des Sonnenuntergangs, und hier saßen sie zusammen, während er über seine Suche und all seine harten Abenteuer berichtete.

»Und was willst du jetzt haben?« fragte sie, als er schließlich mit seiner Geschichte zu Ende gekommen war. »Was suchst du hier?«

»Ich suche die Jugend ohne Alter und das Leben ohne den Tod«, erwiderte er.

»Dann brauchst du nicht weiterzuziehen«, antwortete sie, »denn dies ist der Palast der Jugend ohne Alter, und ich habe diese achtzehn Jahre auf dich gewartet. Ich bin die Prinzessin des Lebens ohne Tod und deine eigene Liebe.«

So hielten sie Hochzeit, und Prinz Meerzat Istvan lebte im goldenen Palast und jagte in dem großen Wald, denn seine Gemahlin hatte ihm die Macht über all seine Gefahren verliehen.

Schlaf noch weiter, liebes Herz, und höre das Ende.
Schon ist die Sonne tiefer und die Luft kühl. Lieg still.
Du kannst nicht wählen, doch frag mich nie, warum.
Bald sollst du wieder erwachen!

Wie lange Prinz Meerzat im goldenen Palast lebte, kann niemand sagen, denn es gab dort keine Zeit. Ein Tag war wie ein Jahr, und der Frühling blühte immerfort. Doch schließlich kam ein Abend, da wurde er von einer überwältigenden Sehnsucht ergriffen, nach Hause zurückzukehren, um noch einmal seine liebe Mutter und seinen lieben Vater wiederzusehen und um auf der großen Terrasse über den Gärten ihres Palastes zu wandeln.

»Ich habe meinem Vater unrecht getan«, sagte er zur Prinzessin, »denn ich habe das Königreich verlassen, das er bei seinem Tode in Sicherheit wissen wollte, und die guten Bauern und Bürger, die glaubten, ich würde sie so weise regieren wie mein Vater. Kehr mit mir in jenes Land zurück, meine Liebste, denn wenn sie dich sehen, werden sie dich genauso lieben wie ich, und mein Vater wird schließlich doch noch zufrieden sterben können.«

Da führte sie ihn wieder hinauf in die obere Kammer, von der sie den Wald und den Sonnenuntergang überblicken konnten. Und sie schaute in seine Augen und sagte: »Ach, mein Lieber, sprich nicht weiter von dieser Sehnsucht. Tausende von Jahren sind vergangen, seit dein Vater und deine Mutter starben. Keine Macht der Welt kann die Zeit zurückbringen, die entschwunden ist, Blätter, die gefallen sind, und Schnee, der geschmolzen ist. Bist du nicht ans Ende der Welt geritten, um deinen größten Wunsch zu erfüllen, und habe ich ihn dir nicht gewährt mit meinem ganzen Herzen? Hast du den Palast der Jugend ohne Alter erst einmal verlassen, wirst du niemals wiederkehren. Sieh, mein Lieber, die Sonne geht unter. Laß uns gemeinsam im Saal speisen und uns dann in Liebe begegnen und schlafen gehen wie so oft zuvor.«

Doch er wollte nicht auf sie hören, sondern rief den alten Pferdeknecht und bat ihn, Levom Leseur Melikaern zu satteln und alles für seine Reise vorzubereiten. »Denn«, so sagte er, »ich bereue, meinen Vater verlassen zu haben trotz allem, was er für mich und sein Königreich gewünscht hat. Ich werde noch heute abend ziehen, damit ich um so schneller wieder zu meiner Liebe und zum Palast der Jugend ohne Alter zurückkehren kann.«

»Mein guter Gebieter«, sagte Levom Leseur Melikaern, »laß mich — dein liebes Pferd, das dich nie getäuscht hat — dich überreden, den Worten der Prinzessin Beachtung zu schenken. Hast du erst einmal den Palast verlassen, wirst du nie wieder zurückkehren. Bleib nur noch heute nacht hier, und am Morgen werden wir weiter über diesen Wunsch in deinem Herzen sprechen.«

»Ach nein», erwiderte er, »wir müssen weg sein, bevor es dunkel wird. Du bist stets mein Freund gewesen. Willst du mich nicht tragen wie so oft zuvor, über Ebenen und Berge, bis wir zum Königreich meines Vaters kommen?«

»Ich werde dich nicht enttäuschen, mein Gebieter«, antwortete das Pferd. »Aber gib gut acht! Wenn du absteigst, und sei es nur für einen Augenblick, muß ich ohne dich zurückkehren, und wir werden uns nie wiedersehen.«

»Vertraue mir«, erwiderte der Prinz. »Ich werde nicht absteigen.«

Er winkte der Prinzessin zu, aber sie konnte ihn nicht durch den verzauberten Wald fortreiten sehen, denn ihre Augen waren blind von Tränen. Die Dämmerung brach herein und die Nacht, doch das Pferd lief weiter, schnell wie der Wind, und stolperte nie.

Sie kamen zur Ebene, in der das versengte und geschwärzte Königreich der Skorpia gewesen war, aber es lag jetzt ganz golden da mit Äckern voll Korn, die sich bis zu den Toren einer vornehmen Stadt erstreckten. Als Prinz Meerzat in jene Stadt geritten war, fragte er den einen und anderen nach Skorpia, aber sie antworteten ihm, daß Skorpia eine Legende aus längst vergangener Zeit sei und daß selbst die Ältesten nicht sagen könnten, ob sie jemals wirklich gelebt habe oder nicht. Dann erzählte er ihnen, daß er selbst sie bekämpft und bezwungen hätte, und sie lachten, nicht aus Unhöflichkeit, sondern weil sie dachten, er würde ganz sicher scherzen. Als er fortritt, bemerkte er nicht, daß sein Bart und seine Haare weiß geworden waren.

Sie kamen zum Reich der Gheonoea, aber wo die Knochen den Boden bedeckt hatten, ließen jetzt Schäfer ihre Herden grasen, und Männer hatten einen Kanal gegraben, um das Land zu bewässern. Er konnte nicht verstehen, wie das ganze Gebiet sich in ein paar Wochen so verändern konnte, noch konnten sie ihm irgend etwas von Gheonoea erzählen, außer daß sie niemals von ihr gehört hätten. Und von dort ritt er weg mit schwachem Augenlicht und Händen, die auf den Zügeln zitterten.

Sie durchquerten die Wildnis des alten Eremiten und kamen so endlich zu dem Land, in dem der Prinz geboren worden war, aber er konnte den Palast nicht finden, noch irgendeine Straße, und kein Gesicht entdecken, an das er sich erinnerte. Durch Zufall kamen sie an einem Friedhof vorbei und über die Hecke blickend sah er ein überwuchertes vernachlässigtes Grab, auf dem die fast unkenntliche Inschrift zu lesen stand: »Hier ruht der König, der Vater von Prinz Meerzat Istvan war. Auf seinen eigenen Befehl steht hier nichts weiter von seinem Leben und seinen Taten geschrieben.«

Als der Prinz dies sah, stieg er von seinem Pferd und warf sich weinend über den Stein. Nach einer Weile bemerkte er, wie das Pferd seine Nase an seiner Schulter rieb, und er sah hoch.

»Gebieter«, sagte das Pferd. »Alle Dinge kommen zu einem Ende, die guten wie die schlechten. Die Zeit ist nun gekommen, da wir uns trennen müssen. Nimm meinen Dank entgegen für all die guten Zeiten, die wir gemeinsam erleben durften.«

Der Prinz schlang seine Arme um das treue Pferd, nahm ihm den Sattel ab und das Zaumzeug. Dann ging das Pferd schnell weg, denn es konnte es nicht ertragen, auf den schwachen alten Mann zurückzublicken, der da auf dem bemoosten Stein lag.

Ein kalter Regen begann zu fallen, und Prinz Meerzat Istvan sah sich nach einem Unterstand um. Nicht weit entfernt stand eine alte zerfallene Moschee, und er schritt auf sie zu. Er drehte am Ring an der Tür und stieß sie auf in ihren rostigen Scharnieren. Als er eintrat, sprach eine Stimme: »Willkommen, Prinz! Hättest du mich noch länger warten lassen, wäre auch ich zugrunde gegangen.«

Dann legte sein Tod, der selbst zusammengeschrumpft war wie ein welkes Blatt, die Hände auf Prinz Meerzat, und er wurde zu Knochen und Staub, während hoch auf einer silbernen Birke eine Drossel im Regen sang.

Du hast gut geschlafen, mein Liebstes.

Die Geschichte ist aus, und nun ist es Zeit, für immer zu erwachen. Es gibt nur eine Geschichte, und du hast sie geträumt, wie ich dich gebeten habe. Steig auf dein gutes Pferd und reite fort.

Doch segne mich, wenn du willst, bevor ich schlafe.